XING YUAN RU MENG

行远如梦

李行 —— 著

文汇出版社

我似秋叶

（序诗）

我似秋叶，虽被染黄，
却沉淀了雨露与风霜，
逝去的岁月让我回想，
我试图轻捋过往，
让平凡点滴溢出浓郁的芬芳。

我似秋叶，心中彷徨，
未来的路该如何发光，
夕阳的余晖唤我心房，
我梦幻如歌引吭，
让娓婉故事飘向浩瀚的远方。

我似秋叶，凌空飞扬，
时间催我再不能迷茫，
涌动的号角已经吹响，
我毅然奋笔启航，
让萦绕的篇章在记忆中荡漾。

我似秋叶，迎风激昂，
绚丽的彩虹寄我希望，
多少个日夜笔耕难忘，
我终于如愿以偿，
让行远的人生在时空中共赏。

前言

我认为秋叶如人生,它凸起的条条经络,宛如刻录着生命中的每一段路程,记载着人生的喜怒哀乐。十几年前,也就是我退休的前几年,我开始整理资料,回溯过去,力争把人生中一个又一个记忆碎片温柔地黏合起来,以散文的形式,让秋叶不再枯黄,而变成一条潺潺的生命之河——《行远如梦》。

《行远如梦》共分《怀旧溯源》《磨砺充实》《生活百态》《夕阳感悟》四辑。

第一辑《怀旧溯源》中,"我的外公""父亲北漂""你在何方""黎明前夕""定居上海"等,每一件事都能勾起对亲人的追忆,都是对每个生命个体永恒的注脚。虽然这些都是我出生前的事,但里面的许多情节,如稍有变化,我可能就无法来到世上了。这一辑中,还有"车站草屋""胆大妄为""'枪'打老鼠"等,这些故事都是我最早的亲历,也是我追梦前的朦胧前奏。

第二辑《磨砺充实》中,我通过"融入社会""驾船惹祸""意外尴尬"等一件又一件小事,叙述了当时我对环境的不适、处事迷茫的摇摆、坎坷前行的坚持、天道酬勤的喜悦。这些经历对于工作上的成熟、事业上的前行,实际上都是寻梦的过程,只有不断追逐小梦,才能有最后的圆梦。

第三辑《生活百态》是生活集锦篇,其中叙述了生活中的新鲜事、奇特事,也记录了人生中的喜、怒、哀、乐。如"舍近求远"反映了计划经济时代人们对物质的渴望,"为了积德"透视了人的本性,"一根发丝"证明了名店的品质,"公祭大禹"走进了中国的千年历史,"半夜惊魂"道出了当时的治安背景,"昏厥男孩"体现了社会的正能量,"把门兄弟"则是对生活细节的提纯。

第四辑《夕阳感悟》通过人生、社会、教育、信念、挫折、学习、压力、反思等多个主题,作了哲理性的简要概述,这既是我的人生心得，也是我的真切感受。

　　我在企业40余年，最珍贵的人生经历在企业，最厚重的人生经历在企业，最感慨万千的人生经历也在企业。有人看了我的行文评价，只是用阅历写作。确实，从员工到企业老总，从底层到决策者，从零售商业到商务楼管理，这些丰富的人生积累，赋予我写作的信心，也多少弥补了我不事技巧的先天不足。

　　在着笔行文中，我始终寻求一种"磨合"的情怀。希望通过这些文字，让同年代或相似经历的人，得到一种身临其境的感受，掩卷后又能产生一些情感上的思索。应该说，采用这种产生共鸣的记录方式，是我最真的心路、最诚的坦叙。

　　日月更替，在古稀之年，能将此拙作谨献给我的亲友、同事，这是我最大的欣慰，也是我最大的心愿。

目录

我似秋叶（序诗）	01
前　言	01
第一辑　　怀旧溯源	
杖乡忆旧	03
老屋族源	06
父亲北漂	10
我的外公	14
恩人周清	19
魂惊泰和	23
你在何方	26
黎明前夕	29
定居上海	32
我与外婆	35
攀越新高	40
哥俩工程	43
意外收获	46
车站草屋	49
传奇母鸡	52
黑头将军	55
特殊年代	58
胆大妄为	61
自制电琴	64
捕鱼之乐	67
弓弹老鼠	70
梦河情怀	73
一根枪条	76

第二辑　磨砺充实

定格人生	81
融入社会	84
站长遇险	87
为农服务	91
礼堂捷报	94
充实自我	98
坚守承诺	101
半个师父	104
驾船惹祸	107
意外尴尬	110
人生摇摆	113
首遇碰撞	116
青岛回沪	119
大庆脱险	122
千吨柴油	125
地盘摩擦	130
对错之争	133
是非曲直	136
雄心手笔	139
创新求进	142
摩托风云	145
玩命车运	148
下海圆梦	151
追债遗憾	155
多余之举	158
商展受挫	162

特殊攻坚	165
排险水患	168
电梯关人	171
火灾善后	174
迷局陷阱	177
神秘人物	180
引凤筑巢	187
百天任务	191
走进长银	194

第三辑　生活百态

舍近求远	201
喧嚣小镇	205
美在家庭	208
为了积德	211
昏厥男孩	214
木本水源	217
画醉情缘	221
母亲晚年	224
神奇托梦	229
怀念母亲	232
半夜惊魂	235
一只宝碗	238
真假葫芦	241
广袤草原	244
公祭大禹	249
神秘苗王	252

不枉此行	256
一枚红印	262
新昌游记	265
不再生气	269
心堵气闷	272
一根发丝	275
电压事故	278
惊悚心悬	281
一场虚惊	284
把门兄弟	287
感悟象棋	290
神的化身	293
同学聚会	296
邻里之情	299
麻将四老	302

第四辑　夕阳感悟

自我感悟	307

附录一	313
附录二	314

后　记	321

第一辑

怀旧溯源

杖乡忆旧

　　每年5月，繁花盛开，姹紫嫣红，一片迷人景象。对我来说，走进5月，就像走进了百花园，心潮起伏，碧波荡漾，因为我与5月有着特殊的情结，它是赋予我生命的月份，是值得铭记的月份。日月更替，四季轮回，年复一年的5月在我眼前滑过，直到2015年5月的一天，我如梦初醒，弹指一挥间，人生一甲子就这么过去了。

　　这天，我拿到了人生中最重要的一本证书，那是一本绿色封面、印着金字的证书。这本薄薄的证书，长15厘米，宽8.5厘米，体积虽然不大，却表明我人生中的一个重要转折点。那是一本退休证书，有了这本证书，说明国家已经认可证书的主人为老人，可以享受一系列老人的福利了。

　　俗话说"耳顺之年"是老人中的年轻人，是老年人精力最旺盛的时段，在这个阶段，必须抓紧享受世间最美好的时光。

　　退休后，有邀我去旅游的，有催我去玩牌、品茶的，有请我到企业帮忙的。总之，对于朋友们的诚邀，我都会考虑。但除此之外，我还能做些什么呢？有时，我会不经意地想到这个问题。

记得幼时，总幻想自己快快长大，能与大人一样，自由驾驭想做的事，但每当听到台钟传出的嘀嗒声，总觉得时间太慢，慢得憋不住气，就像年迈的老人，平静而均衡地蹒跚而行。如今，人老了，又觉得时间太快了，只一眨眼的工夫，这么多年就过去了，真不知道时间是怎么从指缝中溜走的。

转眼中秋快到了，晚饭后，我无意间走到窗前，抬头仰望，浅淡的斜月已悬挂在天边。尽管初秋的气温还有些燥热，但入夜后感觉凉爽多了。我依窗托腮望着远处浮云中的"半月脸"，闻着窗外绿化中飘来的阵阵馨香，不知不觉萌生了对岁月的思恋。

溯览往事，我隐约感悟到人生的无奈和岁月的沧桑，它既复杂又简单，既甘甜又苦涩。它透视着无知和幼稚、糊涂和懵懂；包含着失误和教训、挫折和磨砺；也存在努力和奋斗、成功和愉悦。总之，人生是复杂的，世界上任何事物都有两面性，要看你以怎样的心态去品味。只要你心里充满阳光，你的人生一定是丰盈而敞亮的。

60年前，也就是20世纪50年代，新中国刚成立，百业待兴。可能基于"人多力量大"的考量，政府希望"人丁兴旺"，那时没有"计划生育"，提倡"光荣妈妈""子女越多越光荣"，我就是在那个特殊年代来到这个世界的。作为排行老六的我，如果国家早几年实行计划生育，我肯定来不了这个世界，我能来到这个世界，也算是一种机遇。

社会上对于50年代出生的人统称为"50后"，"50后"的人生并不平坦，这个特殊人群才来到世间就遭遇到三年困难时期，社会上各种物资贫乏，生活需要"百票"，吃穿极其艰苦。到了读书阶段，又赶上"文化大革命"，基础课基本荒废，初中毕业时如同半个文盲，后来虽然恢复了高中，但对于1971届之前的初中毕业生来说，已经离开了学校而无缘续读。之后，虽然这些人大部分找到了工作，可就在"上有老下有小"的人生关键时段，又遇到了大范围的"下岗协保"……

我与大多数"50后"相比还算是幸运的。三年困难时期，由于家住大城市（上海），父母有固定工作，尽管生活所需都要凭票，各票也都限量，但总有我的一份子，相比农村家庭的同龄人要"幸运"多了。"文化大革命"中，我虽然没学到应有的文化知识，但在"文革"结束后的"万民自学大潮"中，我不仅补回了学业，还拿到了大学文凭，最后还取得了高级职称。

我初中毕业时，国家政策有了转变，毕业生不再"一片红"（全体毕业生都去农村），允许有40%的居民学生可以分配工作，我凭借哥姐"两工两农"的微弱优势分配到了工作（商业小集体），尽管当时月工资只有14元，但总归有了固定职业，更何况后来在"随波逐流"中转到了国企。在之后的"下岗协保"大潮中，虽然我也办了"协保"手续，却由于工作需要一直留在企业，直至退休。

　　"回忆"是老年人的乐趣，在千变万幻的人生波折中，想想很有意思。60年的阅历，一幕幕展现在眼前，它如同散落的秋叶，虽然已为陈迹，但都经过风雨的洗礼，都受过阳光的恩惠。它们各有各的故事，叶虽枯黄，但都承载了过去的点滴，都见证了那段历史的闪烁。我隐约觉得，退休后应该将人生中的往事挖掘出来，虽然这些往事并不那么惊天动地，不那么诱人，但从某种角度说有它的特殊意义，因为它不仅是个人岁月的叙述，更是我们这代人的历史缩影。

老屋族源

  1941年,绍兴沦陷,日本兵在城内烧杀抢掠,无恶不作。这天,一个日本兵在城中游荡,无意中发现有一幢楼特别奇怪,日本兵左右打探,突然,他似乎明白了什么,一阵狞笑后,回去提来了一桶汽油……
  日本兵要干什么?楼有什么奇特之处?楼主人是谁?按理说,该楼建在群房深处,从外面进来要经过几十米长的小弄堂,一般人是走不到这么深的,日本兵竟然蹿到这里,只能说是其贼性使然。
  其实这楼就是我家的李家老屋。这幢建有厢房的二层老屋,砖木结构,粉墙黛瓦,属绍兴典型的明清建筑。老屋布局完善,风格淳朴,明暗相衬,具有江南民居特色。屋楼中厅排门窗户上,各种彩色玻璃尤显注目。据说当时中国连一般玻璃都生产不了,更不要说彩色玻璃了,要取得这种玻璃,必须从外国引进,价格昂贵。
  老屋东侧厢房内,堆放着零乱的杂物,其中散落着几只积满尘埃的灯笼,弹去尘灰,"陇西李"的字样隐约可见。
  千百年来,一些客家人在由北向南的迁徙过程中,都会把姓氏、堂号写在红灯笼上，每逢过年过节，他们把红灯笼挂在大门前，以寄托对先祖的怀念，也体现了客家的族源。红灯笼反映了客家人迁徙发展的艰辛历程，同时也衬托着喜庆、祥和之气氛。

灯笼上的"陇西李"已经说明，李家是"陇西李"的后裔。"陇西李"出自甘肃"陇西堂"。根据甘肃文化出版社出版的《陇西史话》和"中国陇西网站"2010年8月15日发表的《陇西李氏之渊源——轩辕黄帝乃始祖》等资料，陇西堂基祖叫李崇（陇西郡守），他的九世祖是李耳（道家创始人），李耳的十世祖是李利贞（传说是李姓始祖），上溯二十七世祖叫皋陶（虞舜时代司法大臣，古称"理官"）。相传皋陶的九世祖为轩辕黄帝。

据父亲说：先祖原在北方，约太平天国时期因战乱来到南方，后又被战乱冲散，其中就有我太爷爷。那时太爷爷年纪轻，孤身一人，因为会木工手艺，便在当地乡村打工，时间一长，稍有积蓄，就购买了绍兴南门外西凫村的房子（后来该地被称作李家弄）。太爷爷成家后，从事折扇加工。1864年，清军攻破太平天国都城（南京），正是这一年，我爷爷降生了。

爷爷长大后去杭州舒莲记扇庄当学徒，学成后回绍兴继承纸折扇加工（自产自销），产品热销桐庐、富阳一带，鼎盛时曾雇四五个

作者祖父母，成像时间约1912年，其中祖父为画像，图片经电脑合成

工人，专营批发。稍有积蓄后，又在城内油车弄买了房子，开设李天和扇庄。再有积金，又购得十余亩地及房屋若干。后来李家遭遇大火，损失惨重。到光绪二十九年（1903），又购进绍兴仓桥街的房子，这就是李家老屋。

自购进李家老屋后，李家劫难不断。当时正值清末，社会动乱，经济萧条，民不聊生，纸扇业务锐减，为能维持家业，爷爷便转型与他人合伙办钱庄。没多久，合伙人卷款潜逃，钱庄瞬间倒闭，李家由此家道中落。

1914年，太爷爷去世。翌年，爷爷也因病撒手人寰。当时李家有四个孩子，两男两女，最大10岁，最小4岁。以奶奶瘦弱的身躯，要独自扛起这么

一大家子，真是太不容易了，年复一年，两个女儿因病相继离世，家里只剩下奶奶和两个儿子（大伯和我父亲）。

当时，李家仅有一些房子及六亩薄田。好在奶奶贤惠能干，她处理完后事后，果断收回外面的欠款，卖掉二亩薄田，买入缝衣机，给人缝制衣服。她还将一些房子出租，到了年底便雇上人力车去收租。奶奶的辛勤操劳，勉强维持了一家人的正常生活。

奶奶非常重视对儿子的教育。为省学费，她外聘塾师在家开馆，同时外招五六个小孩共同习读，按今天的说法就是摊薄成本。春去冬来，两个儿子进了新式学校，开支大增，仅学费一项就占了家庭收入的大头，经济入不敷出，宗族长辈见状劝奶奶，不如送两个儿子去当学徒，不仅可以减少开支，而且还能增加家庭收入，但奶奶不为所动，坚持己见。

在奶奶的呵护下，1926年，大伯考上北平师范大学，后来趁学潮停课间隙，又去武昌美国人办的文华图书馆专科学校报名攻读。据说当时全国报名有千人之多，录取只有九人。1931年，大伯分别完成了两所大学的图书馆、英语专业后，先后到北京大学图书馆、清华大学图书馆、云南大学图书馆工作。1928年1月，父亲也考入国立西湖艺术院绘画系（今中国美术学院），有幸成为潘天寿、李苦禅的首届学员。1933年毕业后，又去北京齐白石先生那里深造。

当时，据说整条仓桥街中，家里同时出两个大学生的并不多，奶奶为此感到欣慰。后来，奶奶去世，父亲为看守祖屋，从北京回到绍兴。成家后，与孙福熙（鲁迅学生）、郦荔丞（鲁迅表弟）等人创办"绍兴子民美育院"，并任院长。

1940年已隐居香港的蔡元培先生知道后，异常激动，当晚就为绍兴子民美育院写了铭记："美术之作，肇自初民。积渐进步，温故知新。醇化职业，陶冶精神。天才好学，成己达人。"

【怀旧溯源】

　　就在父亲满怀信心、对事业充满希望之际,却机不逢时。1937年日军发动"七七事变",国家风雨飘摇,日军侵华铁蹄直逼绍兴,人们在恐慌中纷纷逃离,美育院被迫关闭。为安全起见,父母决定到江西暂避。出发前,父亲将门窗用砖块砌封,本为防盗,不料反而引起了日本兵的注意。

　　日本兵猜到楼主人为躲避他们而远去,便有了邪恶之念,为泄嫉恨,他们要把房子烧了。其中一个正欲泼油,却发现没带火柴,便把油桶放在地上后,跑回去拿火柴。

　　这时,突然跑出一个年轻人,看日本兵已走远,拎起油桶就跑,一会儿没了踪影。等那日本兵回来,发现油桶没了,便恶狠狠地瞪了几眼,然后悻悻离去。邻里猜测,可能时间不允许他久留。好在他离开后再没回来,老屋总算逃过一劫。

　　抗战胜利后,全家人回到绍兴,发觉老屋门窗洞开,碎砖撒了一地,屋内值钱的东西悉数遭劫,连电线都被扯去。但不管怎样,老屋还在,这要感谢那位不知名的年轻人,正是他的见义勇为及智慧,才保全了李家老屋。

　　岁月涤荡,老屋厢房终因年久失修相继倒塌,主楼也摇摇欲坠,直至改革开放后,老屋随城市建设被拆除。就这样,这幢历经百年风雨、承受世事沧桑、见证李家沉浮的老屋,悄无声息地湮灭在历史的尘烟中。新中国成立后,大伯与父亲定居上海,赓续家承,施展所长。

常年失修的李家老屋

父亲北漂

所谓"北漂",这是现代人的词语,其意指:非北京地区的年轻人到北京谋生的一族。而在88年前,我父亲李寄僧就经历过一段"北漂"。

1928年春,父亲考入国立西湖艺术院绘画系(如今的中国美术学院),经历五年寒窗,终于完成学业。毕业后在恩师潘天寿、李苦禅的指引下去了北京。当时我大伯大学毕业后已在清华大学图书馆工作。通过大伯的朋友介绍,父亲暂在北京安徽学校任教。渐稳后,父亲按李苦禅提供的地址去找齐白石。

父亲李寄僧约摄于1930年

齐白石(1864—1957),湖南湘潭人,20世纪中国画艺术大师,世界文化名人。李苦禅曾是齐白石的高徒,父亲虽有李苦禅的指点,但要见到齐白石也非易事。

根据地址，齐白石住在北京西单跨车胡同13号的平房里，据说他是在1926年花2000银元买下了这座三合院带跨院的住宅，面积约600平方米。

几经周折，父亲终于找到那里，只见门口挂着一块小牌子，上面写着："本人患有心脏病，恕不见客。"父亲不知所措，既不能冒然进去，又不甘就这么离开，怎么办呢？徘徊间，院内走出一位着长衫、小背心且剃光头的中年男子。父亲忙迎上去，递上名片，说明自己从杭州来。那人看了名片，稍犹豫后，请父亲稍等，转身向里走去。

近代国画大师齐白石

看着男子的背影，父亲忐忑不安，大师会拒绝吗？他两眼直直地盯着院内。不一会儿，里面传出口信，说大师同意会面，父亲紧绷的心终于松了下来。

进屋后，只见已七十高龄的白石老人身着紫灰长袍，鹤发童颜，器宇轩昂，似有道家长老之风范，实在看不出有什么病。他的画室十分整洁，桌上放着文房四宝，一边还搁着约一米高的白石半身油画像，画角具名为悲鸿。据说徐悲鸿与齐白石第一次相见是1928年，也是在这里。

齐白石让父亲坐下后，只微微点头，后来得知父亲是潘天寿、李苦禅的学生，始露笑容。按辈分，父亲应该是齐白石的孙辈了，所以父亲称齐白石为太师。齐白石听后很高兴，说："这里常有不速之客，我讨厌这些应酬，故而在门口挂上木牌，谢绝见客，并不是真的有病。"他还说："有一次，来了个外国人，不懂中国语言，也不带翻译，擅入画室，还把椅子搬到院子里，做了几个手势，最后拍了几张照离去了，真是荒唐透顶。"

交谈中，自然离不开绘画。父亲展开自己带去的两张画作让齐白石点评，大师仔细观察后点头微笑，随后取出笔砚，分别在父亲两张画作上题跋，"圈花出干，半似吴君，谈者容易，欲作难能，寄僧君年少人也，画笔老成，可喜，因为题记，非好事也"，"如此画法，略似朱雪个"，之后署名盖印。

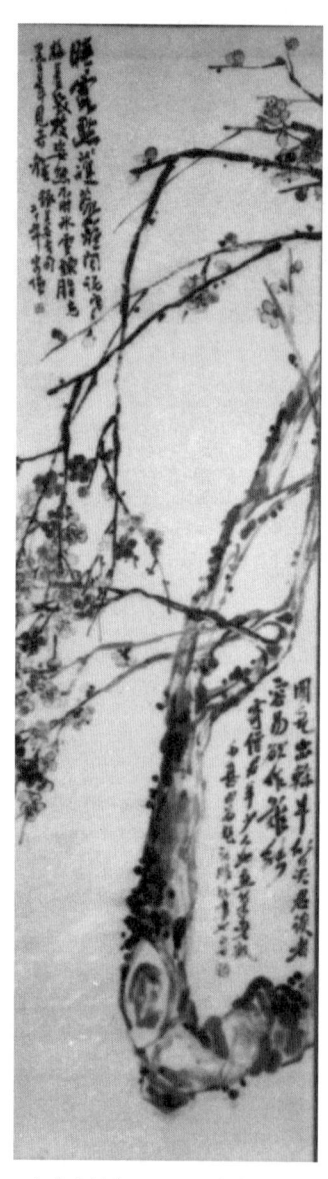

父亲李寄僧作品，右下为齐白石提跋

这次见面，齐白石对父亲印象甚好，要求父亲每逢农历初八上午八时到他那里看他作画。因为这一天，他既要为荣宝斋订货作画，又要举行直观教育，凡入室弟子，必须风雨无阻按时到达。齐白石的这般要求，算是对父亲的认可。

这天是观摩的日子，父亲早早地赶到大师寓所，只见画室内已有五六个中年人站在那里，齐白石为父亲做了介绍，这些人听说父亲是潘天寿、李苦禅的科班学生，都表示敬意。之后，父亲在那里结识了许多画界朋友。

父亲除了规定日子去大师那里学画，平时也经常去。有一次，齐白石对他说："你的作品中，有些地方用笔太小，必须改用大笔。"他又问："你有大笔吗？"看到父亲摇头，他马上又说："我送你两支。"说罢，白石大师带着父亲朝沿廊走去。

大师家虽是四合院，但结构与一般不同，西北方向没有房子，南面是画室，东首却有一排平房。父亲跟着大师经过第一间房子，一个和尚正站着用大笔作画，身边还堆放着不少宣纸。父亲想这个人肯定也是大师的门生，以前怎么没有见到过。正疑惑，大师介绍说："这人基础差，他虽画得多，但进步不大，现在只能从基础学起。"第二间房子里，师母正在磨墨。第三间是厨房，最后一间才是要去的堆积间，里面还放着一口"寿材"。大师用凳子做垫，一脚跨到了"寿材"顶上，把靠墙木架上的几个纸包拿下来，然后选取一捆长的说："这都是大笔，你自己挑吧。"

父亲高兴极了，当即取了两支，是特大羊毫笔。那时，父亲虽在北京任教，但由于课时不多，收入很少，大师送他这样贵重的好笔，可谓雪中送炭，父亲甚为欣喜。

很快暑期到了，李苦禅利用假期也赶到了北京，他在我父亲的陪同下，一起去探望白石大师。齐白石甚为高兴，向李苦禅介绍了父亲的学画情况，认为父亲年少老成，基础不错，但用笔不够大胆，希望父亲对事物多观察，多思考。大家谈笑风生，这天很快就过去了。父亲事后回忆，那次见面，是他们"三代人"唯一的聚首。

时间过得很快，在齐白石的指导下，父亲画技有了长足进步，特别是画梅花，错落有致，遒劲老辣，齐白石看后甚为满意。后来，在大伯朋友的斡旋下，父亲又转到北京美专（中央美术学院前身）任教。由此，父亲在北京有了立足的基础，前景看好，但到了第二年，即1934年，由于老家变故，父亲又回到了绍兴，结束了人生中唯一的北漂。北漂时间不长，但在父亲人生足迹中，当属值得回味的精彩片段之一。

我的外公

　　水乡古镇，江南居多，有的已成为人们熟悉的旅游胜地。对我来说，最感兴趣的还是浙江绍兴的东浦古镇，由于至今没被商业化，相比其他古镇，它的原味更浓，民俗更纯，古韵更实。当然，我钟情东浦古镇，不只为了欣赏它的古朴纯真，还有一个更重要的历史原因，即那里是我的外公家。

东浦镇徐锡麟塑像

　　我很小的时候，母亲经常说起东浦。东浦位于绍兴市城西北部约7公里的地方，它是绍兴四大古镇之一，也是我国历史文化名镇

【怀旧溯源】

之一。东浦河水缠绕,乡民依水歇居,河道碧水清波,墙瓦清秀典雅,石桥古朴多姿,小船湖面荡漾,所有这些,构筑了水乡古镇清幽淡雅、安详宁静的风景线。

1906年秋外公徐仲荪(中排右2)与其兄长徐锡麟等摄于日本早稻田大学

镇的入口处,有一座革命先驱徐锡麟的雕像,不远就是徐锡麟纪念馆,那既是徐家祖宅,也是我的外公家。外公是徐锡麟的二弟,据各种史料记载,外公也有不寻常的人生。1906年1月,外公随兄长徐锡麟、陈伯平、马宗汉、王金发、范爱农等人赴日本留学,鲁迅、陈仪等人专程到横滨码头迎接。外公作为光复会会员,与长兄徐锡麟一起参加了反清斗争。

1907年7月6日,徐锡麟在安庆举事失败后,第二天清政府从武义得悉大通学堂有革命党人。同一天绍兴绅士胡道南向绍兴知府贵福告密大通学堂秋瑾、王金发等人在农历六月初十起事,当晚贵福速赴杭州向浙江巡抚张曾敭禀报。张曾敭要求贵福立即对大通学堂采取措施,后因绍兴县令李钟岳对秋瑾有好感而故意拖延。到了7月11日,张曾敭从杭州发兵围剿大通学堂。7月12日,外公在江西九江码头被清政府逮捕。

入狱后,外公惨遭酷刑。虽然他知道众多革命党人的情况,但在审讯中,却始终未暴露自己是革命党的身份。为了确保革命党人有时间撤离,他尽力拖延时间与清吏周旋(根据绍兴文史资料选辑第四辑《徐锡麟史料》徐伟供词——次日讯徐伟之情形)。秋瑾遇害之后,他又以滞后信息做敷衍

（根据《徐锡麟枪杀恩抚全案》编辑按）。外公的斗争策略使清政府没有因其供词而抓到任何革命党人，无奈之下，判他10年监禁。

由于事发各情节的时间点都相当近，随着岁月渐远，有的情节变得模糊起来。有的人甚至臆想猜测，认为当时围捕大通学堂与外公有牵连。实际上浙江巡抚张曾敭从杭州发兵围剿大通学堂是7月11日，此时外公还在长江船上，他是7月12日才被捕的。

辛亥革命胜利后，外公得以出狱。社会对外公的表现给予认可，并因此赢得尊重。孙中山到绍兴时，肯定了"徐家"的功绩。1912年2月，浙江军政府派卢宗汉、外公等去安庆将徐锡麟等人的遗骨运回浙江安葬。当烈士的灵柩运抵杭州时，浙江军民举行隆重的迎柩大会。

1931年，虎跑定慧寺元照禅师往生极乐，由安心头陀对龛说法，外公徐仲荪（右1）与弘一法师、沙门西莲、弘伞法师一起参与念佛回向的轨仪

为纪念徐锡麟、陈伯平、马宗汉等烈士，外公等人设立了"徐公祠"，并组织200余人的"徐社"，蔡元培先生专门为"徐公祠"撰写了《徐烈士祠堂碑记》，外公被推举为"徐社"首任社长。

根据浙江大学出版社出版的《浙江民国人物大辞典》及相关文选介绍：徐仲荪（外公）1905年东渡日本，1906年考入日本早稻田大学政法系，并由章太炎介绍加入光复会，协助胞兄徐锡麟从事反清革命活动，后来起义失败而入狱，直

2002年作者（右1）与章念祖（章太炎孙）合照

至清王朝覆灭。1912年应浙江都督汤寿潜之邀出任浙江禁烟局局长。1915年去杭州文澜阁修补《四库全书》，任总校之职。1928年任教于春晖中学，与马一浮、夏丏尊、刘质平等人共职。其间，因看不惯官场黑暗，屡次拒绝到政府部门任职。他曾写诗："闲来写字街头卖，不受人间造孽钱。"

外公一生既不喜官，也不涉商，常以书卷为伴，以会友评书为乐，晚年他宣扬国学，与章太炎等人结为文友。太炎先生十分敬佩外公的国学功底，他以端砚做贽见礼，将儿子章奇托付外公为师。章奇时虽年幼，但已能用大笔书写对联，只因人太矮，要用大凳垫小凳才能书写。章奇曾写对联一副送给外公，内容是唐朝王勃的名句。上联为"落霞与孤鹜齐飞"，下联为"秋水共长天一色"。上款题"仲苏大伯雅正"，落款写"七岁章奇敬书"。1936年章太炎病逝，追悼会上，外公作为好友代表致文悼念。

1941年绍兴沦陷后，外公因拒绝给日本人当翻译，被断口粮，无奈以糠充饥，终因体弱噎食而亡。蔡元培先生在传记中曾这样评价外公："次伟（外公），宁静不趋时尚，徜徉山水间，玩宋明儒者之言，佐以禅悦，最有父风。"

根据西泠印社出版社出版的《鲁迅——与他的乡人二集》，外公与鲁迅也有来往。鲁迅在《朝花夕拾·范爱农》中也提到过外公。

外公徐仲荪照

1985年，人民文学出版社马蹄疾先生为编辑《鲁迅全集》，曾找徐家后人了解外公与鲁迅的交往，可惜徐家后人与外公接触甚少，细节无从谈起，让马先生十分失望。

如今，日月更替，斗转星移，外公那一代人早已成为历史，在东浦沉淀的历史文化中，多少也融入了他们的点滴。岁月流转，怀情依旧，每当有人提及古镇，我就会想到东浦，想到外公，想到外公那一代人。

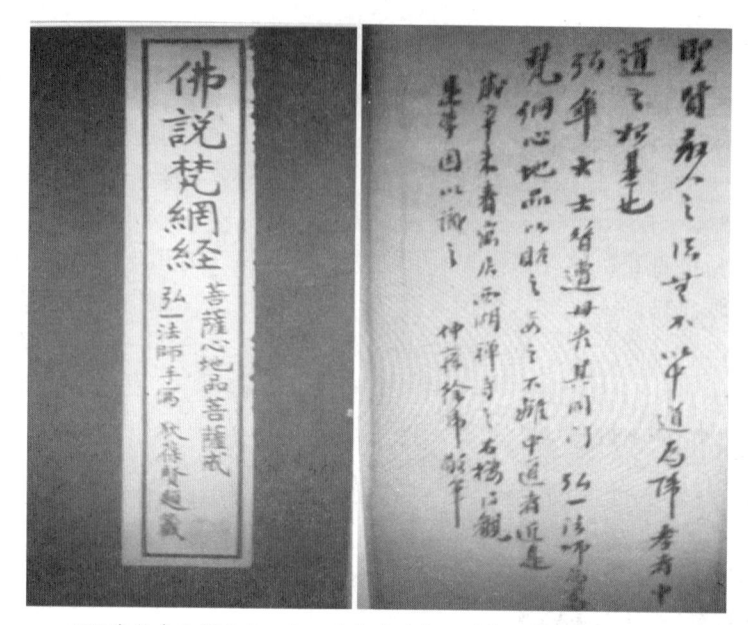

1920年弘伞法师丧母，弘一大师为其书写《佛说梵纲经》，并每日持诵，以为回向。此经封面为有正书局创办人、民国大收藏家狄葆贤题签。扉页有吴昌硕、冯煦题签。后有吴昌硕、王震（白龙山人）释，印光大师、李详、马一浮、徐仲荪等题跋（右为外公徐仲荪手笔）

恩人周清

1940年某天，一个噩耗传来，周清病逝他乡，父母得悉后很悲痛。为何父母会如此反应？他是谁？与我家有什么交集？

周清原名幼山（友三），号越农，绍兴东浦镇人，出生于酿酒世家。周清性善好义，助人为乐，社会上都亲切地褒称他为"周外婆"。正因为他的热心，才被我家视为恩人；正是有了他，才有了我家的今天。

1743年，周清祖上开办云集酒坊，历经几代后，"云集酒"成为绍兴黄酒中的佳品。周清自幼爱好自然科学，他16岁考取秀才，23岁考入北大生物系，32岁回浙江任杭州高等师范学校生物教师，后任浙江省立甲种农校校长。1915年，他将自己酿造的"周清酒"送往在美国举行的巴拿马国际博览会参评，为绍兴酒夺得第一枚国际金奖。他在执教之余，还撰写了《绍兴酒酿造法之

恩人——周清

《研究》一书。

书籍出版后，日本人首先译载，并据书中所述酿制老酒，其酒味与绍兴酒较为相似，但绍兴酒越陈越香，而日本酒不到一年酒质便发生变化。周清闻讯后当即道破个中奥秘："绍酒名驰中外，各处所难以仿造者，水质之不同也。"

周清不仅继承及发展了黄酒制作工艺，还奉行"实业救国"。抗战前，他投资众多企业，如杭州民生银行、杭州滑艇船业公司、上海德信昌酒店等，并资助绍兴成章小学、东浦热诚学堂。

周清与我外公是同乡、同辈、同龄，且都是书香文人。辛亥革命中，外公被捕入狱时，周清利用自己"中书科中书"的身份，联合绍兴籍同乡京官，呼吁释放外公。他对外公家的情况很熟悉，也了解我母亲的情况。

母亲徐明珍，又名徐佩侬，是徐家最小的女儿。她比父亲小四岁，正值桃李年华。当时，乡邻们都知道母亲"优越"的自身条件，这不仅因为她是辛亥革命徐锡麟烈士的胞侄女，更因她自幼聪明。读小学时，因成绩过人而连跳三级，毕业时又名列第三，乃至学校将大红喜报送至家中，给了徐

绍兴周清纪念馆

摄于1933年后排左5为母亲徐明珍

【怀旧溯源】

家一个意外的惊喜。读中学时，母亲在千名学生中被选为唯一的四好生（德、智、体、美），喜得银奖。母亲的体育也很出色。1933年春，浙江省举办第二区第二届运动会，21所学校476名运动员参加。运动会上，母亲得女子组总分第二，喜获两枚金牌，一枚银牌、一枚铜牌。母亲的名字及照片上了省报，并被誉为"三铁姑娘"（铁饼、铅球、标枪）。后来，母亲回到家里，外公亲授国学——《古文观止》。

此时，周清正好与我父亲在同一个学校共事，十分了解父亲。1933年，父亲自杭州美院毕业后去了北京，在齐白石那里继续深造，同时又就师职于北京艺专（中央美术学院前身）。后来为照看祖屋，父亲又回到绍兴，任职于绍兴稽山中学。

周清与父亲，一个是德高望重的教育前辈，一个是初出茅庐的后生同仁，按理说，他们两人是有代沟的，但他们关系非常融洽。父亲谦逊好学，对前辈非常尊重。周清对父亲颇有好感。周清认为，父亲和母亲年龄相宜，条件接近，就有意撮合。在他的热心牵引下，父母确立了恋爱关系。

母亲徐明珍中学时代部分奖牌

外公家（徐家）地处绍兴东浦。东浦是一个千年古镇，不仅有浓郁的文化底蕴，更有迷人的水乡风情，那里的交通主要靠水路。奶奶家（李家）在绍兴城内，地处府山东侧仓桥街。因李家不靠河道，出行主要靠陆路。

1935年某天，父母喜结良缘。这是一个良辰吉日，先是三条彩船运驳，再由婚车相迎，乐队齐鸣，彩球飘舞，大人语欢，小孩雀跃。

婚礼由朱仲华、张琴荪两位社

父母亲分别摄于1933年左右

21

会名流主持。朱仲华1920年毕业于复旦大学文学系,曾积极参加"五四"爱国学生运动,担任复旦大学学生自治会会长、上海学联总会计兼总干事、全国学联评议员,并以学联代表两次晋谒孙中山,得到孙中山的慰勉,以手书"天下为公"条幅相赠。1932年,他与邵力子、金汤侯等创办稽山中学。张琴荪是绍兴开明绅士,辛亥革命后,绍兴设立救济院,张琴荪是董事之一。

1935年李徐两家为姻亲时,母亲徐明珍的表哥陈树规送的银牌,上面刻有"双璧"字样

母亲的表兄陈树规特意送来一块银牌,银牌上刻有"双璧"字样。据母亲后来回忆:"那些年表兄在杭州洋堂学英语,一次放暑假回来,身穿长衫,长衫下露出二段西装裤脚,穿着一双发亮的皮鞋,风度翩翩,是个俊美少年。"

陈树规叫我外公为姑丈,虽然年龄相差很多,可话很投机,外公与他谈古论今,全家人在船上吃月饼、闲聊。

喜庆中还有一位特别的嘉宾,他就是周清,正是他的热心及努力,才促成了这件喜事。

后来社会动荡,战乱不止,日本侵略中国,绍兴沦陷。为了安全,周清移居江西,不幸患上了恶性伤寒而不治身亡,享年64岁。父母知道后既悲痛又惋惜,认为他不该走得这么早,这都是乱世惹的祸。许多年后,父母仍经常提起他,说他是行善积德之人,是有恩于李家的好人。

【怀旧溯源】

魂惊泰和

1940年，日本侵略中国，为了安全，父亲携全家去了江西，几经周折后，在江西泰和县文江安顿下来，并找到了工作。没多久，母亲怀上第三个孩子，随着临产期的到来，父亲眉头紧锁，心事重重，因为此前在这个地方曾发生过一系列揪心事。

二战中的日本轰炸机

当时，文江有个国立幼稚师范学校，校长陈鹤琴是绍兴人。早年，他于清华大学毕业后公费留学，获美国哥伦比亚大学教育学硕士学位。1918年受南京高等师范学校校长郭秉文之聘回国任教。他一重研究，二重实验，在教育界很有名气。

父亲遇到陈鹤琴后，被聘为教育部江西国教实验区研究员，母亲则被学校聘为语文教师。由此，父母有机会接触到陈鹤琴的"活教育"。一次，尚处年幼的大哥与姐姐放学回家，途中下起大雨，山上冲泻下来的大水横在路上，形成一条"宽沟"，他们没法过去。实际上陈鹤琴与我父亲就在他们后面，陈鹤琴示意父亲暂不要去帮他们，而是躲在树后观察。大哥先哭了起来，妹妹也跟着哥哥大哭，过了一会儿，哭声停了。大哥开始将他妹妹的书包藏进路边的树洞里，然后想带着妹妹涉蹚过去，这时陈鹤琴才示意过去帮他们。陈鹤琴说："孩子遭困时不宜立即帮他，要逼他自己想办法，因为人的才能是从磨难中练出来的。"

父母能在教育家陈鹤琴身边工作是幸运的，但在战乱年代，事情往往不能心随所愿。泰和虽说没遭日本人侵占，但日本飞机常来轰炸，弄得人心惶惶。

时值母亲怀孕，很巧，隔壁两户邻居的女主人与母亲一样，也是"大肚子"，且临产期与母亲差不多。平时三个孕妇说说笑笑，互聊怀孕的感觉，一切显得那么美好、自然。

这天，一个孕妇临产了，为了节省费用，请了当地的接生婆，结果发生难产。接生婆无计可施，折腾了三天三夜，最终产妇还是断了气。其他两个孕妇吃惊不小，发誓决不再请接生婆。

惊恐阴霾还没散去，隔壁另一个孕妇临产了，她吸取前一个孕妇教训，请了位洋医生来接生。先听得产妇阵阵喊叫，继而直呼救命，闻之令人毛骨悚然，折腾了很长时间，最终被迫送医院。后来得知断气在半路，据说是衣胞留在肚里所致。

隔壁接连死了两个孕妇，大人小孩哭声一片，纸钱烟灰满屋乱飞，目睹这一切，父亲度日如年，他既盼新生命的到来，又害怕遭遇不测。

这一天终于来了。父亲吸取前两个孕妇的教训，既不请接生婆，也不叫洋医，而是将母亲直送正规医院。一切很顺利，是男孩，我二哥降生了。父亲悬着的心终于落了地。因学校还有事，他向护士做了交代后，当晚就回了学校。

谁知第二天清晨，空袭警报骤然响起，医院一片混乱。有的向外逃窜，有的急于找人，喊叫声、跑步声、撞击声乱成一锅粥。

其实，之前类似空袭警报母亲经历过许多，其中一次最为惊险，却让全家人逃过大劫。那天，空袭警报响起后，大家拿着干粮往防空洞里跑。防空洞内已有20多人，里面又闷又热。姐姐还小不懂事，哭喊口渴。父亲慌乱中忘带了水，姐姐越哭越凶，洞里的人很反感，认为哭声会招引日本兵的炸弹，要求大人管好孩子。无奈姐姐太小，根本不理会大人的哄骗，反而越哭越凶。一时间，满洞皆是怒目圆瞪，如此场景，让人不寒而栗。没办法，全家人被迫从防空洞退出，躲到一棵茂密的大树下，由于外面凉快，姐姐也不哭了。

飞机来了，飞得很低，甚至能看到驾驶员。父亲心想，这下完了，反正也逃不掉，听天由命吧！大家闭上眼睛，等待生死攸关的那一刻。飞机好像还没看清目标，不停地在空中盘旋。父母护着两个孩子，心里怦怦直跳。突然，一颗炸弹下来，正中那个防空洞，一声巨响，万籁俱寂。

父母惊呆了，刚才活生生的几十个人，瞬间灰飞烟灭。目睹惨状，全家人恐惧地抱成一团，久久不敢松开……

如今空袭警报又来了，母亲并不惊慌，认为好人一生平安。这时，一个护士小姐抱着婴儿匆匆赶来，还没等母亲回过神来，就把婴儿放到母亲怀里，说："我们要逃了，你自己照顾自己吧。"说完，就跑得没影了。

父亲不在身边，周围没人相助，为了安全，母亲只能抱起孩子，撑着虚弱的身体，艰难地向外走去……

终于，空袭警报解除了，医院恢复了平静，母子俩有惊无险。

泰和空袭不断，弄得人心惶惶，为了安全，学校决定远迁，父母不愿跟随。听说广昌没有空袭，且广昌中学正在招聘教师，父母商量后决定去广昌，但广昌真会如人所愿吗？漫漫人生路，只能走一步算一步。

你在何方

　　1940年末，我家离开泰和又去了广昌。通过朋友介绍，父亲到广昌中学任职，生活勉强维持。艰苦岁月中，在自顾不暇的情况下，父母竟在广昌收留了一个流浪儿，一个生满疥疮且无家可归的流浪儿。
　　广昌地处武夷山西麓，东与福建接壤。那里山高林密，日本人鞭长莫及，但飞机也偶来骚扰。广昌有个风俗，每逢农历初一及十五是赶集的日子。
　　这天父母去集市，忽见有个14岁左右、骨瘦如柴的小乞丐，他蓬头垢面，衣衫褴褛，满头癞痢，且一身疥疮，路人看了都避而远之。他向路人乞讨，说自己饿得不行了，还拾香烟头吸。听口音他是绍兴人，进一步打听后得知，他是绍兴柯桥福年人，家中父母都死了，一路讨饭到广昌。
　　父母见其可怜，想给他点钱让他回家乡，他不肯，说回去也没亲人了。父母商量后决定先把他带回家，帮他治好癞痢和疥疮再说。癞痢是真菌感染，疥疮是皮肤表层内疥螨引起，这两种皮肤病都具有很强的传染性，父母收留他，须承受很大的风险。
　　当时父亲在一所中学教书，母亲没工作，家里哥姐还小，日常开销中还要承担房租,生活拮据,现在又多出一人,增加了家庭负担,但父母为治好他的病,义无反顾地收留了他。

时值战乱,去哪里看病呢?父母四处打听,最后得知学校门口有个外国神父,据说他能治好这个病,父母抱着希望带他去了。神父了解情况后开始有些犹豫,但在父母的恳求下,他终于同意为他治病。此后经连续疗程,这个难缠的皮肤病终被慢慢治好了。因为他没名字,家里人仍叫他"癞子",他也欣然接受这个"雅号"。

本想待他病治好后就让他离去,但他举目无亲,又能去哪里呢?癞子流露出不舍的目光。因为是同乡,父母同情他的处境,最后还是决定留下他。

不久,母亲找到了工作,是乡村的公立小学,每月薪水不多,只两担谷子,母亲很满意,至少能解决全家人的吃饭问题。父母均有工作,生活勉强维持。但天有不测风云,生活刚趋平稳,家乡却传来噩耗,外公去世了。这晴天霹雳的消息,让父母悲痛欲绝。外公才六十出头,他是怎么走的?何故如此突然?当时绍兴是沦陷区,广昌是国统区,两地邮路不通,面对遥远的故乡,根本无法回去。父母强忍悲痛,默默哀思。后来得知,外公因拒给日本人当翻译,被断口粮,无奈以糠充饥,最终噎食而亡。

日复一日,癞子闲着没事,有些无聊,想找点活干。父母就在乡下租了间简陋的房子,买了100只小鸭,用母亲每月赚的两担谷子做饲料搞起了副业。

一天,癞子垂头丧气地回来说:"鸭子赶到木桥中间时,对面来了一头黄牛,此时鸭子已退不回来,纷纷飞入桥下,钻入两面芦苇中不见了。"癞子很伤心,父亲安慰他不要难过,明天再去找,或许能找回来。

第二天鸭子终于出来了,经清点少了五只,损失不算大。可不久倒霉的事又来了,这些鸭子呆头呆脑不吃东西,随后纷纷倒下,没几日变成了死鸭。原来得了鸭瘟,瘟鸭不能吃,只能挖坑把它们埋了。

本想通过养鸭补贴家用,现在反而赔了几担谷子,想来伤心,癞子整日不说话。父母安慰他说:"没关系,失败乃成功之母嘛。"

一个偶然的机会,家里搞到一块荒地,癞子建议把它圈起来养小鸡,母亲同意了。癞子很投入,在他的精心照料下,鸡长得很快,每月两担谷子已不够吃了。癞子就在地里挖了两个坑,再让母亲买些豆腐渣埋在里面,三五天后,把坑挖开,让鸡吃里面生出来的小虫。鸡又大又肥,但就是不下蛋,经询问，才知养得太肥了。这类鸡卖不出价格，所以也失败了。

癞子没事做，在他建议下又养了一头猪。每天，他打柴、割猪草、烧猪食，显得很内行。这段时期总算太平，生活相对充实。中秋节到了，猪已养大，就把它杀了，全家人欢聚一起，说说笑笑，吃个痛快。

猪没了，癞子觉得闷，仍上山打柴，希望秋后再买小猪养。癞子有个习惯，上山打柴之后，总要在山上睡上一觉，再找些野果吃，然后回家。

这天，太阳西沉，仍不见癞子，正着急，只见他摇摇晃晃回来了，嘴角流着涎水，手不停痉挛，说话支吾。怎么回事？父母刚想询问，癞子却直扑床上睡着了。第二天他很晚起身，手脚已不协调，穿鞋都很艰难。很明显，他已经神志不清，估计山上吃了什么有毒的野果。广昌地处山区，到哪儿去治啊？没办法，只能让他待在家里，嘱咐他不要出去，希望他能慢慢好起来。

一天癞子不见了，全家人很着急，分头去找，都没结果。天暗了，他还没回来。这偏僻山区，猛兽很多，前几天就发生一起小孩被猛兽吃掉的惨剧。癞子是否遭遇不测？全家人等了一个晚上，但他始终没有出现。家里人与他一起生活了几年，有了感情，现在突然不见了，觉得很难过，但也没办法，只能从心里祈祷他平安。后来得悉他仍活着，说那天是被抓壮丁带走的，之后就再也没有他的消息，或许……

日月更替，斗转星移，弹指一挥间，80多年过去了，癞子，你在何方？

【怀旧溯源】

黎明前夕

姜丹书先生

1945年日本人投降后，我们全家从江西回到故乡绍兴。这时绍兴城内人丁稀疏，许多逃难百姓还没回城，外迁学校也没回来，街头小巷一片衰败。父母找不到工作，生活要开销，家里陷入困境，就在这生计难以为继之时，父亲的人脉圈里出现了一个人，是位名人。他是父亲读大学时的老师，教育界老前辈，他叫姜丹书。

姜丹书是江苏溧阳人，1907年毕业于南京两江优级师范学堂图画手工科。与吕凤子、李健、江采白、沈企桥等成为中国第一批美术教师。曾游日本、朝鲜及国内各地，考察艺术教育。历任上海、杭州、华东各艺术院校教师达50余年。1917年商务印书馆出版了其编写的《美术史》《美术史参考书》。后来他又转向解剖学、透视学和摄影等学科研究。他擅长艺术理论，亦喜作国画。其传世作品有《黄山图》等。他的学生甚众,艺术成就较高的有丰子恺、潘天寿、来楚生、郑午昌等。

这天,姜丹书来找父亲,传递一个极有价值的信息。原来,蒋介石在他老家浙江奉化溪口镇办了个学校,取名武岭学校。当时,抗战胜利后刚复校,师资力量短缺,学校的训导老师虞寿勋就写信给姜丹书,希望帮他推荐一个有阅历的美术老师。姜丹书了解我父亲,认为父亲可以胜任。

由于怀有姜老先生的荐书及扎实的美术功底,父亲很快被学校聘用。随后,我们全家到了溪口镇,在那里借房子安顿下来。

武岭学校位于溪口镇武岭门内右侧,东倚武山。1929年由蒋介石创办,校舍由翁文涛设计,上海孙裕生营造厂承造,次年12月竣工。校园占地90余亩,有大礼堂、教学楼、宿舍楼、健身房等建筑40余幢,建筑面积14000平方米。校园布局疏落有致,绿树成荫,环境清幽。

我家住的是一座二层的教工宿舍。出门不远处,有许多停着的轿子,专供游客雇用。家的背面是个山坡,每到春季来临,杜鹃花漫山遍红。冬天,苍松覆雪,高洁挺拔,似有北国风貌。

父亲找到工作后,生活刚趋稳定,但外面各种传闻日渐增多,社会动荡,内战越打越烈。1949年4月底,父母担心的事终于发生了,校方突然通知,要求全体教职员工紧急集合。大家不知出了什么事,三五成群窃窃私语,猜测可能要发生的事。父亲也在揣摩,似有不祥的预兆。这时,学校领导终于出现了,他讲话直截了当,没有前因后果的啰唆话,而是直接宣布学校立即解散。高中第一届、初中第三届学生提前毕业,未能毕业的多数学生转入他校。

教职员工面面相觑,不知如何是好。随后,校方向每人发了一些解散费,要求大家即刻离校。父亲的心又一次沉入谷底,不知道后面的路怎么走。

受战事影响,外面行人稀少,商店大多关闭,宁波到绍兴的交通已经中断,要想回绍兴不可能,怎么办呢?只能先解决全家的住宿问题。此时此刻,

李寄僧和家人,摄于1947年

有谁还会对外借房？这时，父亲忽然想起一个学生，他的母亲在宁波一所小学当校长，或许她有办法。

对方见到父亲很热情，说："兵荒马乱的，要在短时间内租到住房确实很难，现在是假期，不如先借教室暂住，再慢慢寻找住房。"

父亲很高兴，虽然只是暂时的，却解了燃眉之急。很快，全家人搬到了学校，为了不过多麻烦人家，父亲每天外出寻找住地，几日后，终于在宁波江北租到了一所房子，它是大户宅院，里面住客很多，院子大门正对着甬江。

武岭学校

外面风声越来越紧，据说要打大仗。国民党军队沿江修筑了许多碉堡，碉堡里的人日夜值班，他们不停地注视着江面上的一举一动。江面上兵舰很多，它们不停游弋，估计是在巡逻。还有一种像铁甲壳的东西，据说是水陆两用坦克，每天都在江面上演练。

所有迹象表明，战事一触即发。这天，传闻解放军已经逼近宁波，大家认为这场恶战不可避免。大院里的人都很紧张，认为一开仗，老百姓又要遭殃了。大家七嘴八舌，商议对策，最后决定，楼上的人全部搬到楼下，将餐桌并在一起，铺上厚棉被，将其弄湿。据说这样子弹穿不透，人躲在里面很安全。为阻止国民党溃兵的入侵，大伙将院门紧闭，用石头将其顶住。

夜幕降临，人们趴在桌下，屏声息气，静听哪怕是最细小的动静。突然听到像炒豆子似的声音，那是机枪，偶尔还可听到从远处传来的轰击声，好像是迫击炮。人们的心揪紧了，等待着天崩地裂的战争场面，谁知声音越来越轻，最后完全没有了。

到了拂晓，外面传来了"老乡，出来吧！我们是解放军，不要害怕"的喊声。父亲从门缝里观察，外面有一支队伍，穿着灰色服装，有的衣服打了补丁，有的上衣很长，直到膝盖。他们精神饱满，步伐整齐。想不到沿江构筑的碉堡和那么多兵舰，竟如此不堪一击。至此，宁波解放了，抬头仰望，旭日东升，全家人终于迎来久违的阳光。

定居上海

新中国成立初,百废待兴。全家回到绍兴后,父亲工作没着落,家里要开销,只能外出做一些临时工。临时工聘期短,收入低,有时还要攀爬作业,危险程度高。考虑到上海是个大城市,或许能谋个稳定的职业,由此,父亲只身踏上了开往上海的火车。但到了上海后,却遇到了诸多波折,甚至被误当小偷。

旧上海是多种社会矛盾聚集的典型城市。刚解放的上海,社会治安工作既艰巨又迫切。根据当代上海研究论丛第一辑《上海解放初期整治社会秩序的辉煌成就》,当时上海社会整治工作量大,也很复杂,这既要政府及公安人员大量投入,也需要人民群众共同参与,父亲就是在这个时候来到了大上海。

那天,父亲到上海已经是饥肠辘辘,何处栖身?父亲在徘徊中思考,突然想起有个开皮件店的外甥女住在山海关路,决定先到她那里住一宿再说。山海关路位于上海中部,全长740米,为清光绪三十年(1904)命名,两侧多为民居,火车站距它较远。父亲为节约费用,决定不坐车,硬是步行了数个

【怀旧溯源】

小时,待赶到时已经夜幕降临。

父亲眼睛深度近视,又是晚上,只能凭借昏暗的路灯,吃力地寻找门牌号码。突然,一只大手重重地向他压来,父亲吓了一大跳,还没回过神来,只听得有人喝问:"干什么的?"

父亲被突如其来的吼声怔住了,一时结巴得说不出话来。原来他们是夜间保安人员,深夜看到父亲这副神态,以为是小偷,就把他扣了起来,折腾了好长时间,等弄清了情况后,他们才派人将父亲送到外甥女家,这时已是凌晨3点了。

这次父亲到上海,主要拜访两个人,一个是老同学沈寿澄,另一个是已任上海中学校长的孙福熙。

沈寿澄是学西洋画的,其作品曾入选民国时期第一届美术展。当年他是学院"一八艺社"的发起人之一。"一八艺社"是在左翼革命文艺思想影响下成立的,继而又在共产党的直接领导下成为"美联"的一个公开活动团体。孙福熙是鲁迅的学生,曾在北京大学图书馆工作,后由蔡元培介绍入法国工读。他是中国著名的散文家、美术家,曾是父亲的大学老师,与父亲合创过"绍兴孑民美育院"。"孑民美育院"存在时间不长,但意义深远,蔡元培还专门为"美育院"写了铭记,绍兴也由此成立了地区最早的美术家协会。

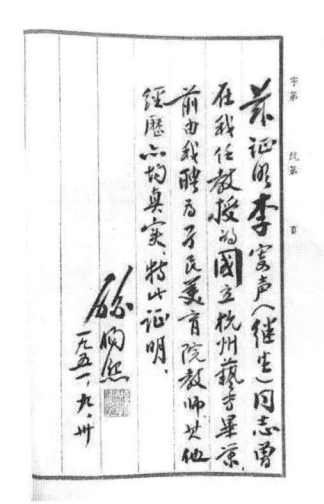

1951年孙福熙先生为父亲李寄僧找工作写的亲笔证明函

父亲认为,如有他们两个人相助,上海找工作应该不是难事。沈寿澄家住徐家汇,在上海已有多年了。父亲几经周折,终于找到了老同学。多年不见,两人十分高兴。老同学很好客,为父亲烹饪了丰盛的晚餐,他安慰父亲不必着急,天无绝人之路。

果真不出父亲所料,没几天,在老同学的帮助下,找了一份画模型的工作,虽然工资微薄,但已够一个人吃住开销。不过,这不是父亲的目标,父亲要找的是能养活全家人且相对稳定的工作,父亲决定去找孙福熙。

孙福熙见到父亲很热情,愿意帮忙,可就在父亲看到希望时,他的一张身份证明遗

33

失了，这是绍兴当地机关给父亲外出找工作的身份证明函。在当时社会背景下，如没这张证明函，就很难被用人单位聘用。怎么办呢？最后还是孙福熙见多识广，他建议父亲到稍偏的区域找工作，生活成本也低。父亲在他的指点下，找到了同学孙功炎。

孙功炎是浙江海宁人，1928年考入杭州国立艺专，1934年转入上海新华艺专，毕业后在中央研究院动植物研究所工作，新中国成立后任上海市语文教学研究会理事、中学语文课本编辑、人民教育出版社编辑等。

通过孙功炎斡旋，父亲终于找到了工作单位——上海市高行中学（当时称"高行农校"）。高行中学地处浦东，距市区10多公里，创建于1947年。虽说它只是一所普通学校，但学校规模比较大。校内除平房外，还有一幢约600平方米的二层西式洋楼。校园具备了学校应有的一切设施，是方圆十几公里规模最大、设施最全的一所完中，父亲十分满意。

为了确保父亲顺利入职，孙福熙亲自用毛笔为父亲写了身份证明函。高行中学领导看到是"上海中学"校长亲函，甚为惊诧。"上海中学"可不是一般的中学，它位于上海西南角，创办于1865年，是一所历史悠久、享誉海内外的著名学府，再加上孙福熙本人的声望，父亲很快被顺利录用。1951年9月，母亲也到了上海，经过培训，当了一名小学教师。此后举家定居上海，生活有了着落。

【怀旧溯源】

我与外婆

作者1岁照

"摇啊摇,摇到外婆桥,外婆叫我好宝宝……""外婆"是我童年最熟悉的名词,也是我牙牙学语时最早的对人称谓。绝大多数宝宝似乎都与外婆有着一段难以割舍的情感,我也不例外,外婆带我的那段日子,是我童年最美好的回忆。

1955年,新中国成立后迎来了第六个春天。大地苏醒,春暖花开,全国人民怀着对美好生活的向往,斗志激昂。大江南北,"走合作化道路"成为当时口号中的主旋律。祖国大地欣欣向荣,各族人民沉浸在社会主义大家庭的喜悦之中。

这天深夜,上海浦东高行镇卫生院里,随着医生忙碌的身影,一阵有力的哭啼声打破了宁静,一名婴儿呱呱落地了。我在母亲肚子里经历了10个月的怀胎期,终于在欢欣鼓舞的时刻顺利地来到了这个世界。听母亲说,因为出生在"高行镇",所以我取名为"行"字。

父母均是教师,我上有四个哥哥和一个姐姐,排行最小。我出生时,父母都在工作,没空带小孩,由此,被送到浙江绍兴李家老屋,托付外婆带养。外婆为我取了个小名——"小龙"。因为我小阿哥的小名叫"大龙",由此家里就有了两条"龙"对于两条"龙"的来历,据我二哥回忆,母亲曾对他说过一件事,1952年时,她做了一个梦:这天她从河边洗菜回来,经过一条弄堂时,突然觉得天上发亮。她抬头一看,只见一道白光流入家门。她快步到天井,看到客堂上空有两条白色的带鱼在飞。她正觉得奇怪,忽听到旁边有声音说,这不是两条带鱼,是两条银龙。母亲再仔细一看,真是两条银龙,把整个房屋都照亮了。这时母亲醒了,觉得很奇怪,不想三年后,家里添了"大龙"和"小龙"我认为,这两件事未必真有联系,但我觉得母亲的这个梦还是挺有意思的。

李家老屋地处绍兴市中心,紧依府山脚下,我的初始记忆,就在那里萌芽。次年某天,在绍兴府山脚下的一间老屋厅堂内,一个幼儿被人抱着,边上围着三四个大人,其中一个大人拿着"摇角咚"不停地引逗。这个幼儿还不会走路,更不会说话,虽然他不知大人在说什么,但大人的一系列举动已留在他脑子里。这个幼儿不是别人,正是初涉尘世的我,这可能是我人生中最早的朦胧记忆了。许多年后,我将这段"回忆"问过母亲,母亲说可能是当时把我托付给外婆的一段场景。

外婆家里人不多,外公新中国成立前就去世了,大舅住在绍兴东浦,三舅在外地读书,平时家里只有外婆、二舅和我三人。二舅20岁左右,基于种种原因,初中毕业后待在家里没去上高中。他是一个老实人,性格内向,没有朋友及社会人脉,整天一个人闷在家里,有时还会自言自语,如按现在的医学常识分析,可能得了忧郁症,但那时没人知道,认为一切都是正

作者5岁时与外婆合影

常的。在我记忆里,二舅平时只与外婆讲话,偶尔心烦时,会向外婆发牢骚。外婆脾气很好,每遇这种情况,总是默默忍让。

有一次,不知什么原因激怒了二舅,为发泄心中的不满,他竟然用双手在外婆烧好的一锅饭中用力挤捏。这锅饭算是被他糟蹋了,外婆很生气,但也没说什么,只是避而远之,她知道他泄愤后就没事了。当然,二舅大多数时间还是与外婆和睦的,像那样的泄愤,在我记忆里也就这么一次。

二舅高兴时会抱我,甚至带我到大街上玩。一次,他带我到外面去玩,竟被一群小孩尾随,有的还扔小石子,甩都甩不掉,没办法,只能抱我"逃"回家。

外婆中等个子,身体纤瘦。平时喜穿整洁的布襟衣,讲话轻声细语又不失仪态。她人缘很好,左邻右舍中有需要缝补之类的,她都愿意帮忙。在我印象中,外婆为人和善,与世无争。她带我的那段日子里,从未有过打骂,时间长了,我对她毫无惧怕,还经常惹她生气。

淘气是小孩的天性。记得三岁那年,某天,可能是某种要求无法得到满足,我就一直哭闹不停,甚至躺在屋外天井满地耍赖。外婆拿我没办法,骗我说如再哭就不管我了,说着朝外面走去。

我似乎已有判断力,看着她离去的身影,相信她就隐藏在门外观察。我双眼紧盯着门口,加大了哭喊的力度,果真在我意料之中。几分钟后,外婆回来了,然后找了根木棍,说要打我。我知道她是舍不得打我的,只是吓唬而已。外婆一看不奏效,又把木棍用火点着,在我面前来回晃动。我一点儿都不害怕,那次把外婆折腾得够呛,现在回想起来,带小孩确实辛苦。

又有一次,我缠着外婆不让她做事,要她陪着我玩。外婆被我闹得没办法,就带我到二楼储藏室。"储藏室"对我来说是一个神秘的地方,平时外婆很少带我去。所谓"储藏室",实际就是一个存放各种杂物的房间。由于平时不打扫,这些杂物积满灰尘。在大人看来,这些杂物并不起眼,可我对这些杂物充却满了好奇,视它们为"宝贝",认为这些都是"玩具"。

我不再哭闹,开始寻找需要的东西,突然,一只没盖的破木箱吸引了我,说是被木箱吸引,实际上我盯上了插在木箱里的几柱"圆纸棍"。它是什么?好奇之下,我备感兴奋。我挣脱了外婆的控制,随手取了两根纸棍,拿到楼下堂屋前开始"研究"。外婆见我安稳了,就去做其他事了。

开始,我对那"玩意"比较"温柔",只是左右拨弄它、观察它。但时间长了，就对它动起了"手术"。我先把卷在棍上的纸拉出来，然后发挥小手功能，一个劲地撕，感觉很过瘾，一会工夫就碎纸满地。看着这些"杰作"，我挥动着小手，跳啊奔啊，心里热乎乎的，满是成就感。此刻，我似乎还不过瘾，看着光脱脱的卷轴又动起了歪脑筋。

我观察到轴棍两头有两个盖，就使劲地拧。功夫不负有心人，轴盖终于被打开，里面流出来的全是黄沙。我就把它倒出来，撒了一地。

1959年全家照（作者前排左1）

待到外婆赶来时，"玩意"早已经"粉身碎骨"了。外婆目睹满地的碎纸片及黄沙，不知说什么好，而我却浑然不知闯了祸，只是对着外婆一个劲地傻笑。后来我知道，被我糟蹋的圆纸棍实际上是两幅"轴画"。

每逢下暴雨是我最开心的时候。绍兴老屋前，有一个20多平方米的天井，它与众多老式房子一样，天井被四周厢房包围，遇到大雨，屋面的雨水会集中到天井里，由于来不及排水，天井的水位就会升高。每当此时，是我最激动的时候。看着激绽的水花，听着哗哗的水流声，我会寻些纸片扔到水里，浮在水面的纸在雨水打击下慢慢漂移，直至沉没后排入地下。在这一过程中，我忽左忽右，恨不得跳到雨中与大自然"搏斗"。每当此时，外婆会紧紧地护着我，但尽管如此，我的衣裤仍会被弄湿。

外婆带我外出特别谨慎，怕我走丢了，因为她已经有过一次教训。原来在带我之前，我的小阿哥也由她带养。有一天，她带着四岁的小阿哥外出，转眼间就不见了人影。外婆急坏了，找了一个脸盆，一边敲一边喊着小阿哥的名字，寻遍了三公里长的仓桥街，就是没有小阿哥的踪影，无奈之下，外婆去请教算命先生。算命先生念叨一番后告诉外婆，小孩没有危险，在某某方向。外婆顺着他指的方向再去找，小阿哥果真在那里，自那以后，外婆带小孩外出就格外小心了。

每年，外婆都要带我坐火车去上海"探亲"，所以从小我就知道火车。那时，绍兴到上海的火车要八个多小时，每次上火车前，外婆都要做很多准备工作，包括为我准备尿罐等。

火车飞驶时，我对窗外"转动"的大地特别好奇，睁大双眼一直盯着，捉摸大地怎么会"转"呢？直到头晕。

时间很快，我转眼六岁了，该上幼儿园了。外婆带我到了上海，把我"移交"给父母。外婆离开时，我表面没任何反应，心里却很清楚，外婆留下我自己回绍兴了。我明白这是现实，是不可能挽回的，心里很难过，就默默地坐在门坎上发愣。母亲走过来，看了看我，一句话也没说，拿了两根绍兴咸菜给我吃，就这样我平静地回到了上海。

人生中，我与外婆相处没几年，但感情很深。虽然后来知道她是母亲的继母，并不是我的亲外婆，但这丝毫不影响我对她的感情，在我的童年记忆里，她是最亲的、最值得信赖的、最可依托的人。时至今日，尽管她去世多年，但我总会想念她，她的慈祥音容，将永远留在我心中。

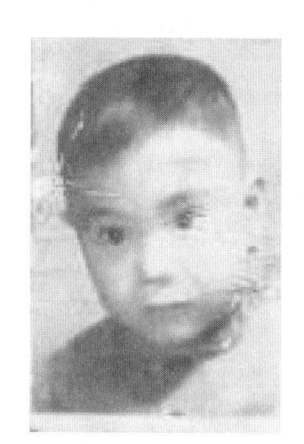

作者6岁照

攀越新高

20世纪60年代，距家北窗不远处有一棵古树，它长在马路边，高耸挺拔，据说已有几百年的历史。一次为"实践"需要，我与古树亲密接触，最后获得成功，其间遇到的各种挑战，仍记忆犹新。

那个年代，电子产品很落后，收音机是电子管的。我印象最深的是家里一台"裸露"收音机。所谓"裸露"，就是不带外壳的收音机，它是我二哥自己装配的。二哥长我13岁，已对电子技术有一定的研究。收音机虽然没有外壳，但完全不影响它的收音效果。

那时，我人小不懂，觉得收音机很好玩，特别是那几只电子管，玻璃罩内展示着不同的构件，有的如平房，有的似别墅。看着一闪一闪的电子管，

裸露的电子管收音机

【怀旧溯源】

我琢磨着，人怎么会到这里面去的呢？如果里面没人，又怎么会有声音？当然，我虽然想不明白，但已对电子管收音机产生了兴趣。

一次，小阿哥在杂志上发现了一个信息，说有一种收音机无须用电，这种收音设备称为矿石机。后来我知道，矿石机没有放大电路，特点是配件少，装配简单。但当时按小阿哥的这个年龄，他能看懂杂志上的介绍是很不容易的，这得益于二哥的传帮带。这次，小阿哥决定根据图纸自己动手制作矿石机。

如今这株树依然挺拔

根据杂志介绍，他采购了喇叭、铜线、电阻、电容等各种元器件，然后找一块薄薄的复合板，按设计要求，先在复合板上画线、定位、打洞，扣上铜质空心铆钉。完成这些工序后，再用焊锡加松香在铆钉上打底，焊接好复合板背面线路，最后在复合板正面焊上各种器件。

这些操作看似简单，但要完成这些谈何容易。好在功夫不负有心人，几经努力后，矿石收音机装配好了，但还有一道工序需要去完成，否则，之前所有做的工序全部白费。

根据矿石收音机的要求，必须有地线和天线。对于地线比较好解决，只须往地下打入一定深度的铁管，再接上电线就可以了。但对于天线，要求比较高，要有相当的长度和高度。

天线架在哪里呢？我跟着小阿哥到房子周围考察，却找不到合适的地方，最后相中了那棵古老的银杏树，它距我家二楼北窗约二三十米，高度相宜，如在它们之间架设天线，那是最好的选择。

对于这棵树，我一直觉得很神秘。传说它会结白果，秋后树底下就会有很多白果。那年秋末，我专门到树底下找，没找着。后来又听人说，这树分雌雄，雌树会结果，雄的不会。也有人说只有"雌雄"相邻，雌树才会结果，总之，我从没见过这树的白果。

如今，古树是否有白果已无关紧要，当前最重要的是利用这棵树架好天

41

线，它事关矿石收音机的成败。

方向确定了，关键就是实施。我们买了铅丝，一头需要固定在树顶上，谁爬上去呢？看着高耸的参天大树，我们心里不免胆怯。与小阿哥相比，我胆量稍大些，但我以前从没爬过树，如今要独立攀爬，能行吗？我仰望着高高的树冠，心里暗暗打鼓。

我在大树下徘徊，左思右想，忽然想到了一个人，他是我的小玩伴，比我小一岁，胆子特别大，爬树之类的都是他的强项。想到这儿，我转身去找他。小玩伴得悉后一口答应，并与我一起回到了大树下。

一番准备后，他身背铅丝在前开路，我袋兜钳子紧跟其后，两人互相鼓励，手脚并用，慢慢攀爬，直近树冠。到达位置后，两人相互配合，先用手将铅丝绕住树干，然后用铁钳拧紧。之后，我们再慢慢地退回到地面，再将铅丝的另一头扎在北窗铁杆上，一根长长的天线终于架好了。

至此，我们已完成了矿石收音机装配的全部内容，激动中，小阿哥开始调试。耳机中传出沙沙的电流声，这表明线路基本正常。小阿哥随即旋转可变电阻，耳机中终于传出上海人民广播电台的革命歌曲。

我们很兴奋。经测试，能收到三个电台，990千周的电波最强，声音也最响。为让全家人都能听到，小阿哥将耳机换成喇叭。听着喇叭里播出的各种节目，大家沉浸在成功的喜悦中。因为不用电，就一直让它开着，直至入眠休息。

通过这次实践，小阿哥加深了对电器知识的了解，对动手技能有了新的体会。对我而言，通过攀爬架线，既提升了胆量，也掌握了攀爬技能。总之，我与小阿哥无论是"认知"还是"技能"，都攀越了新高，积累了经验，终生受益。

【怀旧溯源】

哥俩工程

20世纪60年代末,我与小阿哥正值少年。某天,时值中午,家里厨房布满了烟雾。烟雾从门、窗、屋顶小瓦间隙向外扩散,顷刻烟锁愁云,险象环生。邻居们看到后不免担心,咋回事?我与小阿哥弓着腰,手闷口鼻,从厨房内蹿出,到了外面仍咳嗽、流泪,十分狼狈。

那个年代,厨房设施很落后,用水要到河里挑。河水混浊,每次都要用明矾澄清。厨房用的是煤炉,早上点燃,入夜封炉,火候不易控制。面对落后的厨房设施,我们哥俩决定自己动手,对厨房升级改造。所谓"升级",就是挖水井,砌大灶。

在父母的支持下,我们选好位置,决定参照别家的创新做法。首先让已在浦西工作的二哥找一根上下同样粗的毛竹管,管内竹节全部打通,头部按上一个自制的"手压式抽水泵",然后用器械在地上钻一个3米深的小洞,插入竹管泵水。但使用后发现水量太少,且为形成吸力,每次抽水前都先要往竹管灌水,很麻烦。为了增加水量,我们决定直接挖井。

砌井要用砖块。小阿哥通过政策手续,分配到了300块红砖,尽管数量太少，但在物资匮乏的年代已经不容易了。

又一天开始了，我们用铁锹轮番上阵，半天工夫，一个直径约1.2米、2米多深的土洞挖好了。之后先在洞底用砖铺实，再围圈固壁，壁外还要回土夯实。随着井圈抬高，红砖很快不够了，无奈之下，我们决定到河滩找。

河滩砖块不少，但多数都是半块大小的残缺砖，根本不能用。因为围垒井壁时，每层采取错位压实的叠垒方法，如用半砖，井壁不实，极易坍塌。

怎么办呢？我们四处搜索，结果在滩边发现了一个被人丢弃且直径相宜的水泥管。我们很高兴，如将水泥管半截放入井中，半截留在地平线之上，既解决了井壁缺砖问题，也解决了井上围栏。

兴奋之余，我们又犯了愁，水泥管少说也有近百斤，仅凭我们哥俩怎么搬得动？为难之际，乡邻们知道了，他们很热心，在大家的助力下，水泥管终于搬进了厨房。

随之又有了难题：这么重的水泥管，如何把它放入洞内呢？这不是人多就能解决的，搞不好会把洞搞塌的，大家七嘴八舌，不知如何是好。

这时屋外进来一个人，此人也是宅邻，30多岁，从事泥瓦工，1.7米的身高，胸宽背厚，臂粗膀圆，一看就是个肌肉男。他原本是来串门的，当看到这个情况后，便若无其事地说："我来试一下。"

大家直愣愣地看着他，心里在想，这么重的水泥管，一个人能行吗？虽说他身板结实，力气大，但这"家伙"毕竟不是个小玩意儿。

疑惑中，只见他慢慢地走到水泥管旁，先把横在地上的水泥管竖起来，然后对着它揣摩片刻，便慢慢地蹲下身子，展开双臂环抱管身。少顷，他猛吸一口气，随之"咳"的一声，水泥管竟然拔地而起。大家很吃惊，这么重的水泥管，竟被他一个人抱了起来。

他屏住气，慢慢地移步洞口，再凭借腰力，平稳地把水泥管放入洞中，下口正好接到红砖围圈上，上半截恰巧在地平线之上，整个过程干净、利落。

周围的人直呼"厉害"，向他竖起了大拇指。而他站起来拍了拍身上的灰土，憨厚地笑着说："没什么，小事一桩。"

厨房用水的问题解决了，生活便利许多，接下去是砌造大灶。在农村，厨房几乎都配有大灶。所谓大灶，就是直接用植物秆做燃料的厨灶，与煤炉相比，它启火容易，受热面积广，劲大气爽。

为砌好大灶，我们先去邻家考察，摸清大灶构造、用砖数量等，然后准备材料。没砖就到河滩捡，虽然是"残砖"，但用作砌灶没问题。"残砖"不够就把厨房的地砖挖起来使用。

大灶终于砌好了，但使用后效果不好。灶膛火势起不来，烟乱窜，搞得厨房全是烟雾，眼睛都睁不开，烟雾逸散到厨房外，场面变得难堪，于是就出现了本篇开头的那一幕。

后来分析，"火弱烟盛"是诸多原因造成的：一是烟道口不在灶膛上端，降低了吸烟效果；二是灶门处没设吸烟口，导致烟雾外泄；三是灶膛四周烟道不均，造成火势偏离；四是外置烟管太短，无法形成抽力。归根结底是大灶结构出了问题。

原因清楚了，就逐一改进。经过不懈努力，大灶终于完善了，它虽没别家大灶那么规范，但抽力更大，火势更旺，不泄烟，因为效果特别好，家人戏称它为"大功率神灶"。记得第一次烧了一大锅咸肉菜饭，由于火力强，焖劲足，烧制的菜肉饭特别香。

然使用一段时间后，新问题又产生了。每遇下雨，烟囱穿顶的那个位置总是渗漏，怎么也修不好。后来得知，是烟囱的位置不对，烟囱不能在"瓦沟"的位置，不然就会阻断瓦沟排水，形成积水而造成屋漏。很快，稍移了烟囱的位置后，这个问题也解决了。

人生中，能载入"史册"的"哥俩工程"终于画上了句号。自厨房设施优化后，提升了使用效率，减轻了劳动强度，作为厨房主事的母亲，十分满意。

意外收获

在农村，毛竹是比较多见的。20世纪60年代后期，我家存有一根毛竹，这是一根特殊的老毛竹。毛竹直径约15厘米，上下一样粗，有3米多长。这根毛竹有着特殊用处，它是我少年展现身手的必备工具。

我十三四岁时，家里为了要一间单独厨房，特意向父亲的单位借了一间平房，面积约20平方米。它处于我家石库门的后院厢房。房子很平常，砖铺地坪，土瓦屋顶，木轴单门。房子有一个后门，出后门是一个封闭的小弄堂。在这特殊区域里，可以养鸡养鸭等。总之，房子不错，它原来是做校舍用的，后来一直没人住，就空置在那里，直到借给我家。

母亲喜欢种植。由于我家是居民，没有宅基地，她就四周寻找合适的种植地，发现厨房后的雨檐下是泥土地，虽说面积太小太窄，但如种上攀藤植物，让藤枝朝屋墙上引也是可以的。

攀藤作物有多种，母亲认为种南瓜比较合适。南瓜个头大，营养丰富。据介绍：南瓜具有降低血糖、护胃助消化、解毒保肝、养颜美容、帮助睡眠、促进生长发育、抗衰老、防癌抗癌等功用。另外，作为食材，南瓜烧制方法很多，最简单的就是南瓜饭，味香色美，吃起来非常可口。

母亲从乡邻那里要了数捆稻草，然后搓成绳子，再在屋后用草绳编织上引的梯形网格，买了秧苗，种植后把细嫩的藤枝引向绳梯。

南瓜长势很好，一天一个样，枝藤不断向上爬升。一段时间后，格网不够用了，再编织延长。格网又不够了，再编织，这样反复几次，直至到屋顶廊檐。

可能是土质营养好，南瓜藤长势茂盛，枝藤开始迈向屋顶。屋顶是斜面土瓦，有利藤须抓抠。瓜藤到了屋顶后，很快就铺开了，一段时间，屋顶上爬满了瓜藤。从高处往下看，屋顶绿油油一片。时值盛夏，原先厨房又闷又热，自从瓜藤上顶后，阻挡了太阳直射，屋内相对凉快不少。

种瓜为了得瓜，上面到底结了多少瓜，只有爬上屋顶才能看清楚。家里没有梯子，外面一时又借不到，即使能借到，因为经常使用，总觉不便。这时，我想到了家里有根毛竹，是否能通过毛竹攀爬上去？

我观察了厨房四周，认为屋的后门口比较适合攀爬，因为门口上方有个突出的楣檐，到时，这楣檐可做攀爬的支点。我把想法告诉母亲，母亲认为可以试一下。

那天，我把毛竹靠在门外墙角，确认放稳后，双手抓住毛竹，两腿一夹一登，很快爬升到一定的位置，就用脚踩上门楣，这时，头部已到屋顶斜坡之上，基本上能看清结瓜的情况。母亲很高兴，催促快爬上去，摘两个下来。那时我人虽小但劲大，双手抓住墙沿，一个引体向上趁势翻了上去。

上屋顶后，为了防止踩坏瓦片，我脱掉鞋子赤脚上阵，然后小心地朝着结瓜的目标轻移。第一次在上面走，感觉有点怕，特别是走斜坡，似有被滑倒的感觉。前行中，忽然喀的一声。坏了，一块瓦片踩坏了。我想那些泥瓦匠在屋顶上行如平地，怎么就不会踩坏呢？他们是怎么做到的？我已经很小心了，疑惑中，又是喀的一声，好了，又踩坏了一块！

这次我摘下了两个南瓜，却踩坏两张瓦片，喜忧参半。如每次上去都踩坏瓦片，这还了得。怎么办？虽然怕母亲扫兴，踩坏瓦片的事我没告诉母亲，但问题总得解决。

我琢磨瓦片铺设的结构：它采取的是阴阳结合的铺设方法，先凹面向上叠铺，再凹面朝下复盖两片夹缝。这种铺设很科学，它经历了数百年的风雨考验。

开始我认为，落脚在多瓦相叠的凹背上不易踩坏，但尝试后证明是错误的。后来才知道，应该把脚踩在瓦沟当中，将力点分散到左右两张瓦片上，这样才能确保瓦片不损。

入秋后，雨水增多，屋顶多处漏雨。我心里明白，这都是我惹的祸。我爬上屋顶，把以前踩坏的瓦片取出扔掉，再把那路瓦片稀疏整理，很快修复了漏点。

气温骤降，屋顶上的枝叶悉数枯萎，只留下几个裸露的老南瓜。打扫"战场"的时候到了。我爬上屋顶，清理了断枝残叶，收尽了最后几个老南瓜。

"屋顶植瓜"收获的自然是南瓜，但通过这件事，让我懂得了种植知识、提升了攀爬技能、掌握了铺瓦结构、拓宽了思考角度、增强了动手能力。总之，这些意外的收获是我之前没想到的。

【怀旧溯源】

车站草屋

20世纪60年代初，浦东域内杨思到高桥有一条很长的公路。公路很窄，仅有两车道。这条逶迤的公路称为杨高路，中段称为杨高中路。当时杨高中路仅有一条公交线，其中有一个站名叫"南行"。紧依南行车站有一棵银杏古树，古树高峻挺拔，已有数百年历史。古树下方，搭有一间草屋。草屋面积不大，有十几平方米。这天，随着一阵长哨，引来了空中的一群麻雀，随着叽叽喳喳的欢叫声，一只只飞进了草屋。这间草屋非同寻常，因为我家距它不远，小时候常

20世纪60年代中期，哥仨在长风公园划船，作者前左

到那里玩，所以对它略知一二。

　　草屋是由几个老头搭建的，说是草屋，实际是半屋半棚，屋的西北面是草墙，东南是敞开的。平时，草屋里停着七八辆自行车，每辆自行车后座上，都铺着一块白白的垫子，垫子上写有"朝东脚踏车"几个大字。实际上，这是一处自行车迎客点。这些自行车看似破败，却是几个老头的"吃饭"工具，当然这是特定时期的历史产物，现在肯定看不到了。

　　南行地属交通要道，它的北首有条东去的岔路，岔路通向顾路、杨园两乡。岔路没有公交车，如要去那两个乡，只能先乘公交车到南行，再坐"朝东脚踏车"过去。车程一般半小时至一小时，车价几毛钱不等。每次公交车一到，这些老头都会粗着喉咙吼叫"朝东脚踏车"，以吸引东去的乘客。

　　这些所谓的"老头"，其实也就四五十岁，因为长期日晒雨淋，看上去显得苍老，但他们的身体很结实。其中有一老头，盛夏时，他都会裸露黝黑的上身，一次他开玩笑让别人拧他皮肤，却发现皮肤特别紧实，没人拧得动。

　　有时，他们为了争客常会吵架，因为当时公交班次很少，约每小时一班车，每次下车客不多，需要坐脚踏车的客人更少，所以要"捕捉"到乘客很不容易。后来为了避免矛盾，就自律排队，轮到谁就是谁，但还是会产生问题，因为载客队伍是自发的，没有领导，大家平等，上班自由，多劳多得，如遇节日生意好，抢生意的人就多了，平时不来的人也来了。人一多，不仅老骑手之间要争，新老之间也要争，由此分成新老两队骑手，老队员指每天都来等客的老头，新队员指偶尔来"抢饭吃"的人。经新老两队协商，两队各自排队，"一老一新"交叉接客。有时看看他们的认真劲，想想也挺有意思的。

　　实际上，做这种生意很不容易，骑车人不但要有力气，车技也很重要。当时的公路、村路不像现在那么平整，路面高低不平，都是坑洼，特别是村路，不仅路窄，且全是泥路，行车时很难把稳，人仰车翻是常有的事，每遇这种情况，有的乘客会拒付钱，甚至要求赔钱，所以赚这个钱是很辛苦的。

　　这群老头中，有一个老头很特别，满脸胡子，我看到他叫"胡子"。平时，他与其他老头一样，闲时在草屋聊天，有时整天无生意，觉得特别无聊。一次，他抓到了一只幼鸟，幼鸟还不会飞，后来经确认是麻雀。胡子闲着没事，就精心喂养。一般来说，麻雀是很难家养的，社会上能将麻雀养活的先例不多，能驯服它的更少，但胡子做到了。

【怀旧溯源】

　　在胡子的照料下，这只麻雀逐渐长大。之后，它与其他麻雀一样，会飞到野外觅食，平时根本找不到它，但只要胡子一吹哨，这只麻雀就会盘旋着飞到草屋里，落到胡子肩上、手上。胡子用手抚摸它，它也不害怕。胡子很爱它，称它为"阿雀"。

　　日复一日，阿雀开始谈恋爱了，一只变成了两只。两只中哪只是公的，哪只是母的，胡子也分不清，但肯定是一公一母。开始另外一只怕人，看到胡子有恐惧感。阿雀飞到胡子身上亲热，它则停在远处树梢上看。每当此时，两鸟叫个不停，似乎在交流什么，可能一只在说："不要怕，这是我的主人，不会伤害我们的。"另一只说："我害怕，我不敢去。"

　　一段时间后，另一只麻雀慢慢熟悉了草屋，熟悉了草屋内的胡子，最后在阿雀的鼓励下，它终于鼓起勇气接近了胡子，慢慢与胡子接触，时间一长，两只麻雀变成了胡子的开心果。

　　这天，又一个惊喜出现了。早晨，突然飞来了一群麻雀，除了两只大麻雀外，还有小麻雀。原来，阿雀夫妻俩在外面孵了一群小麻雀，等它们会飞后，就带它们到茅草屋，带它们见胡子。胡子见到此景，心花怒放，他做梦都想不到，最初收养一只麻雀，最后会变成一群麻雀。有时为了与这群麻雀玩耍，竟然放弃生意不做。麻雀越来越多，他已分不清哪是老麻雀，哪是小麻雀，反正都听他指挥。平时这群麻雀在外觅食，只要胡子一吹哨，这群麻雀就会飞过来，飞到胡子身边转。

　　这种人与自然的和谐景象，让人羡慕，让人赞叹，让人感动。可惜后来岔路通了公交车，"自行车揽客"退出了历史舞台，胡子不见了，这群麻雀也真正回归了自然。而那间曾为"朝东脚踏车"遮风挡雨的草屋，在与大自然的抗衡中慢慢退去，开始还有一副毛竹形成的骨架，尔后骨架越来越稀，毛竹越来越少，颜色由枯变黑，很长一段时间后，才不情愿地融入大地，彻底结束它"传奇的一生"。

传奇母鸡

我小时候常听母亲讲"鸡鹰大战"的故事。那是她幼小时亲眼所见。

母亲出生于浙江绍兴东浦，那里是江南水乡，由于地理环境的因素，天空中时有老鹰出现。这天家里的鸡妈妈带了一窝小鸡在屋外游逛。中午时分，忽听外面传来鸡妈妈异样的"咯咯"声，出去一看，一只老鹰正在空中盘旋。鸡妈妈侧头紧盯老鹰，好像在警告它："有我在，你别想动歪脑筋！"

老鹰看到身材娇小的鸡妈妈，根本不放在眼里，它或上或下，左右盘旋，似乎愈加猖獗。人们看到老鹰的跋扈，再看母鸡昂首怒目，估计鸡鹰可能会有一场大战，便在隐蔽处观察。

突然，老鹰冲向天空，然后又以闪电般的速度直刺鸡群。鸡群一片混乱，等人们反应过来时，老鹰已成功抓到了一只小鸡，并正欲飞离。

人们暗自惋惜，这只可怜的小鸡必将遭殃。谁知这时，鸡群突然发出异样的闪扑声，随之尘土飞扬，鸡妈妈以惊人的毅力，展开笨拙的翅膀追向老鹰。

老鹰被母鸡的勇猛镇住了，不知该如何应对。趁着老鹰发呆的当口，鸡妈妈成功地骑到了老鹰身上，并使出全力猛啄老鹰头部。老鹰没辙了，急忙

【怀旧溯源】

松开爪子落荒而逃,鸡妈妈也回到了地面。

鸡妈妈的嘴并不锋利,它怎么能够打败老鹰呢?原来老鹰脑袋顶是它的软肋。据说有种必胜鸟,体形只麻雀那么大,但它敢于与体形庞大的老鹰相搏,直至把对手打败。它之所以能打败老鹰,就是在老鹰的上方攻击它,这是老鹰的弱处。必胜鸟飞到老鹰背上,老鹰却对它奈何不得,任被它啄得头破血流,直至坠地身亡,必胜鸟也因此得名。这次鸡妈妈能战胜老鹰,一方面是鸡妈妈"以命相搏"的勇气,激发出了超常的"战斗技能",竟能飞到老鹰背上;另一方面老鹰头部受到攻击,犹如掐到了蛇的"七寸",让它丧失了战斗力。

小鸡终于脱离鹰爪,掉到了一条小河里,人们迅速用竹竿把小鸡捞上来。小鸡的下腹已被撕裂,肠子流了出来。人们赶快取来针线,把它缝起来,再涂上药水,小鸡竟然奇迹般地活了下来。

实际上鸡妈妈不但有勇猛的一面,平日还百般辛劳。小鸡没出壳时,它日夜蹲守,全力用自己的体温孵育下一代。小鸡破壳后,又始终陪伴小鸡,发现有好吃的,就会"咯咯"呼唤;遇风吹草动,就会放松毛羽,让小鸡躲在自己体下。

自那以后,母亲对家禽养殖很感兴趣,特别是家鸡,认为它有灵性,有勇有谋,有时展现的超常行为,令人折服。

我从小在她的影响及支持下,尝试过各种养殖。养鸡鸭时,我会捉知了、摸河蚌让它们尝鲜;养兔时我会观察它的粪便,如异常,说明草料有问题,需要采取措施;养狗时我会驯它几样"绝活";养蚕时我会观察它吐丝、结茧、破壳、产子、出虫的异变,高兴时,还会把白白的幼虫放到自己身上,让它们自由活动;养蟋蟀时,我会观赏它们打斗,敬佩那些战斗到底、命陨沙场的"勇士"。所有养殖实践中,我对鸡的印象最深,特别是聪明的鸡。

我上小学一年级时，家里养了一只母鸡，黄色的羽毛，炯炯的眼神，头上长了高高的红冠，两个脚爪粗壮有力，走起路来"咯噔、咯噔"掷地有声，一副趾高气扬的样子。因为它头上的红冠特别显眼，所以我就叫它"红冠"。红冠不仅帅气出众，还特别聪明，它表现出的智商及胆略，不是一般的鸡能相比的。

我每天起床后，总要先去看看红冠，给它喂点吃的，时间一长，它似乎与我有了感情。我家距小学约有一公里，是一条蜿蜒小路，两侧是农田。根据季节不同，有棉花、油菜等作物。我每天去上学，红冠总要跟在后面。我跑，它也跑，我慢，它也慢，始终与我保持一定距离。路上，我逗它，它引我，隐约有一种心灵交流。到了学校后，红冠就离开了我，自个儿到学校草场寻觅昆虫，吃饱后自己回家。

我家南侧有一条河，那是一条宽二三十米的河，而红冠却不把它放在眼里。一天，它在河边徘徊，突然一个下蹲，然后展翅飞了过去。我们这个宅村共有数百户人家，几乎每家都养鸡，而能飞过去自己觅食的仅此红冠，大家惊叹不已。红冠在河对岸逍遥一圈后又飞了回来，天黑回窝，好像什么事都没发生。红冠能在数百只鸡中"鹤立"，乡邻们都很惊讶，纷纷称奇。

《动物认知》研究表明：鸡的智商是比较高的，聪明的鸡相当于四五岁的小孩，它不仅会运用策略智取对手，还懂得自己在啄食中的地位。鸡对于数字也有一定认知，似乎还可做简单计算。它有一定记忆能力，可以记住物品的移动轨迹，更重要的它还具备自我意识，比如为争取更好的食物奖励时，它会保持自制力，以达到最终目的。对于科学家的研究，不管其他人怎么看，但我信，因为我有深切体会。

【怀旧溯源】

黑头将军

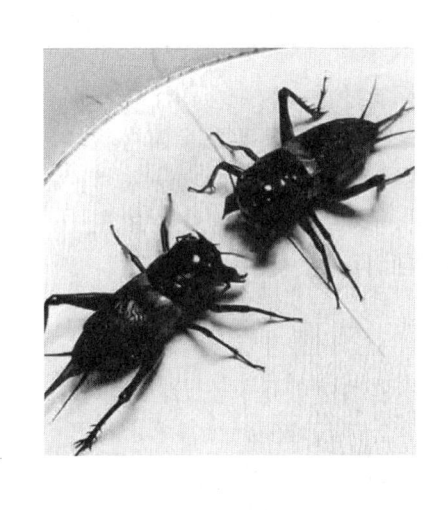

　　入秋，是捉蟋蟀、养蟋蟀、斗蟋蟀的季节。开始我根本不懂蟋蟀为何物，记得一次应邀在儿伴家里观赏蟋蟀打斗，那惊险而刺激的场面，彻底把我吸引住了，从那时起，我知道了蟋蟀，并喜爱上了它。我曾饲养过一只体形硕大的蟋蟀，它头大、黑亮，作战勇猛，有将军风度，我称它为黑头将军。当然，要得到它也不容易，因为它原先的居住地不是一般人敢去的，何况当时我只10岁出头。

　　20世纪60年代中期，我家借住浦东农村的一所石库门房子。楼房面积很大，二层楼的，里面住的除了房东外，还有七八户租客，其中有教师、医生、银行职员等。房子的西侧均是农田，放眼望去，绿油油一片。9月，田里的棉花已长高，根下土质散松且呈小块状，这为蟋蟀生存及繁殖提供了有利条件。

捉蟋蟀并非想象中那么简单，蟋蟀本性灵活，弹跳力强，反应敏捷，要捉到它并非易事。所幸我有善玩蟋蟀的小伙伴，他比我小一岁，人称"小胖"。小胖个头不高，身体非常结实。他家也住在石库门内，父亲是市属厂的工人，母亲是家庭主妇，由于他是领养的，所以父母对他特别宠爱，平时任他外面摸爬滚打，由此，他虽比我小，但野外知识却比我丰富，特别是玩蟋蟀，他能说出很多"名堂"。

玩赏蟋蟀，既要懂它习性，还要有捕捉技能，捕捉前要配好囚管。所谓"囚管"，就是"关押"蟋蟀的管子。

做囚管并不那么简单，它有许多讲究。"囚管"是芦竹做的，制作时，先把芦竹切成段，然后用小刀在中间开观察槽。捉到蟋蟀后，就把它关进去，再用草团隔离，一般一根囚管可关四到六只。农村芦竹很多，河边、路旁随处可见，所以原材料不成问题。

初秋，气温没以前那么热，但白天的太阳仍是火辣，皮肤在它直射下，往往会脱一层皮。当然，为了玩蟋蟀，我顾不了这些，经常赤脚穿短裤，光着上身就外出了。行动中，我会把若干"囚管"插在裤腰里，然后钻入棉田。

捉蟋蟀眼要尖，动作要精准，下手得快却不能过重，否则会伤了它。那时捉蟋蟀没有工具（网罩），全靠徒手完成。捉蟋蟀时，两手掌呈内弓状，然后以迅雷不及掩耳之势合围过去，直至把蟋蟀控制住，再把它送入"囚管"。待"囚徒"满员时，往往身上沾满泥土，这时就把"囚管"放在一边，跳到河里游上一圈，全身都干净了，然后再回家。

一次，听说坟堆里的蟋蟀体形大，形态凶，打斗起来特别狠，为了能得到它，我让小胖陪我壮胆，一起到乱坟岗寻找。

乱坟岗地处村的西北侧，距村约半公里，那里散落着几个"土包"，上面杂草丛生，周边还有一些散乱的石头、碎砖等。碎石堆的蟋蟀很多，但要捉到它可要点本事的，因为它在碎石堆弹跳，钻来钻去，双眼很难跟踪。

我拨弄着石块，突然眼睛一亮，一只黑虎虎的大蟋蟀展现在眼前。它趴在石头上，一动不动，额上的两根长须一闪一闪的，一副誓死不屈的模样。我心中窃喜，就凭它这副霸气，肯定是狠角色。

我紧紧地盯着它，双手慢慢靠近，到了最佳距离时，一个猛扑，终于被我控制。随之我腾出左手，取出一根"囚管"，把它送入里面。由于它体形硕大，为了优待它，本来要关四只蟋蟀的"囚管"，这次单独关它。然而它并不领情，不断啃咬观察槽，它那强劲的咬合力，我以前从没见到过。

为防止它逃走，我赶紧回家，找了一个如茶杯大小的器罐。器罐有陶、瓷两种，但不管哪一种，器罐内底不能太滑，否则会影响蟋蟀抓力。我把它装入里面，盖上玻璃，观赏它那勇士般的体形及健壮有力的两条长腿。我越看越喜欢，后来我昵称它为"黑头将军"。

蟋蟀有个习性，只要用逗须草挑逗一下，便会裂开齿牙，震荡翅膀鸣叫示威，随后扑向对方。所以玩蟋蟀，"逗须草"是必备工具。制作逗须草的植物称"马唐草"，与牛筋草很像，比牛筋草要纤细。马唐草多生长于村边、旷野、田埂、路边。制作逗须草时，将其头茎分裂后下折，然后往上轻轻一推，就有了丝须状。之后选择好器罐后，就将蟋蟀捉对放入，用逗须草引一下，随着一阵鸣叫声，头对头，双方开始撕咬起来。

我先把一般的蟋蟀捉对厮杀，黑头将军不轻易出场，它作为最后的压轴戏。蟋蟀打斗很惨烈，甚至把对方腿、头都咬下来。遇到勇猛至极的蟋蟀，即便大腿被对方咬下还照样死拼，直至命断沙场。蟋蟀一旦落败，以后再无斗志，从观赏的角度说，它已经废了。

我将一般蟋蟀中的最后胜者，与黑头将军对阵，这时火药味更浓，打斗时间更长，场面愈加惨烈，双方都不买账，直至一方战死。不管怎样，黑头将军总是最后胜者，每当这时，它会撑起两腿，扇动有力的翅膀，传出洪亮的鸣叫声。这鸣声的穿透力特别强，很远都能听到。

我敬仰黑头将军，对它精心喂养。喂养并不费力，每天放入一粒米饭或豆类即可，有时将"败者"大腿卸下给它（吃）奖励，现在回想起来，似乎有些残忍。

玩蟋蟀只限于秋季，北风过后，蟋蟀就慢慢退出了历史舞台。蟋蟀很难过冬，为了能让黑头将军过冬，我想尽办法，采取各种保暖措施，但最后它还是走了。

一代骁将终于离去，我遗憾、惋惜、失落，很长时间才缓过神来。春去冬来，儿时的许多情节已渐渐模糊，但玩蟋蟀的点点滴滴仍记忆犹新，特别是黑头将军，每当与人聊起蟋蟀，自然离不开它。

特殊年代

1967年,那是一个特殊的年代,至今已过去半个多世纪,当时经历过的一些事情,似乎仍在眼前。

那时,我与小阿哥年纪尚小,但已具政治敏感,特别对一些"物件",往往也会在想象中与政治挂钩。当时家里有一杆水烟筒,铜质的。还有一副麻将牌,看上去比较高档,竹背骨底,深红木质的盒子。

一天,我对小阿哥说:"这些都是资产阶级的东西,一旦被人发现,后果严重,何况父母还在交代'问题',如红卫兵来抄家,见到这些东西,那是罪加一等。"我提出赶紧把这些东西扔了。小阿哥表示赞同。

往哪里扔呢？还不能被人看到。记得一年前，大哥、二哥回家休假，父母就带着我们一起去公园划船，当时还拍了照。因为这是我人生中第一次划船，印象很深。由此，我脑子里闪出了一个方案：到公园划船时把它沉到湖里，这样比较隐秘。小阿哥听后认为可行，就这么定了。我们把那两件"证物"包好，装入布袋。

第二天早晨，外面起了大雾，行人很少，雾水飘落脸上觉得特别凉。我俩拎着布袋坐车到高庙摆渡，到浦西后直接去路程最短的杨浦公园。入园后根据路标，直接找到划船的地方。我们租了个小船，因为时间还早，游客不多，整个湖面上就我们这条船。我们迅速把船划到湖中心，环视没人，就把布袋扔到湖里，过程很顺利，没有遇到任何麻烦。

后来，正如之前想的那样，红卫兵来抄家了，拿走了许多东西，其中最多的是一些字画。据说这些字画到了学校第二天就被人偷走了，之后杳无踪迹，最后也没追回来。

时值红卫兵"大串联"，学校正常教学已被打乱。一天，小学高年级同学向校方提出也要串联。校长知道后亲自出来与学生对话。

校长姓姜，秃顶，中等个子，戴着一副金丝眼镜。他站在凳子上，耐心地劝导学生，说："你们年纪还小，不能像大哥哥、大姐姐那样出去，你们出去是不安全的。"

学生提出："不去外地，就在本市。"校长还是没答应。但"串联"毕竟是社会洪流，各小学之间相互"学习"，迅速兴起，谁也阻挡不了。

所谓小学生"串联"，一般以若干人为组，也有独自一人的。小学生到了公交车上，只要手拿毛主席语录，读毛主席语录或唱革命歌曲，就可以不买票，想去哪儿就去哪儿。当时我也参与其中，觉得挺开心的。

记得最后一次我和同学在杨浦区8路有轨电车上，一个卖票叔叔说："告诉你们，全国大串联结束了，小学生也一样，今天是最后一次，以后再来可要买票了。"

那个年代，许多教师都变成了"整批"对象，有戴"高帽子"批斗的、进"牛棚"反省的、暂时隔离写检查的，身为教师的父母，虽然平时处事谨慎，与世无争，但也不能独身其外。晚上，他们被迫把11岁的我及长我三岁的小阿哥留在家里，各自到单位写"检查"、交代"问题"。

某天晚上，小阿哥出去还没回来，我独自在家，屋内空荡荡的，心里不

免泛起鬼怪之类的幻影。我越想越怕，慌乱中咚的一声，手臂撞到了板墙上，谁知还没待我反应过来，隔壁房间也紧跟着咚的一声回了过来。隔壁房间没人，哪来的声音？我吓得魂都没了，大气不敢出，竖起耳朵，静静地听着。很长时间，空气似凝固了一般，屋内出奇地静，静得太可怕了。我待在角落不敢动弹，各种无法抑制的想象在眼前晃动，无助间，只能在恐惧中慢慢地等，盼小阿哥早点回来。

小阿哥终于回来了，听了我的叙述，他半信半疑，认为不大可能。两个人的胆子总比一个人大，他决定对着板墙试着撞一下，看看什么反应。小阿哥后退几步，然后按我说的那个位置撞了过去。谁知，又是咚的一声，而且声音愈加沉闷。

隔壁没人啊，这是怎么一回事呢？小阿哥也被吓蒙了，我们俩再不敢"乱说乱动"，灯也不敢熄，只老老实实地钻入被窝睡觉。

第二天清早，我们壮着胆子到隔壁房间探之，屋内空荡荡的，什么都没有。怪了，晚上的声音从哪里来的？我们决定再试一下，我在隔壁房间观察，小阿哥回去撞板墙，结果真相大白。原来，房间那头板壁上挂着一个苹果大的秤砣，壁板受到冲击，就会把秤砣震出去，待秤砣回来时又撞到了内壁，由此发出咚咚声。谜底终于揭开，之前的恐惧也随之消除了。

弹指一挥间，"特殊年代"早已成为过去。但当时发生的一切，因为"特殊"，或有很多可以让后人总结的地方。

【怀旧溯源】

胆大妄为

20世纪70年代初,某天,我趁父母和小阿哥外出的机会,一时兴起,拿出父母放在衣柜里的一块布料进行开剪。虽然这布料谈不上珍贵,但毕竟是新料,怎么能随意胡来?何况在物资匮乏的年代,这种"擅自"行为,实属"胆大妄为"。

那个年代,家里的衣服多数都是买布制作的,由于布店生意好,几乎每个集镇或商业区都有布店。一般来说,一件衣服会穿很久。在多子女的家庭里,老大穿后老二穿,再老三、老四穿,破了就打补丁,总之,一件衣服即便已经破旧,也不会轻易扔掉。

当时,社会上有"上门裁缝"一族,也就是师傅带着缝纫机直接上门加

作者13岁照

工,连续几天,东家除了付工钱外,还管午餐。我家曾经请过上门师傅,为节省费用,全家一年的衣服集中做。那时,几乎每个家庭都涉及买布、加工或旧衣缝补等,所以市场上缝纫机很紧俏,要凭票供应。

我家终于买到了一台凤凰牌缝纫机,全家人很兴奋,围着它看,拨弄转轮,尝试下针。在我印象中,缝纫机既复杂又简单。说它复杂,不是任何人上去就能操作的,要懂得梭子原理,要会拆装梭壳,会调节梭压、调节送布牙、调节线夹等。特别是线夹,上下"线压"要相宜,否则,出来的线脚不是起皱就是太松,影响线脚质量及美观。如说它简单,任何人都会操作,只要配好线,把布放在送布牙上,扳下"耳朵",脚踏下板,缝纫机就会转动,布走针落,线脚自动完成。

平时我喜欢琢磨,家里有了缝纫机后,就经常拆装,研究梭壳及它周围的一些附件,时间一长,基本摸透缝纫机重要部件的拆装要领及工作原理,后来缝纫机遇到故障,我都能自己修理。

缝纫机给缝补带来了便利。一次我裤子破了,一时又找不到同色的布料,我就把色差的零布放在内侧,然后用竖横针脚"狂泄"一通。缝补虽显粗糙,但至少表面看不出色差。

时值小青年兴"直筒裤",我嫌自己的长裤太宽太大,于是就动手把宽的部分缝掉。实际上改制衣裤是相当难的技术活,而我不懂,反正想"出手"就"出手"。虽然改制的裤子仍不尽如人意,但我觉得至少接近了想要的结果。

"下手"次数多了,我胆子越来越大。这天父母去市区办事,小阿哥也出去了,我在家觉得无聊,就翻箱倒柜,发现了柜子里的全棉卡其布料。我拿出布料反复端详,对它产生了好感,心想我如用这块布料做新裤就好了。当然,这只是闪念,并没有"志在必得"的奢望,因为我知道,母亲买这块布料肯定有她的打算,或许已经有了"方向"。

迟疑中,我突然冒出一个想法,何不趁大人不在自己动手制作呢?我知

【怀旧溯源】

道这是有风险的,之前我从没有做衣裤的经历,如胡乱裁剪,最后报废也是有可能的。要知道那个年代,这么大一块布料可不便宜,更何况这是擅自行为,就算做成了,也不排除被父母训斥的可能。我在"冲动"与"顾虑"间徘徊,最终还是决定"一搏",当然也做好了被父母训斥的心理准备。

如何上手呢?真到了"动手"的时候,我却没了主意。我直愣愣地盯着布料,思索着各种制作方案,最后决定:先把我认为式样好的裤子拆了,再把拆卸后的大小"裤片"贴在布料上放样,最后按样图裁剪。当然,拆裤时要记住顺序,前面怎么拆,后面得怎么拼缝。

我先用镊子挑断样裤的线脚。干这活眼睛要集中,动作要细小,出力要适当,如不小心就会挑坏裤料。拆完后,除了"大片裤料"之外,"小零料"也不少。接下去就是"放样",放样时要注意布的经纬,不能横着排料,否则做出来的成裤会走样。

裤片出来后,"缝制"是关键,但在实际操作时却遇到了问题,明明两层布料是一样长的,但缝合时上层的那块料总会长出来,这是怎么回事?我怎么也想不明白。无奈之下,我采取了一个粗暴的办法,把那段长出来的剪掉。表象看,这办法有效,但实际上两片布料的张力出现了差异,制出的成品会起皱,但当时我只能这么做。

事后我才知道,在缝制上下两块布料时,由于下层布有"布牙"推送,所以推进比较快。而上层布只能依附于下层布带,所以推进相对较慢。正确的做法是:在缝制时,上层的那块布须用手辅助轻拉,至于拉的轻与重,完全凭当事人的经验。

经过一天"力拼",成裤终于制作好了,穿上一试,尚可。兴奋中,我也就穿着不脱了,至于父母回来会如何处置,不去管它了,反正不论怎么处置,布料已变成了长裤,生米煮成熟饭,要返回原样是不可能了。

夜幕降临,父母回来了。他们看到我穿的新裤,并得知是我自己做的,觉得很诧异。他们不但没有批评,反而肯定了我的动手能力。父母的表扬让我大受鼓舞,更激发了我对裁剪的欲望。后来,母亲特意买了一本《怎样裁剪》的书,让我与小阿哥自己看书学习,从那以后,我的外裤都是自己做的,直至改革开放后。

自制电琴

　　《闪闪的红星》是1974年上映的一部儿童片，它讲述的是30年代艰难困苦环境中成长起来的少年英雄潘冬子的故事，其中有一首主题歌："红星闪闪放光彩，红星灿灿暖胸怀。红星是咱工农的心，党的光辉照万代……"这首歌有浓烈的感情基调、较强的节奏感，是精神力量的展现。当时我不满20岁，小阿哥长我三岁。这天我俩在《闪闪的红星》的旋律中突然冒出一个想法，并做出了大胆的决定。

　　在这之前，小阿哥曾在科技杂志中看到一篇介绍电子琴的文章。当时社会上还没有电子琴，大多数人不知道有电子琴这种乐器。通过杂志介绍得知，电子琴是20世纪20年代美国人发明的，我国虽然在1958年也研制出电子管单音电子琴，但基于种种原因，未能投入生产。杂志上不仅刊有电子琴的线路图、工作原理，还详细介绍了电子琴的制作细节。

　　我们认为，如《闪闪的红星》通过电子琴演奏，一定会更加悦耳动听。于是，决定根据杂志的知识介绍，自己动手制作。当然，这只是一时冲动，既没经过深思熟虑，也没缜密分析，因此在制作过程中，由于条件限制，必

【怀旧溯源】

将会遇到各种麻烦。

制作以小阿哥为主，我虽为副手，也信心十足。实际上，制作电子琴谈何容易，它不仅涉及元件装配、调试，还涉及木工、机械，涉及琴体的外观设计，特别在调试中还得懂一些音乐知识。音乐知识不是马上就能掌握的，它需要一个过程，一个潜移默化的过程，好在父亲平日经常给我们灌输这方面的知识。

父亲喜爱二胡，平日讲得最多的是"瞎子阿炳"，认为阿炳了不起，能创作出那么好的曲子。他又同情阿炳，认为他是个悲惨人物，人生几度受挫。在父亲的影响下，我与小阿哥虽然不会拉二胡，但也能弹奏凤凰琴、吹笛子及口琴等，也正因为有这些音乐知识，才会对电子琴感兴趣。

父亲喜爱二胡

根据我俩各自特长，我与小阿哥进行了分工，小阿哥主管晶体管线路的装配及调试，我负责琴体、琴键制作。一时间，电烙铁、电线、各种电器小元件摊了一桌子，又是锯子、锉刀，大小木料堆积一地，我的卧室简直成了工房间。

做琴体全靠想象，书中没有介绍。对我来说，最难的是琴键，它由许多小木块组成，大小体积必须一样。我毕竟不是木匠，做起来很费劲。我先找一些木条，用锯子将木条锯成一样长的木段，算是毛坯，最后用小刀削。

琴键大小、平整度全凭自己的眼力，觉得差不多了就用沙皮打

作者（16岁）在焊接电器元件

磨。一个又一个，24个琴键做成后，再逐一打洞。打洞全靠手工，位置必须一样。最后用一根钢条做轴心，把它们串起来上下活动。

琴键必须有弹性，如何解决呢？起初想到橡皮筋，一试很难，弹性不是

65

太紧就是太松，无法控制。想用小弹簧，但又去哪里找呢？

当时购物不像现在这么方便——只要淘宝网一搜，可以跳出一大堆供你选择——只能去各商店寻找。去了北京路及南京路，但都没找到合适的弹簧，我心里很急，如果这问题解决不了，其他的努力都将白费。

这天，我骑着自行车到镇上去"碰运气"。小路有些颠簸，还不时有人挡道。我使劲按着车铃，那急如风火的铃声，似乎在宣泄我的焦虑。突然，我被自己的铃声醒悟：自行车的铃上不是有小弹簧么，如琴键配上这种小弹簧应该差不多。

我一阵高兴，立马掉头回家，把铃上的弹簧拆下来装在琴键上，一试果然可以。很快，我去自行车零配店买了很多小弹簧，然后逐一安装在键尾。

最后一关是做琴体。按正常程序，应该先做琴体，再做琴键。但我是反着做的，因为我算不准24个琴键排列后有多宽。琴体分为两部分，前半部分是琴键槽，后半部分是琴肚。琴肚没什么讲究，主要功能是放置线路板和喇叭。做琴体先要做骨架，骨架不用木榫，全靠洋钉，因为我没那个水平。骨架制好后用三夹板封上，琴体就做好了，它看上去虽显粗糙，但很朴实。

小阿哥那里也不轻松，电阻换了又换，折腾了不少时间。据小阿哥介绍，一些印在电阻上的数值不准，所以影响了线路的电压及电流，没办法，只能反复调试、更换。电阻件特别多，每个音阶都会用到，为了调试方便，小阿哥就到中央商场买了许多可变电阻。

在我印象中，可变电阻是扁扁的小圆形，编成一排，犹如一张张"小脸"，甚是可爱。"小脸"中间有一凹槽，螺丝刀插入后可以左右旋转，通过旋转，就改变了电阻的参数。

终于到了总装阶段：先在每个键上安上铜片，焊上电线，最后把装配好的线路板放入琴肚，接通电源，一台土制的电子琴诞生了。经测试，效果很好。

这天夜里，全家人聚在一起，《闪闪的红星》在电子琴的伴奏下，二胡、笛子轮番相和。这梦幻般的琴声，带着全家人的喜悦，从窗户溢出，波及星空，飘向远方。

捕鱼之乐

小时候,捕鱼是我爱好之一。一次我筑坝捕鱼,眼看就要成功,堤坝却出现了管涌。所谓"管涌",就是坝堤出现漏水。管涌一旦出现,随着水流冲击,管径会越冲越大,直至堤坝坍塌。

开始我并不在意,认为这些小管涌影响不大,只须多排几斗水出去就解决了,但不料它数量越来越多。我一看急了,马上挖泥封堵。管涌的水由外向里流,塘泥只能放在堤外管涌入口处才能见效。老的管涌解决了,新管涌又冒出来了,由此出现了拉剧战。这时,更严重的情况发生了,面对"险情",我别无他法,只能接受挑战。

那时,我先后尝试过钓鱼、倒笼抓鱼、筑坝捕鱼等,并有不同的体会。

钓鱼工具最简单,只须找根长竹竿,配上尼龙线、鱼钩,用鸡毛管做浮标,再用红蚯引做诱饵。那时不懂,以为这几样东西凑在一起就可以钓鱼了。我家南侧有条河,每天潮起潮落,很有规律,其间也有水流缓的时候,这应该是钓鱼最好的档口。

某天,我一时兴起,几样"要件"配齐后,有模有样地学着大人的样子在河边钓鱼。时值盛夏,烈日当头,也不懂遮阳,半天下来晒得皮肤疼,结束时就钓到两条泥鳅,觉得没有成就感,自那以后,再没有动过鱼竿。实际上钓鱼是很有讲究的,包括渔具选配、河水深浅、气候条件、风向时节、阴阳区域、鱼群心情等,这些都不是小孩能够掌握的。

"倒笼抓鱼"比较省力,只是做笼时有些麻烦。所谓"倒笼",指用空心铁片网制成的一个鱼笼。一般这种笼长约1米,直径30厘米左右。它只留一个进口,进口由竹条制成,通道由大到小呈喇叭状,鱼一旦进去后,很难再回出来。这种笼适宜逆流放入小溪。许多鱼有逆水而行的特性,如笼口"吐"出水流,它就会奋不顾身地逆水前行,直至进入笼口。如运气好,一次抓十几条也有可能,但这是小概率,在我记忆中,一个晚上能有几条鱼入笼算是不错了。每到夏天,雷阵雨过后,溪里的水流会增大,这时的鲫鱼特别兴奋,如通过倒笼抓捕,会有较好的效果。

一次我与小阿哥制作了一只倒笼,晚上放到屋边的小溪里,结果第二天早上一看,真有几条小毛鱼在里面,但不管怎样,有收获总比空网好,正待去取,却被一群大孩抢去了,还把倒笼扔到一边,理由是这块"宝地"属于他们的,指责我们占了他们的"地盘"。我们人小,敌不过对方,说理也没用,唯一办法只能瞠目以对。

最刺激的要算"筑坝捕鱼"。筑坝捕鱼需要一种特制的工具,当地人称为"拷斗"。"拷斗"是排水用的,用铁皮制成,形状如半个水桶,再加一根木长柄。使用时,人站在水里,手握斗柄,通过双臂划动,将水排出堤坝外,水排净后,鱼就随你抓了。

"筑坝捕鱼"选择河塘很重要,这全凭经验,如河塘选得不对,往往竹篮打水一场空。

一般来讲,筑坝要选活河塘,河塘的大小要适宜。如河塘太大,一个人力量太小,拿不下;如河塘太小,没刺激。

我家北侧是一片农田,其中有许多小湾沟或河塘,实际上它们都是赵家沟的支流,河塘的水也会随赵家沟的潮水而涨落。

这天,我提着自己用铁皮畚箕改制的拷斗,找了一个合适的水塘,卷起裤脚下水筑坝。筑坝的材料是塘泥,全靠双手挖取。考虑到排水后内外水压,所以筑坝时坝体要稍许外倾,以增加坝体抗力。

开始,排水还算顺利,但后来出现了管涌,降低了排水效果,随后挖泥堵漏。恰恰此时，坝外的水位随着赵家沟潮水上涨而开始上升。如水位淹过堤坝，堤坝肯定坍塌，那是不可抗力的。怎么办呢？

塘内仍有一定水量，鱼深藏于水无法看清，坝外河水还在上涨，如按此速度，还没等我排干水，堤坝已经塌了。无奈之下，我决定放弃排水，直接抓鱼。

鱼有个特性，如你把塘底的薄泥翻起来捣成泥浆，它会因缺氧而变得迟钝，为了透气，它会被迫浮到水面。这时只要你出手敏捷，就能顺利抓鱼。

我全力用脚翻捣塘底的薄泥，很快塘水成了泥浆水。再捣，泥浆逐渐增厚，慢慢地，这些鱼扛不住了，纷纷浮到水面，张嘴喘着大气。我一看机会来了，立马展开双手，一条又一条鱼被扔到桶里。看到水面的鱼少了，就再用脚捣，然后再抓，反复几次。

堤坝上的管涌越来越多，塘内水位逐渐上升，好在鱼也抓得差不多了。这时，突然听得"哗"的一声，河水淹过堤坝袭卷而来，随之堤坝也塌了，只几分钟，塘内就灌满了水。我上岸后看着满桶的鱼，心里只有喜悦，这是我人生中捕鱼最多、最惊险、最刺激的一次。

弓弹老鼠

20世纪80年代初,我家厨房老鼠猖獗,不但晚上横行,白天也会出来溜达,可见老鼠的胆大妄为。厨房是平房,砖瓦结构,老鼠进出最多的地方就是屋顶。屋顶由屋梁、椽条、望砖、瓦片组成。其中望砖是铺在屋面椽条上的薄砖,用以承托瓦片,对防止透风、落尘有一定作用,并使室内顶面平整。由于房子年久失修,望砖损坏较多,降低了屋顶的密封性,也给老鼠活动有了可乘之机。

老鼠的嗅觉很灵敏,有关资料介绍,它对人的气味很熟悉,只要闻到就会远远地避开,从来不会与人打照面。我家的老鼠不一样,有时竟敢趴在梁上,瞪着两个小眼与我对视,确实可恶,但我却对它没

办法，有时想拿竹竿敲它，等我竹竿拿来，它早已跑得无踪影，让我有力无处使，站着干瞪眼。

其实小时候，我对老鼠印象还是不错的。记得一次在屋檐草丛下，看了暖暖的一幕：一只大老鼠带着十几只小老鼠，可能是怕小老鼠跑失，它让所有小老鼠排好队，每只小老鼠咬住前面小老鼠的尾巴，第一只小老鼠再咬着它的尾巴，像老鹰抓小鸡中的队伍，长长的一串，大老鼠跑到哪儿，后面一串小家伙就跟到哪儿，甚是可爱。大老鼠看到有人在看它们，也无所畏惧，依然带着小家伙们按既定路线走。我想，这就是母爱，如它逃走了，这些小家伙怎么办？它为了保护它们，临危不惧，这就是母爱的伟大。

后来随着我长大，才慢慢了解了老鼠的一系列劣迹，原先的好印象也随之下降，直至憎恨，因为它们干出来的事太缺德了。老鼠夜间会"翻箱倒柜"找东西吃，一只食品橱常被它搅得不安宁，稍有细缝，它就会跑进去捣乱，吃了食物后，还在碗里拉几粒屎，有意气你。如你把厨柜封严了，它就会用牙咬，直至咬出洞来，总之，它不会让你省心。

厨房里的老鼠越来越多，它那种没完没了的困扰让我心烦意乱，为了对付它，我尝试过许多灭鼠方法。记得一次用鼠药，当夜就干掉了几只，但之后就没用了，不管你把药放在何处，哪怕用"美味佳肴"引诱，它都不会上当。

我还尝试过用鼠夹，傍晚放在它经常出没的地方，隔天早上就见效，被夹住的老鼠很大，但细看大吃了一惊。其他老鼠为了救它，竟把它的腿都拉掉了，可见老鼠之间的生死之情，也反映出老鼠的高智商。

据某刊物介绍：老鼠的智商某些方面相当于八岁的儿童。也有专家认为老鼠能听懂人话，能懂猫、狗等天敌的语言，当然这是否真的，只有老鼠自己知道。

厨房里的老鼠越发猖獗，尽管先后用了鼠药、鼠夹、鼠笼，但到最后都失去了效果。老鼠的胆子也越来越大，不但夜间捣乱，白天也来折腾。特别是那只体形硕大的老鼠，竟敢扒在横梁上瞪着我。看着它两只一动不动的贼眼，似乎在向我挑衅："我就这么气你，你能把我怎么样？你抓得住我吗？"对方的眼神中，透射着专横和傲慢，也表现出对人类的蔑视。简直岂由此理，一只老鼠，竟敢如此嚣张，非消灭它不可！

用什么办法收拾它呢？这时，我想到了弹弓。那时，为了休闲时打麻雀，我刚从商店里买了一支弹弓。

弹弓打鼠史无前例，一般来说是不可能的，因为老鼠见人就跑，哪等得及你射击。但我家厨房的那只大鼠不一样，每次它会与我对视好长时间，因为它知道我对它没办法，所以胆子越来越大，对视的时间也越来越长。

为了能成功击毙硕鼠，我做了相应准备：弹丸和弹弓放在随时可上手的地方。一切准备完毕，就等大鼠出现。但奇怪的是，盼它出来，它却没了动静，一连几天，就是没见到它的身影，怎么回事？我感到纳闷儿，难道它不但能听懂人话，还能判断出人类的一些举动，简直不可思议。

这天下午，3点刚过，我正好要外出办事，忽听屋顶发出窸窣的声音。我一看，是那只大鼠，正趴在梁上瞪着我。我一下紧张起来，顺手拿起备好的弹弓，稍做瞄准，三点一线，弹丸飞了出去，只听得扑通一声，大鼠从梁上掉了下来，躺在地上。我上去观察，确认已一命呜呼。

实际上，我打弹弓并没那么准，只是碰巧。但对它来说，应该是坏事做得太多，命已该绝。虽然，厨房的老鼠我无力消灭干净，但击毙了大鼠，也算是出了一口恶气。

梦河情怀

　　50多年前，一次，我潜水时发现河底有个泥洞，我判断，这是个蟹洞。凭着自信，我将手伸入洞内，发觉洞很深，直到上臂，里面确实有蟹。我知道，只要碰触到它，然后把手退出来，它就会跟着出来，这时，你的手只要守在洞口，即可把它拿下。欣喜中，我欲将手抽回，但手臂早已被洞内空气吸住，根本无法退出，这下我慌了，意识到情况危急。

　　吸住我手臂的这条大河东西朝向，被称为赵家沟。过去河呈蜿蜒状，后经改造，变成笔直的大河。早年途经我家南侧弯曲的那一段，如今早已被填平，上面建成绿地或社区群楼。对于那一段弯曲的河，我称它为"老河"。老河对年轻人来说毫无印象，但对我来讲，不仅印象深，还颇有感情。

　　老河宽二三十米，我与老河接触是在六七岁时开始的。准确地说，初次接触的应该是它的支流，支流是条小河，在我家东侧，与老河呈丁字状。小河水位高时可过船，水位低时只能称作小溪。

　　那年冬天，气温特别低，河里结了薄冰。我看到小河里停了一条没人的大木船，出于好奇，我决定登船玩耍。船距岸很近，我双手搭在船沿想爬上去，无奈人太小，怎么也爬不上去。这时，由于受推力作用，船开始外飘。我双手抓住船沿，但两脚却已脱岸，整个人悬荡在船帮边，亏得船身高大，两个脚还没沾到水。危急中，恰好老河上有一条大船，船老大无意中看到了小河里的险情，二话不说，边喊"快救人啊……小孩要掉河里了……"，边登岸飞身向我奔来。

我紧紧地抓着船沿，既不感到害怕，更没意识到危险，只是目睹那人敏捷的身手。很快，那人到我身边，一把将我抱回岸，然后问："你家在哪里？大人呢？你看这多危险，以后不可以在河边玩。"

我呆呆地看着那个人，30左右的汉子，黝黑的皮肤，健壮的体魄，浑厚的嗓音。对于他讲的话，我虽不怎么理解，但已意识到他是为我好。如今这么多年过去了，那人飞奔而来的身影，还始终印在我脑子里。后来，随着年龄增长，我在这条小河里学会了游泳，继而有条件进入老河。

老河水位受潮汐影响时高时低。水位高时河面宽阔，水位低时河流湍急，正因为有这些自然特征，才丰富了老河的惊险与刺激。涨潮时，我会从六七米高的桥上直接跳下；退潮时，我会与激流相搏；水缓时，我会潜水嬉戏。遇到酷暑，有时一天泡在河里两三个小时。

一日，我深吸气后一个猛扎，在水下潜了一大圈上浮换气，谁知上浮途中，头顶被重重地撞了一下。怎么回事？我稍换个地方，头顶又被撞了回来。慌乱中，我只能重新潜回河底，凭着方向感，潜到河边然后再浮出水面。我喘着大气，探究刚才撞头的原因。

原来，这条河既是近边民居的生活水源，也是船运的主要通道。平时，河里进出的大小船只很多，刚才我潜水时，没注意近边有大船过来，待我上浮时，恰巧这条大船在我头顶，所以撞上了船底。这条船的动力靠橹桨，如当时碰到橹桨，可能会被打伤，如遇到机械船，后果就更严重了。

老河经历数百年，河床有许多"宝贝"，周边民居洗刷也靠这条河，河底常会摸到碗勺之类的生活品，有次还摸到一把满是锈迹的军刀，估计是当初打仗的遗物。河里除了这些东西，鱼类也很多，特别是河蚌，不仅多且长得大。当时家里养了许多鸭，我就拿个木脚桶，让它浮在水上，我则潜入河底捞挖河蚌，几个小时下来，满满一桶，然后回家剖开，把蚌肉挖出来给鸭子们尝鲜。

河里玩"抓人"也很刺激。游戏由几个小伙伴组成，然后分"逃"和

"抓"两组。逃技中主要靠潜水,眼看就要抓住时,被抓人突然一个潜水,让抓捕人不知所措,无奈之下,也只能潜水碰运气。这种游戏既是一种乐趣,也锻炼了泳技。我在这条河里,不仅学会了自由泳、蛙泳、蝶泳、仰泳等,还会拿根芦管长时潜入河里隐身。

  这次凭着自信,我潜入河底捉蟹,手臂被洞内空气吸住。我知道水下的时间是有限的,如一口气憋不过来,那肯定一命呜呼。好在危急中,我铆足了劲,手臂终于抽出,这时,我已无心抓蟹,直浮水面透气,一场危机总算过去,事后回想,仍心有余悸。

  老河赋予我快乐。四季中,夏天可以入水降温,秋天可以展臂飞瓦,冬天可以捞冰玩耍,春天可以柳边赏鸭。它是我训练泳技的天然之地,也是我童年玩耍的主要场所,它伴我长大,供我嬉戏。如今,那么多年过去了,随着浦东开发,它早已无影无踪,但它的故事,如同抹不去的梦,一直在我脑海里浮现。

一根枪条

1972年某天,我陪姐夫去打猎。那是一片山丘,时值深秋,树木本就不多,加上树叶稀少,阵阵寒风下,山上显得十分荒凉,飞禽走兽很少。我们找了好长时间,终于在山丘下发现了一只飞鸟。

机不可失,姐夫把背包扔给我,提着枪,寻迹朝坡下跑去。看着姐夫敏捷的身手,我心生佩服:毕竟是行伍出身,就是与常人不一样。

姐夫曾参加过抗日战争、解放战争、抗美援朝。他是山东人,很早就参加革命,抗战时才13岁,是一名通信兵。据说一次送信时被日本兵发现,鬼子在后面追,他骑马跑,快到一座石桥时,他从马上跳下来,对着马臀加上一鞭,马飞奔远去,自己则跑到桥底下。时值严寒,他敲开河冰,躲到冰层下面，待日本兵远去才爬出来，还没到路上，就冻昏在岸边，后来亏得老百姓发现才被救起。

解放战争中，他曾一人俘虏了碉堡内10多个敌人，被记大功一次。姐夫一生战功显赫，获得过许多奖状、勋章，后来在急行军中因要减轻负重，在不得已的情况下遗弃了，十分可惜。战争中姐夫受过几次伤，腿上的子弹由于部位复杂，一直无法取出。

姐姐家在四川省达州市宣汉县，是国家的"三线"基地。所谓"三线"，即国家为了国防需要，把大城市里的一些工厂迁移到纵深的山沟里。虽然山沟里建了很多工厂，打破了深山峡谷的幽静，但仍达不到大城市的那种喧嚣。姐夫是部队干部，他到这里是为完成部队交付的任务，姐姐作为随军家属，全家就来到了这里。

1971年，我在上海读完初中后，学校通知暂缓毕业，要求所有初中毕业生再"学工学农"一年，也就是要延长一年才能毕业。这年，我去了四川姐姐家。那地方有工、有农，也算是"学工学农"的一部分。

这天，姐夫让我陪他一起去打猎。以前，"打猎"只在电影里看到，现实生活中却从没体验过，现在要去实地打猎，我当然高兴。

出发前，姐夫检查了必要装备。所谓"装备"，就是一只背包和一杆气枪。路上，我紧紧地跟在他后面。姐夫似乎对地形很熟，途中没任何犹豫。我们开始走的是小道，后在山谷中穿行，约20分钟后，我们到了距"三线"不远的丘陵地带。

姐夫追逐着目标，目标停在树干叽喳个不停，似乎没意识到有人在跟踪它。姐夫选了一个合适的位置，举枪摆出了射姿。我站在坡上，屏住呼吸，期望枪响的那一刻，时间一分一秒过去，始终没听到枪响。

怎么回事？鸟在树枝上不停地跳跃，就是没飞走。我想怪了，难道这鸟有神力，能阻止子弹出膛。我睁大眼睛观察着，只见姐夫把枪收了回来，好像在拨弄着什么，原来气枪卡了。姐夫转身朝我挥手，喊道："快把包里的枪条拿来。"

以前，我从没有见过枪条。所谓枪条，看上去就像一根普通的钢丝，约50厘米长，黑黑的，粗细与自行车钢丝差不多，它是清理枪膛的一种工具。

我赶紧从包里找出枪条，正欲下坡，忽想何不把它直接扔下去，这样既省力又快速。想到这里，我后退几步，憋气后一个跨步甩臂，枪条随着一道

"弧线"飞向坡底,只听咚的一声,枪条掉进了姐夫身后的山湖里。我傻眼了,这可怎么办?

山湖约半亩地大,深绿色的湖水,在嗖嗖寒风下,泛起层层波澜。湖水很冷,估计很深,潜水打捞是不可能了。

一阵寒风过来,吹得本已稀疏的枝杈左右摇晃。树树秋声,山山寒色,这声这色,附和着遗憾、失落和惋惜。无奈之下,我们只能沮丧地打道回府。

后来我才知道,这可不是一般的枪条,它有着特殊的意义。这枪条是老首长送给他的,它经历过战争硝烟,见证过解放军的战斗历史,也是当年解放军武器装备的重要见证之一。

枪条没了,姐夫很惋惜,但也没有办法,只能让它长眠于湖底了。这次打猎,虽说有些遗憾,但毕竟也是人生历练,特别是与姐夫一起,多少看到了他过去战斗的影子,值得怀念。

第二辑

磨砺充实

定格人生

1972年秋，学校要分配了。我们这届初中毕业生不再按以前的"一片红（全部务农）"，而有45%的对象可以去企业。去企业工作是前几届毕业生的一种奢望，如今有机会了，就要看各自条件了。根据政策，评定标准根据当事人家里兄姐有"几工几农"，如"农"多，则进企业的概率就高，反之就小。我上面是"两工两农"，概率为50%，由此，家人很紧张。

当时，我正好在四川达州市宣汉县姐姐家里。收到信息，姐姐很着急，帮我准备好行李。宣汉至重庆有300多公里，为了赶时间，姐姐特意托人用车把我送到了重庆，让我自己买火车票回上海。然而我到重庆后，却遇到了麻烦。

重庆火车站人头攒动，我好不容易找到上海方向的售票窗口，却被告知票已售完。看着南来北往的路人，我心里很着急，接下来该怎么办？思忖中，我想到了一个办法：去买一张送客的站台票，然后混上车，再在列车上补票。虽然补票是没有座位的，可能要熬三夜两天的车程，但为了尽快赶到上海，我也不管这些了。但事实上，后面的事情并非我想象的那么简单。

买站台票须凭相应的车票，且每票最多买两张。我没车票，只能求助于有票的旅客。我放眼搜寻去上海的旅客,但搭讪几个,都不是去上海的。后来好不容易找到一个,可他嫌麻烦,被拒绝了,类似情况折腾了好长时间,却毫无进展,怎么办呢?绝望中,我突然想到车站还有个退票窗口,或许退票窗口能搞到车票,不管怎样,得试一下。

几经周折,我终于找到了退票窗口。这时,窗口外正好有一位中年男子在询问:"有到上海的车票吗?"

"没有。"窗口内传出干净利落的两个字。我看着男子无奈的样子,心里"咯噔"一下,完了,这里也没希望了,只能再回售票处找好心人买站台票。刚回几步,我突然想到,虽然刚才窗口内传出"无上海车票",但我是小孩,至少看上去像小孩,或许看在小孩的面上,窗口内会帮我想办法的。不管怎样,碰碰运气总不会错,想到这,我又回到了那个窗口。

我小心翼翼地趴到窗口前,有意装作怯怯的样子,问:"阿姨,我想要去上海的票,能帮我搞一张吗?"

窗口内,是位二三十岁的女售票员,她朝我瞟了一眼,什么话也不说,低头从抽屉内取出一张票推了出来。我见此忙说"谢谢",赶紧付钱,然后取票走到外面,反复端详着车票,心想这不是做梦吧。

确实,这不是一般的票,这是靠我机智取得的,我高兴了好长一阵子。更让我意外的是:我买到的这节车厢与众不同,它是一节特殊的车厢,全新的车厢,估计能买到这节车厢的人,都是有其他渠道的。我猜测,这票不是旅客退出来的,而是内部的保留票。

这节车厢的外观与其他车厢没什么特别,但到了晚上,它的特点就显示出来了。具体来说,它的座位很特别,即,每个单元相对的两个座背上,内侧有块折叠的滑板,到了晚上,那滑板可以从座背上拖出来。而座位中间的茶几台也可以拉出来,与两边座位搁平。这样就变成了上下铺,可以睡六个人,白天只要有座位的人,晚上都有位置睡。

我们单元正好都是男的,晚上我们将滑板拉出来,大家安然入睡,三个晚上都这样,很舒服。但也有"单元"无法发挥功能的,关键是男女问题。有的单元通过男女调位,也可解决问题,但也有调不过来的,没办法,只能弃用,坐着过夜。

经过三夜两天的行程,我终于回到了上海。学校正在推进落实毕业生的分配工作,毕业的学生多,且每个学生背后都有家庭,社会影响面广,所以学校在工作推进中很谨慎。父亲经常去学校开家长会，听分配"政策"，然后回家分析。日子在忐忑不安中煎熬，根据分配条件，我"左右"都有可能，能不能进企业，只有看到分配通知单才能定局，之前猜测也好，传说也罢，都只能作为参考。

　　这天，定格人生的通知单终于来了，家人很激动，急忙拆开信封，我被列入企业之列，但档次是最低的，即到供销社托管的集体商业当学徒工，每月工资14元，比供销社的学徒还要低2元。所谓"集体商业"，即为农村的"下伸店"。

　　由于是供销社托管，所以岗位是供销社统配的，有可能去农村下伸店，也有可能去集镇商业，但不管怎样，我可以进商业系统工作了，相比去务农要幸运得多，家人为此感到欣慰。几天后，我被告知到一个叫赵桥镇的百货店当学徒。在计划经济年代，这算是"吃香"的行业，得到这个喜讯，全家人都很高兴。

融入社会

作者17岁照

20世纪70年代初,我初中毕业分配到上海浦东某基层供销社的一家百货店工作,那时的我带着学生固有的纯真与淳朴、带着对人生的美好憧憬到单位报到,不想懵懂中,社会的沟壑深深浅浅,纷繁复杂,让我很不适应,感觉在泥泞中前行,跌跌撞撞,甚至义愤填膺。

那时,员工习惯住集体宿舍。一天晚餐后,我回宿舍,推门进去,眼前的一幕让我惊诧,甚至恶心。原来,昏暗的灯光下,小板凳上坐着一个50多岁的老头儿,他头发松散,胡子拉碴,戴着老花镜,左脚伸在水盆里,右脚搭在左腿上,手里拿着一块花毛巾,正在搓捏几个脚趾。他抬头斜瞟了我一眼，漫不经心地开腔："哦……你是新来的？"

"是的，我是新来的。"我应着他的话，眼睛却盯着他手里的毛巾。它特别眼熟，和我的一模一样。我本能地把双眼移到我床边的毛巾架上。果然我的毛巾不见了，也就是说，他用我的洗脸巾在搓洗脚癣。我顿时五雷轰顶，心火直冒。

记得刚进单位时，家人曾反复嘱咐：一定要虚心向师父学习，要尊重师父，与师父搞好关系，要融入职业环境，适应商业特点。想不到我进单位后遇到的一些事，却是超出了我的想象。

"早起床"是我最难适应的。那时年纪轻，早上总想睡懒觉，但到了供销社后，早上5点多就要起床了，且每天要工作10个小时。后来知道，供销社是农村商业的主渠道，供销社的口号就是要服务于农民，做好农民的后勤保障。农民起床一般都很早，为了适应他们，供销社就得早开门、晚打烊。农民也了解供销社的经营特点，如哪天开门晚了，他们就会到供销社找领导理论。为了早上准时起床，我特意买了闹钟。

百货店烦琐的盘点也让我头痛。百货店商品很多，大到各种布匹，小到纽扣、引针等，少说也有几百种。根据管理制度，每月必须对各种商品造册盘点，一样也不能遗漏，工作量很大，有时要通宵才能完成。每次盘点完成后，盘存表有几十张，上面登记着每件商品的"上月余量""本月存量""规格""单价"等基本要素，当时还没电脑，所有登记全部手工完成，最后，还要计算每件商品的销量、销售额等，这些工作单凭报账员是来不及做的，其他店员必须帮忙。计算中，加减乘除全靠珠算。珠算是商业人员必备的基本技能，幸好我在学校时学过，有一定基础。报表的各种数据出来后，必须核对总账。根据规则，所有商品必须做到"账账相符""账实相符"。

在我的记忆中，"对账"多半是不顺利的，数据不是多了就是少了。所以，后一步工作就是"捉鬼"。所谓"捉鬼"就是大家分头寻找原因，如：哪件商品"漏盘"了或"重复盘了"等，总之，原因一定要找出来。这种"麻烦劲"只有体验过才能感受到工作的烦琐及不易，据说这种管理模式是向苏联老大哥学的。

单位宿舍距百货店不远，就在河对岸。那是砖木结构老式平房，地坪是泥土的，四周没窗，照明只能依靠灯光。屋内面积还算大，横七竖八放着很多单人床，上面挂了各式蚊帐，总体感觉杂乱、压抑。因为不通风，还充斥着一股怪怪的异味。

进单位后,我就找个空位搭了张床,并按自己的习惯配置蚊帐、脸盆、脚盆、洗脸巾、洗脚巾等。没想到现在这个师傅擅自拿我洗脸毛巾用,还上下不分。我不由脱口嚷道:"这毛巾是我的,你怎么拿我的毛巾?"

他看了看我,不以为然地笑着说:"我们这里都这样,东西大家用,你是新来的学生,以后会习惯的。"我一时无语,不知道怎样跟他理论,再看他那副神态,似乎很坦然,一点儿没有歉疚的意思。

"怎么样,你在店里适应吗?实际上营业员工作最简单了,像你们这些学生,记性好,很快就会熟练的。"他边说边悠闲地搓着脚。

我站在那里,心里却一直鼓捣着毛巾,哪有心思听他讲话。怎么办呢?再看那师傅,似乎并不是在捉弄我。"算了,顺其自然吧,不就是一块毛巾嘛。"想到这儿,我的气血似乎一下子打通了,心胸开阔了许多。

师傅见我没接话,抬头瞥了我一眼,好像意识到了什么,忙说:"哦,毛巾,用你毛巾了,对不起,既然你在乎,我这就去给你洗干净。"

"算了,你用吧,只要你方便。"尽管我心里不太舒服,但表面尽显大气。师傅高兴了,便唠唠叨叨介绍起供销社的诸多事情。后来我才知道,宿舍里的人基本都自备一条毛巾,一只脸盆,使用时不分上下,偶尔还不分你我,虽然这是陋习,但也算是促进和谐。不管怎么说,随着"毛巾事件"的淡去,我对社会多元化有了更深的理解,懂得了宽容,也逐渐适应了当年基层供销社的特殊环境。

【磨砺充实】

站长遇险

作者22岁照

1973年某月,杨园供销社买了一辆"上海58-1型"1.5吨三轮机动卡车。这种车结构简单,通过性好。之前供销社运输全靠船只,如今有了机动卡车,觉得很气派。不仅在供销社,就是在杨园乡,也就这么一辆卡车。自从车子买来后,就终结了全乡无机动卡车的历史,所以从某种意义来说,它是全乡经济发展的一个重要历史标志。

适值供销社下属的棉花收购站组织到一批优良棉种,棉种在邻乡的轧花厂,需要立马运回来。这天上午,站长决定动用新车,并亲自押运。这是新车"到岗"后,第一次承担运输任务。同事们很兴奋,簇拥着车子,直把它送上马路。

下午2点，轧花厂来了电话，说货已经装好了，马上回来了，要求通知社会上的装卸工，让他们做好准备。站里接到电话后，马上行动起来，装卸工集结待命，大家翘首以待。

但直到太阳西下，卡车仍没回来，大家觉得事情有些蹊跷，按路程及出车时间，汽车应该回来了，现在仍不见汽车影子，这是怎么一回事呢？随着时间推移，一种不祥的预感慢慢地笼罩在大家心里，尽管大家没说出口，但凝重的脸部表情已经让收购站处于紧张的气氛。

我调入棉花收购站不久，对站长印象最深，是他热情地向我介绍棉花收购站的情况，并安排我做棉花检验工作。

站长50多岁，中等身材，肤色偏黑，背有点驼，额上略布皱纹。他是老党员，也是我的直接领导。他为人朴实，没有架子，责任心强，大伙都非常敬重他。他不仅棉花知识丰富，其他方面也在行，如泥瓦手艺也不错，站里涉及一些泥瓦活的，他都自己动手。别看他手掌粗实，手指却十分灵活，珠算打得如飞。

一次他撸起袖子，笑呵呵地对我说："别看我老头儿一个，但我的臂力不会比你差。"说着，提出要与我扳手腕。

我刚从学校毕业，身体单薄，扳腕时脸涨得通红，最终仍以失败而告终。这下他更得意了，说："小伙子，要多锻炼啊。"后来，我在棉花仓库内装了一副吊环。他看到后笑着说："谁让你在仓库里擅自装吊环的。"说着他用手点了点我，就走了。

我心里明白，站长只是说说而已，并不是真的批评我，只是暗示我不要影响工作。确切说，他虽说是站里的领导，但在我心里，是一个心善的长者。

这次他出车押运，这么长时间没回来，途中会不会有危险？我与大家一样，十分担心。由于当时没有无线通信，无法联系，大家只能耐着性子等。

回想供销社买入三轮卡车后就遇到了麻烦，主要是找不到驾驶员，有车子没驾驶员怎么行，为此领导动了很多脑筋。

当时，我觉得驾驶员这个岗位不错，社会上比较吃香，就向领导提出，希望能当驾驶员。可领导说："供销社的驾驶员可不是一般工种，它不仅是驾驶员，还要兼带货物装卸，你学校刚毕业，身体那么单薄，怎么行？何况现在急需的是现成驾驶员。"领导的话，犹如一盆冷水，让我彻底打消了当驾驶员的念想。

【磨砺充实】

　　为了找到驾驶员，领导发动群众，希望大家提供线索，尽快找到合适的驾驶员。

　　功夫不负有心人，领导终于了解到某村正好有一位退伍军人，服役时曾在飞机场开过车。领导很高兴，就把他请过来，正巧棉花收购站需要到邻乡轧花厂拉货，就当即决定，让他试试。

　　按理说，外出拉货站长只须派手下人即可，但这次装运的是棉种，为把好质量关，站长决定亲自去提货。还有一个原因是新车首次启用，他要趁这次机会，亲临过程，体验车运效果。

上海58-1三轮卡车

　　一起去提货的还有棉花收购站的老钳工，因为他稍懂机械，似乎与汽车有点联系，就让他一起去，以便了解汽车驾驶。由于副驾驶室只能容一人，站长就把副驾驶室让给了钳工，自己则蹲在后面的车斗里。

　　天色渐渐阴沉下来，车子还是没回来。大家开始焦虑起来，毕竟是新车，可能驾驶员对车子性能不熟悉？正当大家猜测纷纷时，突然发现供销社几个领导脸色凝重，或上或下来回跑。同事们意识到肯定出问题了。没多久，终于得到消息，原来卡车真的出事了，站长和驾驶员、老钳工都已送到医院。

　　听到这消息，大家心里很焦急，路上到底发生了什么？站长他们伤势怎样？是否有生命危险？

　　时间在慢慢地过去，人们在焦虑中等待医院的消息。终于，有人传来了消息，三人都没生命危险，站长只是受点惊吓，休息数日就会康复。驾驶员断了一节手指，需要治疗休息。老钳工没受伤，大家悬着的心终于放了下来。

　　事后知道，当时货装好后，站长让钳工坐在副驾驶室里，自己爬到后斗的货堆里。卡车启动后，在厂里绕了几个弯就径直上了公路。站长经过忙碌有些困乏，便躺在货堆里闭眼休息。驾驶员手握方向盘，专注前方，一切按"规定动作"操作。老钳工坐在副驾位上悠闲地看着前方，并不时低头看仪表板上的各类数据。

车子在公路上行驶，一切都很正常。突然老钳工冒出一声："这是什么？"由于老钳工的发音厚实洪亮，把边上全神贯注的驾驶员吓了一跳。

原来，老钳工发现方向盘下有一根断头电线，以为车况出了问题，就指着电线提醒驾驶员。驾驶员随着钳工的指向，双眼移到了断头线上，电线是看清楚了，却忘了自己正在开车，随之方向盘发生了偏差，车子朝着路边直冲而去。

坐在一旁的老钳工一看不好，忙去抢方向盘，谁知用力过猛。车子来了个"S"形后，终于稳不住了，在惯性的作用下，只听"轰"的一声，卡车翻了，站长被压在棉种包下，驾驶员也受了伤，老钳工侥幸逃脱。

站长在事故中逃过一劫，实属不幸中万幸。如今，那么多年过去了，站长也早已不在了，但他板实的身影、和善的为人、务实的作风，我永远不会忘却。

为农服务

20世纪70年代中期，我下乡蹲点。这天，我与社员一起制作棉花营养坯。所谓"营养坯"，就是专门用作棉花育苗的独立土坯。制坯要用铁模，操作时手脚并用。时任杨园乡党委书记（后任川沙县政协副主席）正好与我一起劳动，他很风趣，劳动中经常会想出点子活跃气氛。

这次他提议与我技能比赛：我制坯，他放籽，看谁动作快。在大伙的鼓动下我接受了挑战，谁知在之后过程中，由于我的失手而发生了事故。

自从我调到棉花收购站工作后，"为农服务"的内容增多了。由于我是居民，且刚从学校毕业，之前没有农业生产的经验，所以遇到了诸多考验及挑战。

供销社的宗旨是"为农服务"，每当农忙时节，在乡党委的统一领导下，供销社就会组织员工，从物资保障到人力支援全线出击。我印象最深的是插秧，因为水稻田里有很多蚂蟥，我十分害怕。

蚂蟥是一种吸血动物，喜欢叮人吸血。蚂蟥分旱蚂蟥、水蚂蟥、寄生蚂蟥三种。水蚂蟥潜伏在水草丛中，一旦有人下水，便飞快地游出附在人体

上，饱餐一顿后离去。传说蚂蟥会钻入人体，虽说这纯属以讹传讹，但在当时，我是完全相信的。

初涉稻田，我胆战心惊，不时地观察自己的两腿，生怕蚂蟥爬上来。而奇怪的是那些农民，他们对此根本不当一回事，如真有蚂蟥爬到他们腿上，他们会在"出事点"周边猛拍几下，直到蚂蟥被"震"掉，事后又好像什么事都没发生，继续干他们的农活。

同事们看到我这么害怕蚂蟥，安慰说："只要腿上没伤口，蚂蟥是不会钻入人体的。"话虽这么说，我那恐惧的阴影却始终无法抹去，好在后来市场上有了半透明的高筒胶鞋，穿上它既能保护皮肤，也避免了蚂蟥的侵扰。

为农服务不仅在农忙季节，还要关心全乡棉花种植的全过程，为此，棉花收购站专门招募一批专业下乡员指导棉花种植。一次，站长找我，说有一名下乡员因有家事请假了，让我做临时替补。下乡员的任务是统计棉花生长中的各类数据，适时推广棉花种植中的技术要点。我刚从学校毕业，对农业生产不熟，对种植术语更是陌生，但领导安排总得服从。

下乡的地点是竞赛村，它是乡里最南端的村落，共有13个小队，各小队东西分布，依傍赵家沟两岸，中间还有一条公路。接受任务后，我立马骑车上阵，逛了一圈后，发觉难度远比我想象的要大。不知是什么原因，全村13个生产队有12个生产队长"掼纱帽"了。生产队没了对接人，我怎么展开工作？

我向站长做了汇报，谁知他听后一笑了之。这时我才明白，其实站长早就知道了。我猜想原来的下乡员认为工作难度太大，故请假避之，现在站长让我做临时替补，就想利用小青年的工作冲劲，去打破这个僵局。

在责任的驱使下，我硬着头皮到各生产队长家里串访。这些队长全都是中年妇女，从小务农，对农业生产很有经验。我当时长得瘦小，在她们眼里，我还是个小孩。而我顾不上那么多，只是用简单、朴实的语言反复相劝，希望她们尽快上岗，配合我工作。

开始，她们对我爱理不理，也不讲"掼纱帽"的原因，只反复说："你去找村长，反正我不干了。"

无奈之下，我去找村长，可他很忙，几次上门都没见到。没办法，只能再到各队长家做工作，这样反反复复，终于，她们被我的"诚意"打动了，先后捡回了"乌纱帽"，并积极配合我工作。风波平息后，我把种植要求落实下去，相关数据统计上来，圆满地完成了下乡任务，站长对此十分满意。

第二年春，领导让我去村里蹲点。所谓"蹲点"，就是与该队社员一起种试验田。试验田一般三亩左右。科学种植是一个全过程，从制营养坯开始，直至采摘棉花。

这天我与社员一起制棉花营养坯，还与乡书记比赛劳动技能。我手脚并用，全力制坯。他全神贯注，快速放籽。边上的人加油鼓劲，双方争持不下。

就在这时，事故发生了。由于我用力过猛，铁模从我脚底滑了出去，正好打在书记的右眼角。瞬间，他眼角裂开了约半寸长的口子，鲜血直涌而出。面对突发事故，大伙全都蒙了。我吓得脸色苍白，直愣愣地站在那里。好在人们很快反应过来了，迅速围了上去，先用手捂住他伤口，然后把他送到医院。

我一个人留在屋里，心情很沉重，也很害怕，担心书记的伤势，更担心这伤是否会影响到他的眼睛。时间一分一秒过去，我如同屁股坐在针毡上，忐忐忑忑地在煎熬中等待。

终于有人回来了，带回了医院的消息："书记的伤口对眼睛没有威胁，只是缝了几针。"我听后心里稍微宽松了一些，但我明白书记的伤虽然没波及到眼睛，毕竟是一起安全事故，且伤口还缝了针，治愈后很可能留下疤痕。我茶饭不思，不知后面会如何处置。

书记处理完伤口后也回来了，他眼角封了块纱布。我直愣愣地看着他，想表达一些歉意，但这时不知怎么搞的，嘴巴却变得僵硬起来，想说却说不出话来。

书记看到我紧张的样子，笑了笑说："没事的，你不用担心，伤口过几天就好了，这只是个意外，况且这事也不能完全怪你，以后大家做事小心点就是了。"随后，他又主动与我聊棉花种植中的一些事情。

其实我心里明白，书记有意用其他的一些话题，来消除我心中的恐惧。书记宽宏的心胸，让我感动，也提升了他在我心中的崇高形象。如今那么多年过去了，当年为农服务中遇到的各个事情，仍历历在目，至今难忘。

礼堂捷报

　　1977年盛夏，骄阳似火，暑气逼人。马路上的柏油开始融化，人走在上面不仅有灼热感，还会粘鞋底。连续几天，酷日难当，路上行人明显减少。

　　这天下午，浦东张江轧花厂礼堂内人头攒动，热闹非凡。面对鼎沸的人气，礼堂几十只旋转的吊扇已显得软弱无力。闷热的空气中，里面的人似乎忘记了三伏高温，他们有的议论之前发生的一切，有的翘首望向主席台，似乎在期盼着什么。

　　突然，主持人拿着报告纸走到话筒边，台下渐渐地安静了下来。主持人看着那么多期盼的眼神，笑着没开口，待吊足大家的"胃口"后，主持人才慢慢地靠向话筒。终于，喇叭里传出了主持人的声音。瞬间，全礼堂的目光都转向了我，让我不知所措……

　　1973年春后，领导把我从百货店调到了杨园乡棉花收购站。当时，棉花是乡里的重要经济作物，每当收成时，全乡的棉花必须由供销社所属的棉花收购站统一收购。棉花作为战略物资，国家实施管控，不得在民间自由流通或私自买卖。因此，棉花收购站是供销社的一个重要部门，领导安排我进棉花收购站做棉花检验员,说明对我的信任。

棉花检验主要有"等级、棉丝长度、含水量、出棉率"四项内容。虽然,检验的环节并不复杂,但要真正掌握也不容易,需要认真学习、不断体会。收购棉花是按质论价的,如检验出现偏差,就会影响"收购价格"。

测评棉花等级最为复杂,全靠主观判断。测评中,既要看"色",也要观"泽",还要用"手抓"感知质量,如抓上去有厚实感,说明棉花质量好,反之手感"露骨",说明是霜后棉,即使棉花颜色再白,也只能四级以下。为了减少失误,每年县棉花公司都会制作一批"七个等级"的样本,然后分到各棉花收购站对照执行。

学习中,最难掌握的是"手技"。所谓"手技",俗称"拉丝毛",是检验棉花丝长的技术绝活。操作时,取一团棉花,通过双手拇指与食指配合,取出一定量的棉丝,然后反复"拉伸",直至把丝毛拉直呈块状,最后测量长度,一般在25毫米至31毫米之间。"拉丝毛"非一日之功,要达到"笔直"块状,必须反复训练,刻苦练习,细心领会。

我调进棉花收购站后,先参加了棉花公司举办的棉花检验培训班。培训班每年都会举办,参加对象多数是各乡棉花收购站的棉检员,有工作多年的师傅,也有新人。培训班实行"封闭"管理,吃住不得回家,大家在老师及前辈的指导下,一起学习,不断体会,相互切磋。

培训班结束后,虽说我对棉花检验有了系统的了解,对检验技能有了感性认知,但要真正掌握,除了不断揣摩、勤学苦练外,还要

作者当年技术练兵时获得的奖状

了解棉花种植的全过程，特别是棉花生长中的各种数据。为此，站长带我一起种植棉花试验田。

试验田由附近生产队提供，约三亩地。种植棉花时，由于头顶蓝天脚踩地，夏天须经得起太阳炙烤，深秋要扛得住寒流袭扰。棉花种植过程比较复杂，棉籽筛选、播种间距都有一定的要求，其间还要除草、施肥、浇水、打农药等，植物长到了六七十厘米后，就得摘头抑制它再向上生长，否则会影响棉桃量。虽然，试验田大部分劳作由农民来做，我和站长只是间隙参与，但也常常累得我腰酸背痛。

一晃四年过去了，我在实践中不断学习、总结，基本掌握了棉花检验的全部技能。这年，县棉花公司为了提升棉检员队伍的整体水平，决定在张江轧花厂礼堂组织棉检技术大赛。参赛人员100余人，都是各棉花收购站的检验技术员，这样的比赛规模在历史上从未有过。比赛项目有定等级、拉长度、比速度、评丝块四项内容。

这天，也就是1977年盛夏酷暑的那一天，我与同事们早早地赶到轧花厂，礼堂内已布置好了各种"道具"，裁判、秒表、记录册等已全部到位。礼堂内人越聚越多，主持人看时间差不多了，就宣布比赛规则，要求参赛人员根据广播名单逐一上场。比赛期间暂不公布成绩，待全部赛完后，根据裁判分数汇总，最终各个项目各评出一名优胜奖。

虽然大多数参赛选手都是有一定实践经验的老手，但场上还是弥漫着紧张气氛。大家看着每一位上场人员，既为同伴们加油，也思忖着自己上场可借鉴之处。参赛人员一个个轮换着，20分钟后，终于轮到我上场了。

我拿着笔和纸，首先要在规定的时间内分辨30个棉花小样。这些小样分四大类：色好泽弱，色弱泽好，色好泽好，色差泽弱。要识别这些小样很不易，观察必须仔细，分析必须精准，下笔必须利落，否则时间来不及。我边走边判，不停地在纸上注入编号，全部完成后，又马不停蹄地投入下一个项目——"拉丝毛"。

"拉丝毛"讲究的是"速度、美观、准确度"，这三项内容是相互影响的，过分追求速度会影响美观及准确度，如何把握好三者关系，全凭实践经验。我沉住气，凭着食指与拇指的灵活配合，竭力施展我的技能。时间在一分一秒流逝，我顶住临场压力，一环又一环，终于完成了规定的所有项目。

数个小时后,大家聚在礼堂内,心焦地等待着裁判汇总情况。终于,扩音喇叭里播出了评选结果,我不仅摘得了综合"优胜"奖,还囊括了所有项目的第一,这是我之前做梦也想不到的。这次获奖,不仅让我更热爱棉检工作,也为我日后自学文化提振了信心。

充实自我

20世纪80年代初,浦东农村没有自来水,吃用主要靠河水。杨园供销社也一样,食堂用水取自边上一个小池塘。池塘不大,约几百平方米,上面长满了绿藻,水质很差,如遇气压低,青绿的水里会散发一股怪味。多少年来,这里的人已经习惯了,洗刷食都用此水,也不见有人拉肚子,可能长年累月,这里的人有了抗体。日子一天天过去,一直到来了一位新领导,看到这种情况,认为问题严重,必须想办法采取措施,改善供销社的用水条件。

所谓"措施",按当时的客观条件,也只能通过挖井取水的办法。我当时作为单位的小青年,不仅见证了供销社初建用水系统过程中,攻坚克难的点点滴滴,更是主动请樱,积极参与。其间的"自讨苦吃",也算是自我提升的一种磨炼。

考虑到供销社用水量大,水井容积也得大。根据测算,水井直径至少2米,深不少于5米。经反复勘察,决定在棉花收购站东南侧开挖水井,该址距高桥港10米左右。施工那天,领导组织了十几名员工。这些员工大多来自农村,有挖井经验,所以进展很顺利,早上开工,晚上就竣工了。当然,这只是工程的第一步，随后就是建水塔，布管网。

根据设计，水塔设在棉花收购站南侧的一间平屋顶上，平屋内设置水泵，然后将水抽到水箱，再通过自来水网管流到各个终端。半个月后，食堂水管内便流出清澈的自来水，大家都非常高兴。

土制自来水投入使用后方便了食堂、饮食店、猪肉店等用水部门，但问题跟着来了。由于用水量大，水塔内的水经常用完，抽水频繁，一天要好几次，由于每次都得人工操作，十分麻烦，领导也颇为头痛。

我看到这情况，就向领导建议，给水塔安装一个自动控制系统，这样可解决人工频繁操作的麻烦。领导听后很高兴，决定让我来完成这项任务，许诺资金可以保证。

领受任务后，我翻阅了大量书籍，在若干方案中反复论证，认为其中一款"自动系统"比较适合。它的工作原理是：当水位低于预先设定的低水位线时，通过信号传输，使水泵启动上水；当水位升至预先设定的高水位线时，通过信号传输，使水泵停止工作。通过"上下"控制，使水位自动限于一定范围内。

我先设计好图纸，编制好所需零件清册，到浦西采购了各类元器件，然后又让木工做了一块100厘米×50厘米的电器板，最后根据图纸，在电器板上固定好信号灯、接触器、继电器、线路板等，经过几天努力，控制板安装完毕。

调试中，为了加快速度，我站在水管上带电操作，不料感到手臂猛然一振，人从水管上弹了下来。周边没其他人，受到惊吓的我坐在地上，好长时间才缓过神来，发觉身上没有受伤，这才意识到刚才躲过了一劫。事后分析，那天我正好穿着雨靴，橡胶雨靴有一定的绝缘作用，否则肯定没命了。

自来水塔的控制系统终于调试好了，达到了预期效果，看着闪烁的信号灯，领导非常满意，给予很高评价。

一段时间后，新问题又产生了，由于抽水频繁，井水常被抽干，水泵启动后一旦脱水就要烧坏而漏水。每遇这种情况，就得请人来修，不仅花钱，还费时间，影响自来水的正常使用。

为了节约费用，缩短抢修时间，我又自觉承担了修泵任务。开始不懂，后来反复琢磨，终于弄懂了水泵的工作原理及维修要领，水泵漏水多数是盘根烧坏所致。盘根是指围绕在水泵轴上的石棉材料，它起着压紧、密封作用。

安装盘根是个技术活，首先要松开相应的压盖螺母，释放残余压力，之后要检查杆轴是否完好、偏心，相关零件有否毛刺或裂纹等，否则会影响盘根使用。绕塞盘根时须用圆头杆顶入，以免损坏盘根，最后拧紧压盖，松紧适度。

虽然，我已熟练掌握水泵维修，但这只是被动解决问题，根本原因是井水不够。怎么办呢？我开始思索解决问题的办法。

水井东侧10余米处是高桥港，如将港水引入井内即可解决问题，但港里的水质不行。高桥地区化工厂太多，河水疑被污染，否则供销社也不会挖井取水了。但河水也有自然净化的时候，每周会出现几天清水，当然这只是目测。我想待河水返清时，引水入井，不失为缓解井水不够用的一个有效办法。

我建议在水井与水港之间通根管子，管子中间装个阀门，平时关闭阀门，遇港水返清时开阀引水。领导很快采纳了我的建议，效果确实不错，但运行两周后，水箱内积起了较厚污泥，如不定时清除，会影响水质，还可能堵塞水管。此时，我又主动承揽了清污任务。

清洁水箱没那么简单。水箱是厚铁板焊制的大铁桶，高约3米。夏天，铁桶在灼热阳光下，桶内温度高达四五十摄氏度。作业时，我穿一条短裤，人在桶内汗水如注。桶内除了要经受住高温煎熬，还得忍受污泥散发的臭味。到了寒冬，外面北风呼啸，桶内犹如冰窟，为了作业方便，衣服不能穿得太多。由于清污是体力活，干一阵子后身子就变暖了，还出汗，但到了桶外，遇到冷风，人很容易感冒。

我做的这些事，同事们各有议论，认为何必去招揽这些不相干的苦差事。可我觉得这是一种磨砺。年轻人只有在挑战中积累经验、实践中充实自我，才能真正提升自身价值。

【磨砺充实】

坚守承诺

　　1985年某天，早上起来，我胸骨剧烈疼痛，到了第三天更厉害，呼吸都有困难，但我默默承受，也不去医院，所以这样，只为了当时的承诺。

　　入冬后，棉花收购基本结束，商品零售始转旺季。为支持门店力量，收购站的大部分员工都借调到各零售店。按惯例，县供销社要组织大型商品展销会，各乡基层商业都要参加。为了充沛货源，各单位都会通过各种渠道，积极组织货源，特别对一些紧俏商品，会拼全力筹货，以便在展销会上凸显自己。

　　杨园供销社与其他商业单位一样，为在大型展销会上大显身手，也要积极备货。当时，老百姓衣服多数都是买布加工的，布料需求量很大，特别是一些时令商品，往往会供不应求。供销社在杭州搞到一批适销布料，需要马上运回并顺带少量甘蔗，这个任务落到了我和一位同事及驾驶员三人身上。

　　供销社经过几年发展，运输工具已经升级，原来的三轮卡车已经换成了四轮两吨卡车，俗称"两吨卡"。"两吨卡"设有两个副驾座位，驾驶室正好容下三人。为了赶时间，清早我们就整装出发了。

当时还没高速公路，国道也没现在那么宽畅、平坦，路上颇为颠簸，好在驾驶室内人多，一路说笑，很快就到达了目的地。之后我们一刻也不停歇，衔接装货，完事后又连夜回程。

路上，天空飘起了毛毛雨，驾驶员适时打开了雨刮器。经过白天的劳累，驾驶室内已没有早上出发时的那种喧哗，只有雨刮器的旋转声及发动机发出的轰鸣声。驾驶员全神贯注把握着方向盘。确实，他不是不累，只是职责所在，车子的安全都系在他身上，容不得他有半点闪失。

天色渐暗，窗外时现点点荧光。车子如同孤独的影子，在蜿蜒的马路上飞驶。我与同伴在浑浊的轰鸣声中，不由自主地打起了瞌睡。

午夜，车子终于驶入浦东境内。快到了，驾驶员紧绷的弦松了下来，而就在这时，车轮开始打滑。驾驶员惊呼："不好！"

我猛地一惊，本能地睁开双眼，只见车子已失去控制，像一匹脱缰的野马，硬生生地朝路边冲去。眼看就要撞到一棵大树，驾驶员拼命打方向盘，好不容易避过大树，车子却侧向路沟。只听"轰"的一声，车子翻了，三个人被挤压到一起，我被压在最下面。

"你们怎么样？"慌乱中，驾驶员紧张地问。

"没事。"另一位同事回答。

"我也没问题。"我跟了一句。

三人终于爬出了驾驶室，看着倾翻的卡车，大家默默无语，怎么办呢？此时正值深夜，四周漆黑一片，马路上没有其他车辆，我们站在马路上，不知如何是好。

终于，远处路面上有了灯光，灯光越来越近，看清了，它是一辆五吨大卡车。我们赶紧挥手示意，车子停了下来。我们述说了刚才发生的一切，希望师傅帮忙拖一下，让卡车翻回来。

对方听后犹豫片刻，最后表示："我只拖三下，如卡车翻不过来就结束，你们同意就帮忙。"

"谢谢师傅……谢谢师傅……"我们知道，能够帮忙拖已经不错了，还谈什么条件。我们七手八脚地固定好两车之间的钢丝绳，师傅回到驾驶室，把住方向盘，慢慢地踩下油门。随着一阵轰鸣，"二吨卡"轻松地被翻了回来。

我们一阵狂喜，但回过神来才意识到，它仍在路沟里，靠它自己是无法回到马路的，我们只能再次恳求，希望师傅好事做到底，把车拖上马路。这次师傅二话不说，马上实施了第二次"牵引"，终于把卡车拖上了马路。

我们很感激，正要有所表示，只见师傅已经抱着甘蔗往自家车上搬，一边搬一边还自言自语地说："这个懂的……你们懂的呀……"

见此情景，我们赶紧说："谢谢师傅，您要尽管拿。"

师傅搬了几捆甘蔗，喘着气说"谢谢"，便开车走了。

驾驶员简单地检查了车子，发现车身歪了。他进入驾驶室尝试启动，但发动不起来，就让我们两人推车助力，一次不行再试，经多次努力，车子终于启动了。驾驶员很高兴，让我们赶紧上车。行驶中，他要求翻车的事不要对外讲，明天一早他就去修理厂校整车形，这样就不会被处分，也不会扣奖金了。

我与同伴应允了。谁知第二天起床，我胸骨剧烈疼痛，但想到对驾驶员的承诺，为防止信息泄露，只能咬牙坚持，直到三个月后，胸痛才逐渐好转。此后几十年里，"翻车事故"除了我们三人外，犹如深沉海底的残舟，无人知晓。如今把它"打捞"出来，不只是品嚼历史，更是为了一个验证——我坚守了承诺。

半个师父

20世纪80年代初,在各行业技术大练兵的热潮中,县供销社组织了棉布店技能大赛,我在选拔赛中,层层过关,最后进入决赛圈。之后又作为川沙县出征选手之一,参加上海市10个郊县的棉布店技能比赛。

其实我在棉布店工作时间并不长,断断续续,我的这些技能增长,得益于老员工的传、帮、带,其中值得一提的是杨园棉布店的老张。

1972年深秋,我被分配到杨园供销社。在之后的15年里,当过营业员、门店负责人、棉检技术员,最后专职于工会、职工教育、共青团三项工作。

1972年作者摄于苏州狮子林景点

我在棉花收购站时,由于棉花是季节性的,10月以后就基本没事了,而这时零售商业却开始进入旺季。为了支持门店人力不足，供销社领导就会抽调棉花收购站的人员到各门店帮忙。可能我与"棉"字有缘，一般情况下，我会被派到杨园棉布店。

杨园棉布店在杨园镇中心，店内有三四名员工，其中老张就在这时与我相识的。老张50出头，身高1.73米，脸庞清瘦白皙，两根浓密的横眉下，透递着憨厚的眼神。他不苟言笑，工作勤恳，责任心强，处事平和无争。平日他穿中山装居多，看上去很正气。天热时，他一般穿白衬衫，每当两袖卷起时，尤显干练。

当时棉布店的负责人姓步（后来任杨园供销社副主任），工作上追求完美，讲话直言直语。他对员工要求很高，遇到看不惯的，会当场批评。但我在棉布店时，看到他对老张非常尊重，工作中常会听取老张的意见或建议，每天只要老张在，他就放心。在他心里，老张就是棉布店的中流砥柱。

老张在店内是全能的，进、销、调、存样样在行。出去进货、展销也是主力队员。有时进货路很远，甚至要到外省。每次外出，他总会跟车选货，一路劳累，毫无怨言。组织展销时，他也冲在前面，从组织货源到窗口布置，全力以赴，希望在展会上取得好成绩，为门店争光。

初到棉布店时，我一切感到陌生。确实，棉布店的工作不像其他店那么简单，许多技能必须懂。如剪布、卷布、折布、估料、拼料、珠算等，除此之外，还要掌握各种布料的类别、质地、特性。每一项内容都是有讲究的。如剪布，大多数布料只须拿剪刀推就行了，但也有的只要开个口子，两手一撕就完事了。而呢料须拿粉笔画好线才可以开剪。再如客户要制衣裤，但不知买多少布料，这就需要营业员懂得算料。如算多了，会增加顾客的费用；如算少了，顾客会把布料退回来。一般情况下，收回的布料很难再按正常价格卖出去，必须打折处理，这又造成门店损失。再如顾客买了十几米布料后，你要懂得如何折叠，如不掌握技能，这么一大堆布料，根本无法上手。

我初入棉布店时，很难独立迎客，一般情况下只是协助其他员工收款。一段时间后，才慢慢有了感觉，开始独自操作。老张工作中总会启发我，传授工作中一些技能。如新布料到店后，都有卷布的过程。卷布有"筒卷"和"板卷"两种，但不论哪一种，卷布需要臂力、腰力，更要手腕的灵活。我初上手时，认为只要有蛮力就行，其实不然，其中还是需要技巧的。

老张看我卷布时满头大汗，说："你要借腕力并利用惯性，这样不仅卷布实、卷口齐，还省力。"我经他一点拨，发现果真如此。

珠算是棉布店必须掌握的技能。老张的珠算很好，他说："珠算要好，除了指法熟练外，心算也要过关。只有两者结合，珠算才能打得快。"

老张的话，都是他几十年结累的经验，他毫无保留地传授，实属难能可贵。我与他接触的次数不多，但只要时间允许，他总会讲一些工作技能或分享识别各种布料的经验，如毛涤、毛粘、全毛等，有的布料看上去差不多，但手感是不一样的。老张的经验分享，日积月累，让我受益匪浅。

后来，供销社领导看我剪布技能掌握得好，就派我到徐路棉布店当负责人，上任后工作很顺利。我心里明白，我成功的一切都离不开老员工的帮助，尤其老张功不可没，在我心里，他至少是我半个师父。

驾船惹祸

　　一次出于好奇，我尝试掌舵驾船，不想途中撞上一支船队，估计对方受损不轻。我脑子一片空白，不知道该如何解决，赶紧停船靠岸。这时，突然发现对方冲出十几个壮汉，上岸后直奔我们而来。我想坏了，看这架势，他们要干什么？心里直发毛。

　　20世纪80年代中期，杨园供销社业务骤增，原有的两吨卡车已跟不上运输的需要，为此，供销社又买进了一艘新船。它是艘机船，船体由水泥铸成，船的前部呈尖圆状，高高隆起的驾驶舱设在中前部。

整个船形设计合理，看上去像黄浦江上的"小汽轮"，特别神气。

这天，我随机船去装货，这是我第一次随船而行，以前只在公园里划过船，现在，能登上机船，乘风破浪，感觉很过瘾。我走到船头，极目远眺，一股清风扑面而来，备感舒适，此时我才领悟到"江南河道离不开风，风是河的灵魂"这句话的深刻含意。

轮机发出的"突、突"声连贯而清脆，与拍打到岸边的水浪声交织一起，宛如美妙的交响乐。看着沿岸泛起的阵阵白沫浪花，我对掌舵产生了兴趣，便走进驾驶舱，希望舵手让我过一下瘾。舵手面对我期待的目光，也就答应了。

经过一番简单的传授，我就进入了"角色"，学着船老大的样子，直挺站着，两眼贯注前方，并不停打着船舵。几分钟后，我似乎对驾船有了感觉，认为很简单，与汽车方向盘一样，往左打舵船就往左靠，反之也一样。我悠闲地拓展前方视角，尽情地欣赏两岸风光。掌舵人看我操作顺畅，也就离开了。

那时，浦东河道蜿蜒曲折，水域窄，但这反而增加了驾船的刺激感。我看河道上没有其他船只，胆子逐渐增大，便加大了马力。

突然，远处驶来一组船队，它由十几条大船组成，很显然，这是个庞大船队。面对船队，我根本没在意，认为很简单，你靠左，我靠右，大家各行其道。

船队越来越近，为避免碰撞，我下意识地转舵向右靠。两船的交错点越来越近，眼看那么大一个船队逼过来，我有点发怵了，急忙打足船舵避让。谁知舵转得太大了，船头竟斜着冲向河岸，我慌了，赶忙打回船舵，但已经控制不住了。船头依然冲向岸边。让我没想到的是，船撞河岸后又一个反弹，船头朝着船队撞去，只听得"咚"的一声，可怕的撞船事故发生了，由于惯性，两船相撞后依然背向行驶。

这时，我方同事乱作一团，有的说快加大马力逃，有的认为不妥。惊慌中，两船已背向70多米，只见对方船队慢慢地停了下来，他们站在甲板上朝我们指指点点，由于风大，听不清他们在说什么。

我们赶紧停船靠岸，我呆立在岸边，发现对方冲出十几个壮汉直奔我们而来。看到这阵势，我不知如何应对。

"是谁掌的舵？"这群人赶到后对着我们劈头就问。

"我……是我，对不起，我是新手。"我心里虽然毛，但面上还显平静，表现出"一人做事一人当"的勇气。

"你们先去看一下我们船的损毁情况吧，然后再看怎么办。"一个领头的似乎比较讲理，态度比我想象的要好。

原来，这是一队大粪船，每条船都装满了大粪。当时，作为大城市，每天都会产生大量的粪便，由于没有无害化技术，唯一处理办法只能外运当肥料。由此，上海专门成立了肥料公司，属下有许多运输船队，主要负责向江浙一带的农村运输大粪，那时还没有大规模的化学肥料，农田施肥主要靠人畜粪便等有机肥，这一供一需，也就形成了城乡交流的特殊物资。

我们随壮汉到了他们被撞的船上，船上许多人正七手八脚搬什么东西。听他们介绍，船被撞后，不仅船体受损，内舱也开裂了，粪舱的粪水渗向生活舱，这些人就是在抢搬舱内的被子、毛毯等各种生活用品。

我赶紧赔不是，承认是我的责任，并表示歉意。对方看了看我，问我们怎么办。我心里想，论理肯定是我方的错，没什么好纠结的，便答道："既然是我们错，你们认为怎么办就怎么办，当然，看在我是个新手份上，又不是故意的，希望能大事化小。"

对方看到我们很真诚，表态说："算了，船是集体的，自己修吧，但要留一个地址，万一日后有什么麻烦还是要找你们的。"对方还告诫道："你们以后驾船要当心啊，千万别这么鲁莽了。"惊心动魄的一幕总算过去了，自那以后，我再没碰过船舵。

意外尴尬

　　1986年某天，我代表杨园供销社参加一个追悼会，逝者是单位退休不久的老员工。亲朋好友全到了，礼堂挤满了人，花圈呈八字形排放，单位送的花圈摆在显著位置，逝者安详地躺在玻璃罩内。随着主持人示意，哀乐响起，众人逐渐安静了下来，我以单位工会代表的身份挤在人群中，默默地等待追悼会的推进。只见主持人跨前一步，先向逝者三鞠躬，然后转身宣布："追悼会正式开始，首先请单位领导致悼词。"

　　一时间，全大厅的人都把目光聚到我身上。我一下蒙了，脑子一片空白，不是说好单位只须送一只花圈，其他事就不用费心了吗？现在怎么突然要单位致悼词了呢？我可是一点儿准备也没有啊，连腹稿也没想过，这可怎么办呢？

　　我从集体商业调入供销社后，组织安排我在原团支部书记的基础上，又增加了"职教干事""工会干事"两项工作，同事们戏称我为"三军司令"。我的办公室设在商业楼的一个亭子间，十平方米左右，光线充沛，整洁宁静，不受外界干扰，我很满意。工作内容多了，"三军"任务各有侧重。

【磨砺充实】

　　团支部的主要工作是做好宣传，配合党支部、行政做一些有意义的实事。宣传任务是两方面：一是定期出黑板报；二是拍照宣传"闪光点"。当时拍照用的是胶卷，我从拍照到洗、印、扩印、烘干等全部自己动手，不懂就看书琢磨，没有扩印机就自己做，总之，尽可能发挥主观能动性。此外，还组织青年员工到浦西（杨浦区）工矿企业访销。所谓访销，即上门了解工厂所需，然后送货上门。领导对此很满意，毕竟这是一项拓展业务的创新。

　　职教任务很明确，主要对单位的青年员工进行文化补习及业务培训，简称"双补"。文化知识涉及语文、数学；业务培训涉及营业员基础知识。文化课由外聘教师负责，教学目标是让学员达到初中毕业水平（注：当时"文革"中的毕业证书是不认可的）。营业员基础知识由我讲授。实际上我的水平也有限，只能边学边讲。

　　相对来说工会的内容就比较多，主要目标是通过各类活动，提升员工凝聚力。中秋将至，我以工会名义组织了一场"员工学龄子女迎中秋绘画展"。展址设在食堂大厅，不到一周，稿件很多，展品中，下至一年级小朋友，上到初中生都有。食堂四周的铅丝上悬挂着大小不一的画作，虽然有点杂乱，但很有活力。午餐时，三五成群，评头论足。从不断传出的欢声笑语中，能感受到这次画展的成功。

　　我毕竟是工会战线上的新兵，许多工作都不熟，甚至以前根本没接触过。这次，单位一名退休工人过世了，我知道这事单位应该关心，是工会分内的事。我联系了逝者家属，在宽慰对方的同时，询问需要单位做些什么。对方回答很干脆："单位只要送一只花圈就行了，其他事不用费心了。"

　　对于家属的回答，我也没多加考虑，认为对方是中年人，阅历丰富，为人憨厚，按他的文化水平及社会经验，应该对善后已有稳妥安排，因此，之后没进一步沟通。不想现在遇到如此尴尬，真不知该怎样应对。

　　瞬间，我的心如同被困的小鹿，在有限的空间里乱冲乱撞；空白的脑子里似乎灌满了水，沉甸甸的。尽管表面上我力显镇定，脸上没流露出一丝异样，但内心的紧张，已到了崩溃的极限。

　　我心里明白，如说出实情，众人得知后肯定会情绪暴发，场面必将大乱；如不说吧，追悼会该怎么推进？白炽的灯光下，大厅里的空气似乎被凝固了，显得特别安静。主持人看着我，逝者家属与亲朋好友注视着我，现场已容不得我再思考，只能冲上去再说了。

我走到前台，依照主持人的样子，先向逝者三鞠躬，然后转身对着亲朋好友，以凝重的表情，极慢的语速，传出了我低沉的语音：

"各位亲朋好友，今天我与大家一样，以沉痛的心情，参加×××同志的追悼会。×××是我们单位的退休职工，他工作勤恳，几十年如一日……"

好在我参加工作后与老人有过一段接触，对老人的工作情况多少有些了解，我边思忖边叙述着老人生前的闪光点，内容真实，过程详尽，听之动容。最后我沉痛地说："他的去世，使我们失去了一位好员工、好同事、好朋友。×××同志，您安息吧，我们将永远怀念您。"

约10分钟，我犹如在泥泞小路中前行，尽管步履艰难，但最终还是走到了最后。我再次向逝者三鞠躬后，回到了人群中。

这突如其来的尴尬总算过去了，但刚才的举止是否合适，表达是否妥帖，我心里没底。直到后来有人对我说："你讲得真好，很有感情，比人家有稿的人还讲得好。"我听后很欣慰，庆幸自己能在"危机"中顺利过关。

这一年，作为"三军司令"，基本完成了领导制定的任务及目标。川沙县总工会根据我的工作表现，聘我为特约兼职调研员，这是领导对我的信任，也为我创造了更宽广的锻炼机会。

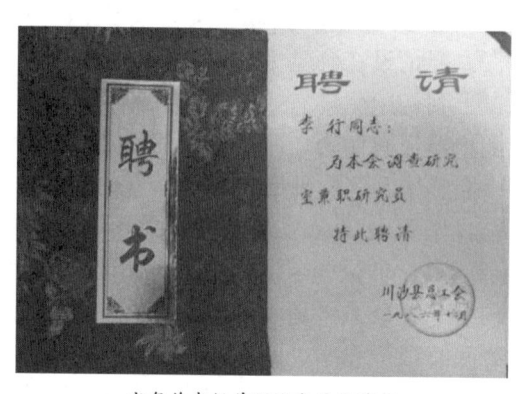

当年作者任兼职研究员的聘书

人生摇摆

　　1987年是个特殊的年份，日本的经济正在经历风靡一时的繁荣，而我个人的人生也正在经历重大的转变和抉择。那一年，我被提拔到了一个新的领导岗位，这是我事业上的一次飞跃，也是我人生中的一个重要十字路口。在那个年代，中国与日本的民间交流开始日益增多，一些中国青年开始选择了到日本发展。我二嫂是外资企业的日语翻译，比较了解这方面的信息。

　　那年我30出头，正是事业上有想法的时候。当时社会上流传一首歌——《爱拼才会赢》，那首歌代表了那个时代年轻人的心声，因此特别红火。

　　据报道，自从中国与日本有了民间的交流，许多中国青年选择到日本深造。但实际上，他们所追求的"读书"，实质上是打工。听说这种打工的收益非常可观，他们的年收入在国内甚至一辈子也赚不到。

　　在日本打工，有一个被广泛接受的名词——"研修生"。原来，在20世纪五六十年代，日本许多企业在东南亚开设工厂，为了培养技术型人才，他们从当地的工厂招募员工到日本进行培训，学成后回到当地，承担起培养和教育本土人才的任务。这些员工后来被称为"研修生"。

到了20世纪70年代，日本本土的用人成本逐渐上升，由于"研修生"相对廉价，一部分企业开始接纳"研修生"，以此来缓解公司的财政压力。由此，"研修生"成为前往日本打工的有效途径。

日本对我来说，既熟悉又陌生。我从小看过许多抗战影视剧，知道过去日本侵略过我们。但是，我从未去过日本，只知道那里的经济发达，生活水平很高。实际上，当时的日本确实处于一个重要的时期，人均GDP首次超过了美国。日本的工业技术和生产管理水平已经赶上甚至超过了世界大多数先进国家，特别是在大型装备科学技术、大批量生产技术和民用电子技术等方面处于领先地位。

据了解，前往日本的"研修生"每月能赚取五六万日元，折合人民币为三四千元。而当时国内的工资普遍只有几十元到几百元不等。这种巨大的工资差距让出国打工的年轻人向往不已。

日本打工的机遇让我心动，毕竟这样的机会不多。我爱人非常支持我，承诺会照顾好孩子，让我无忧地去追求自己的梦想。然而，我对即将面对的未知世界感到一丝胆怯，在异国他乡，如果遇到问题，可能会孤立无援。

夜深人静时，我反复思考，如果选择去日本，最好找一个同伴一起去，万一遇到事，相互之间有个照应。我在朋友圈中寻找，然而始终没找到一个合适的。直到遇到了我的同事，他是我家的邻居，也是单位的行政干部，比我大两岁，家庭情况与我差不多。我分享了我想去日本打工的想法，希望他能和我一同前往。他听了之后觉得这是个很好的机会，没有过多的考虑就答应了我的提议。

有了同伴的支持，我开始满怀信心地规划下一步的行动。然而，几天后，这位邻居突然找到我，表示不能和我一起去日本了。原来，他的岳父不同意他出国，担心他出门在外不安全。于是，我又回到了原点。

我独自一人，是否应该继续这个计划？在内心深处的冒险欲望驱使下，我决定独自去日本。我意识到，别人能在日本生存，我也一定能行。这个决定并非盲目，而是基于我对自己能力的信心和对未知的挑战。

二哥和二嫂知道我的想法后很支持，他们帮助我了解了去日本需要的手续和流程。我计划先在原单位申请"留职停薪"，前往日本闯荡几年后再回国复职。然而，这只是我的一厢情愿，随后了解到，按照政策规定，如果要去日本打工，必须先辞职。

【磨砺充实】

　　这个消息让我有些犹豫，毕竟国内的工作是所谓的"铁饭碗"。在计划经济时代，"铁饭碗"的重要性不言而喻。

　　我是一个倾向于冒险的人，我明白只有通过勇敢尝试，才有可能成功。尽管并非所有冒险都能带来成功，但我坚信只有真正去尝试，才有可能实现自己的目标。于是，我决定迈出这一步，放弃国内的稳定工作，追求去日本闯荡的梦想。

　　不久之后，我听传闻说尽管中国与日本已经有了民间的交流，但对方是资本主义国家，党员身份的人是不能前往的。如果一定要去，必须先退党。我对此大为吃惊，认为这是一个大问题，涉及个人信仰。信仰是不可能改变的，在原则面前，我选择了坚守信仰，决定不去日本了，立足本职工作，安心工作。自此之后，此事再未被提及。

作者摄于1987年

　　若干年后，我才知道那年日本的经济正好处于发展的分水岭。当时日本企业有个嗜好，就是收购美国企业和美国资产。最典型的是日本三菱财团把美国经济的象征——位于纽约市的洛克菲勒中心大厦收购了，给美国人心理上不小的冲击。美国为了对付日本，联合欧洲盟友一起造势宣传，大肆宣扬日元升值才能平衡贸易问题。日本心想如果日元升值了，收购美国资产更容易了，所以1985年和美国签订了《广场协议》，日元随即大幅度升值。日本房地产出现大量泡沫，地价飙升，股市达到了38000点，当时的日本买什么涨什么，日本人处于极度欢乐中。但到了1990年，日本经济泡沫破灭，短短几年时间，股市下降了80%多，房地产全面崩盘，大批企业倒闭。日本经济连续数年陷入负增长或停滞，直到2005年以后才出现了较为明显的复苏迹象。

　　对于当年"十字路口"的选择，我认为是正确的。因为我坚持了原则，坚守了底线，这才能亲身经历中国改革开放后的经济腾飞。如今中国的GDP总量早就超过了日本，成为仅次于美国的世界第二大经济体。中国的快速发展，既是国家掌舵人的英明决策，也是全体中国人的共同努力，当然也有我的一分子，为此我感到欣慰。

首遇碰撞

20世纪80年代中后期，我被调到一家商业单位任副主任，分管生产条线。当时我30出头，据说是县基层领导中年龄最小的。让我没想到的是刚到新单位，就首遇不顺。

当时，我所处的乡域内有甲镇、乙镇（均非实名）。乙镇处于乡的南端，是一个破败的老镇，镇上几乎没有商店，沿街零星住着一些居民。甲镇是全乡政治、文化、商业的中心，也是乡政府的所在地。镇上除了一些商店外，还设有卫生院、派出所、银行、税务所等。

单位办公室设在甲镇，它是一幢四层建筑，底层是五金家电商店及食品店，二层、三层是办公室，四层是大会议室。单位在镇上除了有诸多商店外，还有商办厂和生产资料供应部。

商办厂在全国供销系统中小有名气，它生产人们常用的一种文具用品。别看它形态小，但自动化程度很高，机械精密度让人吃惊。据说厂里的技术主要来自上海一家国企。每年，这个商办厂为单位带来可观的利润，也赢得了不少荣誉。当时有27国参与的国际性合作组织到厂里参观，让商办厂声名大振。

　　生产资料供应部是条线级部门，它不但要承担农业生产资料，还兼营建筑材料供应。时值计划经济向市场经济转型，社会商业越来越多，竞争激烈，供销社生意日趋艰难，为了拓展业务，门店往往要外出访销。所谓"访销"，即门店主管或营业员主动出击，走访企事业单位寻找生意。

　　这天早上，天幕低垂，寒风刺骨，天空飘落着零星雪花。冷冰冰街面上，行人明显减少。当时办公室没有空调，为抵御寒冷，我只能在走道上来回踱步。在北窗，我透过玻璃俯视马路对面，只见食品店门口，一个中年男子正顶着凛冽的寒风，给自行车装货。看着他的身影，我知道他是食品店负责人。天这么冷，他要干什么？疑惑中，便下楼询问。

　　该负责人50多岁，中等身材，是一名老员工、老党员，他做事勤快、认真、踏实，是一个责任心极强的门店经理。

　　经了解，货物是乡北侧一个部队的，距店有五六公里。店经理为了拓展生意，主动与部队联系，根据对方需要，正欲骑车送货去。

　　我深为店经理的实干精神所感动，为了生意，竟顶着这么大的寒风骑车送货，多么不容易啊。我帮他扶着自行车，看着他忙碌的身影，思忖着有什么办法帮他一下。

　　这时，正好看到单位的驾驶员老林（化名）在面前走过。我脑子一闪，何不让他开车送一下。我本能地追了上去。

　　老林拎着三条鱼，正悠闲地往前走着，似乎没感觉后面有人追。由于我刚到单位，不熟悉员工的名字，所以只能在后面叫"师傅"。

　　接连几声，他头也不回。他没听见？我感到纳闷儿，便加快速度，终于贴近了他。这时，我隐约听到他也在说话。我竖起耳朵，终于明白了，他自言自语地重复说着："拿多少钱，做多少事，拿多少钱，做多少事……"

　　原来，他知道我要派他任务，所以才这么说的。但不管怎样，我还得把事说明白。我凑上去说："师傅，你辛苦一下，外面太冷，请帮食品店开车去部队送一下货。"

　　我与他并肩走着，可是他根本没有停下的意思，更没看我一眼，直一个劲地往前走，嘴里仍重复着那几句话。随后，他拎着鱼上了车，随着一阵轰鸣声，车子径直朝南驶去。

　　那时候社会上汽车极少，供销社没几辆车，各门店装货全靠它。由于门店多，车辆少，装运往往周旋不过来，这种情况下，先满足哪个部门，驾驶员往往有一定的话语权，这自然使他们在单位有着特殊地位。

我停下脚步，看着他远去的背影，心中的"火"一下窜到了脑门。我无奈地站在那里，已感觉不到飕飕寒风。我很气愤，让你开车送货是公事，是正常任务分配，怎么能不听呢？

我估计他要把车停到商办厂去，就迅速回到办公室，拨接厂门卫室电话，让门卫转告老林，马上把驾驶证和车钥匙交到我办公室。

一会儿，门卫回了电话，说他不肯。我再次让门卫转告他："驾驶证和车钥匙不交也得交，这是一定要交的，如实在不肯交，我就敲碎车窗，强制歇车，后果由他负责。"

对方在压力下终于到我办公室，交出了驾驶证和钥匙。我晓之以理，动之以情，指出他的错误及一线员工的不易。最后，他终于承认了错误，坦言由于心情不好，才影响正常工作，表示以后不会再犯，并说自己年纪大了，文化低，希望我原谅。

我看他态度诚恳，又认识到自己的错误，就将钥匙及驾驶证还给了他，希望他以后处事要以工作为重，在这特殊岗位上服务好一线。

就这样，这次由送货派车引发的风波就这么过去了，自那以后，我们相互尊重，配合正常，再没发生大的争执。我认为这件事本身没什么大的是非曲直，但由于是上任后首遇"碰撞"，所以印象特深。

【磨砺充实】

青岛回沪

1988年作者（右1）与同事摄于厦门鼓浪屿

客轮航行时，常会发出长短不一的汽笛声。汽笛声浑厚沉闷，很远的地方都能听到。我家距黄浦江不远，从小听着汽笛声长大，似乎它就是生活的一部分，早就习以为常。但这次坐船回沪，当客轮拉响汽笛时，却让我心潮澎湃，格外激动，因为在它背后，有着特殊的意义。

20世纪90年代初，市场上家电非常紧缺，货源供不应求，为了满足市场需求，我与小龚随华联商厦批发部的人，一起到山东青岛采购冰箱、彩电、缝纫机等。

华联商厦地处上海南京东路，前身是永安公司，创办于1918年，是上海历史上著名的四大百货公司之一。这次与华联商厦的人

119

结伴同行，就是想利用华联商厦的知名度及业务渠道，提高家电采购成功率。

我们一行人到达青岛后，如心所愿，很快完成了采购任务。之后，华联同行转程去了济宁，我们继续寻找商机，之后又成功组织到一批富丽3000型单放录像机、海尔冰箱。这次青岛之行，算是超目标完成了任务，备感轻松。为了尽快回上海，我们赶往客运码头，却看到了"近期上海方向的船票全部售完"几个大字。

时值仲夏，太阳如同悬着的火球，炙烤着大地。我俩汗珠流淌而下，衣衫也湿了。由于没票，更是心急火燎。万难间，我突然闪出一个大胆的想法，小龚听后愣着双眼，认为这是天方夜谭。

看着他茫然的样子，我笑着说："干我们这一行的，不可能的事要成为可能，不行的事要想办法解决，搞商业就需要有这样的本事。"

我带着小龚在码头外围兜了几圈，终于在一个不起眼的墙角处找到一扇半开的小门，我们径直走了进去。

据说这里以前没有专门的客运码头，人们上船只能从堆放的货物中穿行，客运站与码头相距千米，很不方便，直至1973年改造后，才真正成为客运泊位码头。

码头上没什么人，四处静悄悄的，我俩在偌大的码头上，显得格外渺小。一艘巨型客轮已停泊在码头边，船体上印有"长力号"几个大字，这应该是去上海的客轮了。据悉长力号属于国产7500吨级，码头改造后，这里可同时停靠两艘这类吨位级的客货轮。

我们向"长力号"走去，恰好有几个人从舷梯上下来，有的还穿着制服。

"你们干什么？找谁？"对方已经看到我们。

我忙说："有事要找船长。"

"什么事？"问话的是一个身材魁梧、穿制服的男子。

我急忙从口袋里掏出一张名片，那是长江轮船公司某领导的名片。在以往结交中，我曾经与他接触过，当时他虽然已经退休，但为人热情。他曾把自己以前的名片递给过我，并说："以后如乘船遇到什么困难，你就递上我的老名片，或许能为你提供帮助。"

如今，看到"魁梧男子"的气质及神态，我估计是船长了。就报了名片中领导的名字，说他是我的朋友，希望船长能帮忙解决困难。

对方听后没说什么，只看着我，好像在思考什么，稍作停顿后，便从包里拿出纸和笔，写了个条子，然后递给我说："你凭条去买票，只要买散舱就行，等上船后再找我。"

那天，按照他的吩咐，我们上船后直接找到了他。他给我们安排了一间三等舱，位置很好，还送来水果。

上船后能享受这样的优待，是我们之前没想到的。后来知道，三等舱以上都属比较好的，价格也比较贵。四等舱以下就不行了，人多，设施差，一般都在水线以下，没有窗户，人在里面比较压抑，但当时大多数人为了省钱，一般都会选择四等舱以下。

乘船与坐火车不一样，特别是客船驶出青岛大港码头后的那一刻，一声长鸣，顿觉心旷神怡，这其中包含着我们的喜悦，宣示着我们的工作顺利，更是看到了退休老朋友的威望。

青岛的海水是蓝色的，一路海鸥伴舞，轮船驶入深海后开始加速，整个青岛市区，在犁开的波浪后逐渐变小、模糊。当船过大公岛后，主机开始发动，客轮以每小时60华里以上的速度在蔚蓝的深海中行驶，那种感受，至今回忆起来还是激情满怀。

1991年作者在川沙电视大学小结会上发言

大庆脱险

1992年9月25日,我坐列车从东北回上海,一路上,心里七上八下。夜幕降临,随着列车的隆隆声,一个月来的情景,如同电影里的一帧帧画面,有的似华丽的盛宴,充满诱惑;有的像飘逸的云彩,难以捉摸;有的更像是一场阴谋,细思极恐。

一个月前,有朋友介绍,黑龙江大庆可以进到柴油,数量多达4000吨。当时柴油可是紧缺物资,进到货等于赚到钱,作为市场经济中的商业工作者,这个信息如同天上掉下来的馅饼,一下触动了我的神经,让我倍加兴奋。

朋友认识一个姓黄的东北人,他父亲是东北一个油厂的领导,油资源就在他手上。朋友说,如有意愿,可以去东北考察。这么好的商机,岂能错过?我马上联系,与对方接上了头。黄先生让我先到齐齐哈尔,他在那里等我。

我从没去过东北,能去齐齐哈尔看一下也好。齐齐哈尔别称"鹤城",属黑龙江下面的地级市,是中国历史文化名城。它东临大庆和绥化市,北与黑河市、大兴安岭接壤。

为了抓紧时间,9月19日,我与朋友乘飞机赶到齐齐哈尔,黄先生等人已在机场，对方很热情，也很有能耐，竟能直接进入停机坪。我们一下舷梯，对方就迎了上来，见面就说："你们放心，机场周围已安排了保镖，外面我们有车，直接送你们到龙江宾馆。"

我很不解，问："为什么要保镖？"

黄先生解释说："你们身上肯定带了很多现金，外面很乱，我们来保护你们的。"

我听后大笑，说："我身上只带一些零花钱和两条烟，烟是送给你的，我身上就这点财物，还需要保镖？"

黄先生一愣："你们不是要购油吗……难道没带现钱？"

我笑答："只要我们谈妥了，我马上让上海送汇票过来，不需要现金，很方便的。"

黄先生听后，原先那奔腾的热情似乎减了许多，只喃喃地说："那好吧，我们先去宾馆。"

路上，他自称是大庆某油厂厂长的儿子，小时曾与某高干儿子一起玩耍过，如今任何事都能搞定，柴油不是问题。他侃侃而谈，话语中始终带着"诱惑"。车子七拐八弯，我们终于到达龙江宾馆。

晚上黄先生在一家苏联人开的酒店宴请我们，觥筹交错中，自然离不开购油的话题。黄先生神秘地说："4000吨柴油不成问题，但毕竟是紧俏物资，给你们总得有个理由啊。"后来统一口径，就说为支持浦东。对方介绍：大庆到大连已通油管，可先通过管道运输，然后大连船运到上海。席间，黄先生邀苏联服务员一起唱歌、跳舞，十分热闹。当时上海还没这么开放，对那个场面，我很不适应，只能凑合着应付。

9月21日，我们到了大庆，入驻大庆第二招待所。当时，社会上骗子很多，我对于这桩生意始终保持着警惕，那么大的量，首先要确保安全。我们向黄先生问了一些问题，还要求到他家参观。黄先生似乎有些不开心，但也答应了。

他家确实气派，装修讲究，家里还有三轮摩托，这在当时确是富有之家了。他有个儿子，读小学一年级，这天正好也在家。家里还有一个很讲究的衣架，上面挂着一套警服。黄先生看到我盯着警服，就解释说："我们这里没人管，警服随意穿。"

我回到招待所，回想他家那个"阵势"，总感觉哪里不对劲，决定先摸清对方的真实身份再说。第二天，我们设法找到他儿子，问："你爷爷做什么的？"

"工人。"他儿子不假思索地回答。

我再问："你爷爷不是厂长吗？"

"不是的。"他天真地摇了摇头。

看着孩子纯真无邪的眼神，我意识到黄先生根本不是厂长的儿子，他父亲只是一个普通的工人，我暗暗吃惊，决定走为上策。第二天我招呼都没打，买了机票迅速返回上海。

到上海后，我打电话给黄先生，说："你一切都是吹牛，你和你老爸都是工人，还与某某儿子一起玩过？这牛也吹得太大了吧。"

对方听后闷了许久，说："啊……你误会了，我确实是厂长儿子，只不过是干儿子。"他说完就把电话挂了。

我长长地舒了一口气，这生意幸亏及时终止，如一旦"上钩"，后果不堪设想。当时的营商环境十分复杂，商场如战场，一不留神，就会"吃药"上当。我要感谢那小孩的纯真，希望他健康成长，将来成为一个诚信及对社会有用的人。

千吨柴油

　　这天午夜过后,家里的电话铃突然响了,我赶紧抓起电话,果然是我副手打来的。他喝醉了,说话断断续续:"看来……看来这些油要积压了,这次损失大了,实在没法交代,我只有跳……跳……"

　　听了他的话,我的神经一下绷紧了,这要出人命啊!怎么办呢?我急忙安慰他:"如有问题,责任肯定是我的,一切由我承担,你只要尽力了就行……"

　　1993年10月下旬,我和同伴在众多信息中了解到,每到冬季,长江水位下降,运输受阻,重庆的柴油价格都会因货源紧缺而上涨。大家认为这是极佳的商机,只要入冬前把货运到重庆存储,待价格上涨后再出售,肯定能赚得盆满钵盈。

　　确实,这是一桩比较大的买卖,作为基层供销社,无论从资金大小或涉及范围,包括操作难度,对我们都是史无前例的,如一旦判断失误或半途受阻,小小的基层社是承受不起的。

　　大家把目光集中到我身上,似乎在问,有没有这个胆量?作为主要领导，我责任重大，由不得半点闪失。我深知"稳"与"闯"的辩证关系，许多成功都是"闯"出来的，"闯"不一定能成功，但在激烈的市场竞争中，靠"稳"是稳不住的。我反复考虑后，决定出手。

经多方论证，制订了行动方案：先到安徽（安庆）组织货源，再去湖北（武汉）联系货运，最后赴重庆落实仓储，争取用较短的时间，将价值200多万元的千吨柴油，在寒冬前运到重庆，然后存储待涨。

想法不错，操作难度却很大。首先，横跨四个省市，各环节要相互衔接谈何容易。其次是安全问题，这可是200多万的钱啊，这数字在当时是巨款了，特别对于基层供销社，这桩买卖只能成功，不能失败。

经了解，柴油在运输中常会遇到一些问题，大致可归纳为四类情况：一是油库装油时，往往会吨位不足，这只能靠船长配合，因为他有经验，看一下船的吃水线就能判定吨位；二是船在运输中常会遇到偷油现象，有"仓位"转移的，有小船里应外合的，方法五花八门，让你防不胜防；三是卸油时，油库也可能做"手脚"，让你莫名少油；四是油的质检经常会引起争议。如何避免上述问题，只能细心、谨慎，走一步防一步。

我亲自组建了团队，分工明确，责任到位，措施清晰，推进有序。几经努力后，安庆的油源、武汉的船只、重庆的油库都相继落实好了。

这天，千吨级的机船终于从武汉出发了，几日后到达安庆的一家油厂，我和同事早已在那里恭候。为了保证柴油吨位，我们分析：只要与输油工搞好关系，让他关闸时慢几分钟，就能确保油量不缺。

为了找到输油工，我们顺着输油管往上走，但走了好长时间，连个人影都没见着。大家气喘吁吁，两腿酸软。天色渐暗，时值深秋，风吹在身上人直哆嗦。正绝望间，突然看到山的半坡有间小屋，里面还亮着灯。

我们赶紧过去，屋门虚掩着，推门一看，一个大汉裹着棉大衣正躺在长条凳上呼呼大睡。我们有意提高嗓门，大汉终于被吵醒，微微睁开双眼，看到我们几个人，立即警惕起来，问："你们是哪里的，进来干啥？"

"我们是来装油的。"我们指了指江边的船解释道，"因为外面风大太冷，所以想到您屋里避避。"

我们开始聊了起来，这才知道他就是输油工。聊了一会儿，我把大汉拉到内屋，塞上事先准备的两条烟，说："这点小意思，您拿着吧。"大汉见状也没拒绝，只说"不好意思、不好意思……"。我们松了口气，终于"搞定"了第一关。

回到船上，为了防止船主在运输中增加水量而偷走相应的柴油，我们对船上水箱水位进行拍照。听人说，有些船主想偷油，又怕船体吃水线显露出来，水箱就会输入相应的水，以保持船体吃水线与原来一样。

十几个小时过去了，1000吨柴油终于输好了，可船长出来说，这1000吨柴油肯定不到量。他这么一说，我们就得与供油方交涉，要求确保吨位。但对方哪里会承认，坚持认为不会缺油，于是双方争执起来。

为取证，我们上岸对船的"吃水线"进行拍照。但我们是外行，一切还得听船主的，他说缺，我们也说缺，这样吵了好长时间，最后供油方摊牌说："你们如果不相信，把油抽回来，我们不卖了。"

我们无奈再去问船长，谁知他说，实际油量是到的，他这么说只是想帮我们多争点油。我顿觉茫然，不知该表扬他还是批评他。

为确保各油仓安全，船主主动为各仓盖打铅封，当然他这样做是为自己避嫌。油船终于起航了。为了柴油安全，我们每天24小时轮流值班，特别到了晚上，紧盯水箱，并留意周边可疑的小船。

经历漫长行程后，船终于到达了目的地——重庆某油库。为了检测油量，我们借了只小船，围着船体对"吃水线"拍照，核对"吃水线"与出发前是否一样。

小船在浪中颠簸，船主看到我们这么做，感叹道："我搞船运那么多年，可从来没有遇到过如此尽职的，这次算是开眼界了。"

确认"吃水线"无异常后，就开始与油库接洽。根据程序，我们在库方的引导下，先验收待装的几个大油罐，然后库方检验柴油质量，并将小样封存保管，作为日后储油质量不下降的比照依据。手续办妥，就开始上油装罐。

随着油泵隆隆声，船上油量渐渐下降，最后油泵没法再抽了，我们就聘人进入仓底用桶收油，最后用抹布吸油，直至仓底一滴油都没有。

最后油罐表显示，1000吨油不缺分毫，我们很高兴，心想终于闯过了"运输关"，可就在我们欣喜时，库方却对油量提出异议。他们认为："国家规定柴油船运有千分之六的正常耗损，但在实际船运中，从来没见过能控制在千分之六以内的。"库方意思是：油船运输中都要超过千分之六的耗损，这是业内认可的"行规"，而我们的油竟然丝毫不缺，这是不可能的。库方认为一定是油罐的"底量"搞错了，所以才会产生这种情况。

我们与油库理论，但对方仍坚持自己的观点，迫于无奈，我们只能妥协，硬是被库方扣掉了三吨油。

油量纠纷算是平息了，但柴油质检也是很重要的一关。我们这方面不懂，甚至哪几个指标都说不清。方小姐是库方的检验员，一米六几的个头，圆脸短发，走路挺有精神，说着一口重庆话。她从库罐到化验室，再从化验室到库罐，爬高爬低，取样、封样，甚是辛苦。

我们一直跟在她后面，怕有什么闪失，并一个劲地叫她阿姐，希望她能高抬贵手。因为油品能否过关都在她手上。她说合格就是合格，她说不合格，我们又能怎么样？这种情况下，只能多叫她几声阿姐了。

后来我们了解到，质检取样很有讲究，在什么位置、什么时间取都是不同的，虽然也有规定动作，但我们不懂，一切都掌控在阿姐手中。

可能她被我们连续"阿姐"叫热了，挺开心的，让我们别急，并安慰我们"一般不会出什么问题的"。

油检需要过程，更需要时间，我们只能耐心等待。经历漫长时间的煎熬，结果出来了，一切正常，大家这才舒了口气。入库关总算过去了，悬荡的心终于放了下来。

柴油安全登陆重庆，接着就看市场了。我心里明白，这些油无论如何必须在两个月内销完，否则随着储存成本增加，风险就大了。为此，我让我的副手留在重庆寻找客户，其他人返回上海。

几天后，副手打来电话，说："事情不是我们预想那样，市场发生了变化，许多商家与我们想的一样，入冬前拼命进油，都想入冬后赚上一把，结果把重庆所有的油库都撑满了，市场供大于求，油价涨不上去，也很难售出。"言谈间，副手很沮丧，不知该怎么办。

听到这个消息，我犹如当头一棒，怎么办呢？开弓没有回头箭，只能向前冲，因为基层供销社承受不起这么大的损失，现在唯一要做的，就是稳定好副手情绪，提振他的信心。

我安慰说："没关系的，只要努力，商机一定会来。"我要求他尽一切可能广交朋友，拓展人脉，有了这个基础，才能在朋友中寻到出路。

副手是交际好手，经过一段时间的努力，很快交了很多朋友，这些朋友帮着想办法，信息通过"圈子"散布出去。时间一天天过去，我心急如焚，期望重庆有好消息，谁知那天晚上接到副手打来的电话，顿觉事态严重，为防止意外，第二天我急赴重庆。

我心里明白，此事要有信心，必须坚持按既定方向努力。不出所料，通过四方交友，在朋友托朋友的接力下，终于有人肯帮忙了，之后又经过艰难洽谈，千吨柴油终于卖了出去，资金全部到位，一算账，净赚30万元，虽然比预计的要少很多，但也满足了，毕竟市场发生了变化。

上级领导知道后很高兴，表扬说："作为基层供销社，单笔生意做这么大，很不容易，你们已经有了经验，要再接再厉，争取更上一层楼。"可我私下对同伴说："这次幸运不等于下次也能成功，这买卖风险太大了，它与收益不对等，这事绝不可以再做了。"根据我的定调，尽管重庆朋友联系不断，但我们不再涉足，始终保持生意场上的"纯洁"。

地盘摩擦

20世纪90年代中期,顾路供销社与邻乡供销社为了"扩大商业阵地"产生了矛盾。邻乡供销社是我初中毕业后入职当学徒的单位,是曾经培养我成长的地方,那里的负责人是我当年的老领导。当时,我作为顾路供销社的负责人,处于两难境地,最后还惊动了县总社领导。

早在10年前,随着全国改革开放的深入,计划经济逐渐向市场经济转轨,社会商业机构大量涌现,这对供销社冲击很大。面对这种情况,供销社的干部、员工很不适应,认为打乱了计划体制,削弱供销社农村主渠道作用。县总社领导将意见反映到县政府,县政府答复:"这是国家允许的,社会经商是以后发展的趋势,体制内的商业必须要适应。"

渐渐地,供销社转变了思想,接受了社会变革,体会到不能一味守着"一亩三分地",要顺应市场,全方位出击,在竞争中求生存。到了90年代初,"商业以区域划分"的框架变得模糊,县总社鼓励各基层打破区域限制,扩大商业阵地。

1994年月6月,顾路乡政府在镇上建造了大酒店,其中约230平方米的商场要外租,我得知后立马与乡领导接洽,准备把它租下来,以拓展新的商业阵地。

当时顾路镇零售商业划为百货、食品和五金交电三大类,其中食品类商业场所比较小,它"寄身"于五金交电商场内,如把食品类搬出来,不仅扩大了食品商业的规模,同时也扩展了五金交电商场的面积,一举两得,这样的商业布局是最完美的。

乡领导知道后立即同意,乐意把新造的商场交由本地供销社来经营。于是,双方洽谈细节,草拟租赁协议。同时,我对商场布局、人力配备、商品组织等工作全面筹备。就在大家充满信心时,一条想不到的信息传到我这里,说邻乡的一个供销社也要这个商场,且已经与顾路乡政府接洽了。

我顿感茫然,对方是近邻、又是我的老单位,我想一定是误传,不可信。我匆匆赶到乡政府,分管乡长证实了这件事。他表示这就是市场竞争,看谁出价高就给谁。这突如其来的变化,打乱了我的阵脚,顿觉得不可思议,对方明知我已经在与乡里谈,怎么能"横插一杠"呢!当然,走出区域"抢地盘"是县总社鼓励的,但怎么能抢到我这里来呢!

经过数天的内心挣扎,我想通了,对方这么做也很正常,这是社会大势,应该理解,应该欢迎才是。为了不让租价涨上去,我主动放弃,退出竞争。

对方可能觉得不好意思,他们在县总社业务科长的陪同下到我办公室,征询我的想法。我当即表态:"兄弟供销社的这个举措,符合上级'对外开拓'的精神,我们表示欢迎。邻乡供销社到顾路开商场,有利我们近距离学习,有利提升我们员工的竞争意识。"最后,我讲了一句戏言:"如有朝一日,我们去对方地区开拓商场,希望也能多多包涵。"

我的一番表态,业务科长很满意,也消除了邻乡供销社到顾路拓展的顾虑,这场"兄弟"间的地盘之争也就这么过去了,大家各做各的,相安无事。但说来也巧,第二年邻乡用电站在镇上建了个商场要外租,我知道后第一时间就与用电站接洽,双方一拍即合,马上签订了租赁协议。

谁知邻乡供销社领导知道后就去责问乡领导:"那么多年来,供销社自始至终为本乡农业生产服务,乡里怎么能将本地的商业场所借给他乡供销社呢!"

乡领导很为难,说:"协议都签了,这事不大好办。"

"没关系,违约金由我们承担。"邻乡供销社领导说。

乡领导还是不答应,认为这涉及信誉问题。见乡领导的态度如此坚决,他们知道再说也无用，故而转身去找县总社领导，希望上级领导能劝退我。果然，县总社分管领导来做我工作，希望我能退让。

"为什么非要我退？"我很不解。

"无理由，要说理由，全是你的对，但……"

领导的话没说尽，我已幡然醒悟。确实，"理"在我这里，但没必要争啊，从大局看，双方都没错，都在按上级意图行事，都在为集体利益考虑、尽责，甚至不惜情面。作为基层商业单位，拓展创新，理应尽力，只是各方角度不同，屁股决定脑袋，才会发生那些"争执"。对个人而言，我非常敬佩对方，不管对方的行为是"拓展"还是"阻止"，都是为了集体利益，并非个人恩怨。这种积极的"地盘摩擦"，也正是上级领导愿意看到的。如今，既然领导表态了，那就撤吧，退一步海阔天空。于是，第二次"领域之争"又以我的退让而告终。

【磨砺充实】

对错之争

社会上有些事情合理不合法，合法不合理，在日常工作中同样会遇到这样的事。一次为了满足农民需求，引发了各方观点的碰撞，不但牵涉到乡政府领导，也惊动了县供销社高层。

1990年11月，我成为基层供销社主要负责人，肩上的担子更重了。供销社除了要适应市场经济外，还承担社会职能，负责保障农村生产资料供应，包括农药、化肥。当时化肥紧缺，仅靠计划量根本不够，供求缺口大，农民很有意见。

当时，县农资批发部组织到一批计划外化肥，对外批发时要搭配一定比例的灭而灵。灭而灵是治虫的农药，市场不好销，批发部积压了大量库存，为减轻库存压力，批发部采取了搭配批发的方式。

时任生产资料供应部经理正在为化肥断供而犯愁，对下是农民翘首以盼的目光，对外是进不到货的无奈。

供应部经理中等身材，黝黑的脸庞上镶嵌着睿智的双眼。他当过兵，性格耿直，工作干练，做事雷厉风行，说话从不带泥拖水。我俩还是初中同届同学，因为班级不同，在校时只是认识，并没有过多交集。毕业后，我分配到商业口，他因农村户口，只能到农村务农。后来他当了兵，复员后又当了村干部，在他带领下，村工业搞得红红火火。他工作上的拼劲，得到了干部群众的认可，由于成绩突出，他被任命为乡工业公司经理，后来又被县组织部调到了顾路供销社，任命为商办的圆珠笔芯厂负责人。

圆珠笔芯厂自动化程度很高，在全国供销系统中小有名气，曾赢得国际合作组织关注。他到岗后，全身心投入，短短几个月内，从生产流程到销售渠道都能了然于胸。通过他的管理及创新，业务量直线上升。

之后，根据工作需要，他又被调到生产资料供应部任职。生产资料供应部地处镇南端，占地10余亩，经营范围有农业生产资料、建筑建材、柴油制品等。对于新岗位，他又大刀阔斧地开展工作，供应部面貌焕然一新。

这次县批发部有一批搭配的化肥，要不要进呢？供应部经理很纠结，如将灭而灵搭配进来，日后肯定销不出去，灭而灵是有保质期的，时间长了会失效，最后必定造成经济损失。作为基层供销社，既要盈亏核算，又要讲社会责任，怎么办呢？为此，他组织人力，广泛征求农民意见。

农民知道后纷纷表示，只要能搞到化肥，即使搭买一些灭而灵也能承受。为满足农民需求，供应部经理拟将计划外化肥与灭而灵搭配出售，并向我专题请示。

我考虑到这事可能会牵涉到有关规定，为慎重起见，没马上答应。第二天，我去政府找乡长及分管农业的副乡长征求意见。他们听后认为这种做法可行，说："既然计划内的化肥满足不了农民的需求，也只能用这个办法了。"

有了乡政府的支持，我心里有了底气，便通知供应部经理，同意他的"搭售方案"。方案很快实施，计划外的化肥及灭而灵销售一空，一定程度满足了农民的需求。乡政府对此甚感满意，我们也很欣慰。但想不到没过多久，一封举报信转到了县供销社，说这是商品搭售行为，违反了国家有关规定。

1990年作者在办公室

县供销社很重视，立马派人到我这里调查。我如实汇报了计划内化肥满足不了农民需求的实际情况，汇报了农户认可"搭售方案"的调研依据，汇报了乡领导同意此做法的表态意见等。县供销社领导听取汇报后认为，不管怎么说，"搭售方案"严重违规，是不能原谅的。

这事乡长知道了，立马与县供销社主要领导沟通，表示基层供销社的这个做法是事先征得乡政府同意的，如有责任应由乡政府承担。但县供销社认为：虽然乡领导为基层供销社开脱责任，但在供销社内部还是要追责的。

供应部经理知道后很气愤，为了不连累我，他直接打电话给县供销社主要领导，认为一切由他所为，与基层领导无关。当然上面不会听他的，但他面对事件追责，毅然站出来为我挡枪，我还是很感激的。

上面的处理意见出来了，要我写检查，并要求以基层供销社名义写致歉信。我不服气，拒绝写检查和致歉信，这样我与上面僵持了很长一段时间。

县有关人员一次次到我这里劝说，让我尊重领导意见。最后，他们表示致歉信就不要写了，但检查还得写。于是，我用铅笔在纸上乱涂一通，让他们回去交差。

事后，供应部经理对此耿耿于怀，认为是他累及了我，表示自己不适应在供销社做事了，由此，他离开了供销社，去某村进行房地产开发。在那里，他大胆开拓，在邻乡拿到了一块土地，为房地产开发赢得了先机。

如今那么多年过去了，对于这件事，我认为无须"对错"评判，因为看问题的角度不同，得出的结论自然就不同。表面看，双方都为了农民利益，但谁更实际一点儿呢？我想答案在农民心里。

是非曲直

1993年春节刚过,顾路供销社拟购买一处商场,需要请示县总社相关职能部门。我先到业务科,对方说先要到财务科,看资金是否允许;我又到财务科,对方说先要到法务科,看是否符合规定;我再到法务科,对方说先要听业务科意见,是否有购买的必要。我每到一处,都要陈述一遍"故事",一个圈子兜下来已筋疲力尽,现在又回到了原点,这让我情绪激动,直冲县总社主任办公室。

那几年,随着市场经济发展,社会上各种性质的零售商业如雨后春笋般涌现,极大压缩了供销社的生存空间,在这种情况下,供销社必须拓展商业阵地,零售门店越多,竞争活力就越强,生存空间也就越宽。为此,我与我的团队想了很多办法,如利用棉花收购站破墙开店,扩建五交大楼裙楼,疏理老街物业增加店面等。通过一系列措施,虽说增加了商业面积,但总体仍属小打小闹。

这次机会终于来了,曹路三岔路口有一处商业房要转让,面积有350多平方米,出价50万元,因没房产证,只能以使用权形式出让。由于该商场之前与顾路供销社有过合作，所以我们有优先购买权。

曹路三岔口地处顾路镇南侧，属于顾路乡管辖范围，往南通川沙县城，往西北去黄浦江庆宁寺渡口。在这样一个交通要道上设置商业点，是符合市场规律的。

这么好的机会，我满怀信心地去向县总社职能部门汇报，不想找不到"入门"处。县总社主要领导看我情绪激动，先做安抚，然后带我到业务科，指定由业务科牵头，陪我完成各科室的征询。

业务科和财务科都没问题，认为只要法务科同意，他们也没意见。但到法务科后，科主任很肯定地回答，这桩买卖不能做，理由是没有产权证，认为没产权证如同空中楼阁，购楼没依据，作为体制内的企业是不允许的。

我沮丧地回到单位，但仍想不通，这么好的一块商业资源，价格这么低，怎么能放弃呢！

我认定这事不会错，就拍板买了下来。商场自购入后，因市口好，马上被高桥建设银行、浦东烟草公司、丽水百货商承租，不到三年就收回了全部投资。

县总社对于这件事也默认了，因为事实证明这是合理的举措。原本以为这事就这么过去了，不想又遇到了麻烦。

1996年11月27日下午，我因腹泻在家休息，突然响起急促的电话铃声。我赶忙拿起电话，是乡政府打来的，说："不好了，顾路供销社几十名员工，将乡政府在曹路新砌的景观花坛推倒了，还与现场工程人员发生了冲突，场面一时失控。"对方要求我立马出面阻止。

原来乡政府为美化区域环境，拟在该商场门前建造大型花坛，由于花坛既高又长，遮挡了商场视线，影响商场生意。供销社员工知道这块商业资源来之不易，不能被大花坛毁了，所以集体向乡政府抗议，之后又发生了"过激行为"。

实际上，对于员工聚众推墙的行为，我事先并不知情，但我认为员工的行为虽然有点过激，其目的是为维护商场的正当利益，情有可原。由此我向乡领导建议：为了防止矛盾激化，暂停砖砌花坛，待双方谈妥后再动工。但乡领导认为工期不能拖，施工不能停。

由于双方意见相左，员工也不让步，随后花坛砌了推，推了砌，反反复复，形成了僵局。这事闹大了，反映到了新区经贸局。县总社一把手亲临乡政府，与乡领导共同研究解决办法，最后乡领导答应：降低花坛高度，处理好商场门前路面，铺设好下水道。另外作为补偿，供销社免费使用乡里的两间门面房两年。由此，这场由花坛引发的纠纷终于化解。

　　若干年后，随着浦东城区建设，该商场遇到动迁，企业获得可观的收益。那时，我因工作需要，早已调离顾路供销社，对于该商场的事，早就忘却脑后。没想到十几年后，一封举报信到了县总社，说我目无组织，在手续不齐的情况下，违反了规定，擅自购买无产证商业房，由此我被领导传讯。

　　我如实汇报了事由曲直，并表态：如认为是我做错了，则购买的钱由我个人出，包括这些年的利息，但这期间的租金收入及动迁款归我。领导听后若有所思，最后说："没事了，你走吧，不要多想。"

　　过往几十年，经历的事不少，有的是非曲直随着历史进程已慢慢隐去，这些事虽然不值得铭记，但回想仍觉有味。

【磨砺充实】

雄心手笔

　　1994年，顾路供销社为了开拓一定规模的小商品市场，拟租借地处杨浦区的上海国棉九厂房子，几轮洽谈后，双方终于签订了《房屋租赁合同》。后续工作正待推进，却引起了县总社领导的关注，他们考察后认为：这地段不错，面积那么大，对于这样的商业体，应该反映出更大的手笔，具体由县总社统筹考虑。最后县总社决定把这块商业资源由锦丽华购物中心来运作。锦丽华购物中心是县供销社属下最大的零售商业体，对大型商业的经营及管理有一定的实践经验。

　　县总社考虑到我们的"苦劳"，让购物中心每年给顾路供销社一定的经营补偿。但事后几年，购物中心始终没有兑现补偿，连个招呼都没有。我的副手脾气耿直，容易冲动，就直接到购物中心理论，结果争执起来，一直闹到县总社。

　　县总社对顾路供销社的开拓是十分了解的。早在几年前，顾路供销社为了拓展商业阵地，运用"借鸡生蛋"的商业模式，在浦东沿江的五莲路，向市粮油公司租借了数千平方米的商业门面房，然后，将它分隔成几十个单元，通过转租赚取差价。这种以"二房东"赚差价的创新方式，当时在商业系统中是领先的。

县总社肯定了这种做法，但希望能自己入驻开店，以凸显供销社的商业特点。对此，我不同意，如自己开店，要招人、配设施、压库存等，以后一旦房子归还了，里面的人怎么辞退？设施、库存如何处理？俗话说"开店容易关店难"。所以我没理会领导的建议，只顾自己做"二房东"。我这样目无上级，显然不会让领导开心。于是，上级就派人来做我的工作，说要有大局观念，虽然拓展商业阵地的做法不错，但要体现出我们的商业特点，否则就变味了，变成了房屋租赁关系，那不是我们商业系统应该做的，也削弱了我们商业形象。

对于上级的劝导，我答："如这是上级决定，那我服从，否则我还是坚持自己的观点。"领导看我态度坚决，也就不再说什么，但我知道，这"二房东"模式不能有误，否则肯定罪加一等，好在当年这里就为供销社赢得了可观的利润。

尝到甜头后，我信心倍增。第二年，决定到浦西寻找门店，几经努力，在杨树浦路看中了一幢空房子，有数千平方米。

房子是国棉九厂的，它是国有大型企业，巅峰时职工近万，但随着时代发展，国有纺织业已调整转型，九厂关门，偌大的厂区空荡荡的，建筑荒废，杂草丛生。这个时候向它借房子，应该不是什么问题，但对方毕竟受制于政策，是否有权出租，是否愿意出租，我们没有把握。

房子能经营什么呢？这是首先要考虑的问题，根据房子进深长的特点，我知道不能走五莲路"临街分割、单元出租"的"二房东"模式。由此，我们对周边环境进行考察，发现它北侧居民比较多，但房子老旧，生活水平不高。针对这种特殊环境，我分析认为，那里开一个小商品市场比较合适。开发小商品市场不需要很大的投资，风险小，只要组建一个管理团队，规划好区域功能，然后招商迎客就可以了。

方案确定了，心里有了底，于是，我们与国棉九厂取得了联系。对方知道我们的意图后相当高兴，愿意以合适的价格租借给我们。不想这事被县总社知道了，认为这块商业资源太好了。根据领导意图，这里开一个大型的商业中心，以凸显县供销社走出区域的大商业气魄。

我们心里虽然不爽，但毕竟是上级，是领导的意图，只能服从。只是对于开设大型商业,我认为不妥,便找到领导,谈了我们的看法,然而领导决心已定,表示没有回旋的余地。

购物中心承接这项任务后,投入了大量的人力、财力、物力。几个月后,大商场终于开张了。据说开张首日场面颇为壮观,商场内外张灯结彩,人头攒动。有恭贺的、凑热闹的、看新鲜的、捧场的,除了顾客外,各路人马悉数到场,唯独没邀请我们。我猜可能有两方面原因:一是怕我们看到这精彩场面会产生"夺人所爱"的负面效应;二是可能对我们有意见,如不是我们"多事",他们也不会遭此"折腾"。

其实,我们虽没到场,但真心希望能心想事成,这既是县总社的面子,也不枉我们找房子的苦心。而结果事与愿违,商场开张后,尽管采取了各种促销措施,生意却一直冷清,整月整月地亏,损失惨重,最终被迫撤离。

商场虽然亏损了,但这事不能怪我们,也不能以此取消当时许诺每年给我们的补偿,这是有"白纸黑字"的。购物中心作为履约人,事后却一直没有兑现,引发了我副手的"火爆行为"。县总社领导当然心知肚明,就让购物中心象征性地付了一笔款,算是给了一个"终极交代"。最后,这场为时不长的"雄心手笔"就此黯然落幕。

创新求进

20世纪90年代，随着市场经济发展，社会商品日益增多，物资匮乏的窘境有了根本好转，买方市场转到了卖方市场。上海华联商厦批发部积压了许多家电商品，正愁找不到去路，不料与我们接洽后，全被我们"拉走"消化掉了。商厦的同仁很不解，为什么这些积压商品到了顾路供销社就那么好销呢？

其实之前顾路供销社与其他商业机构一样，仓库里同样积压了许多冰箱、电视机等。这些商品售价高，一旦形成积压，就会严重影响商业资金的正常流转。

问题摆着，如何解决呢？我想到了"服务"两字，要在市场竞争中取胜，得从"服务"上动脑筋，"服务"要从消费者角度考虑，要了解他们的服务需求。

经考察，随着生活水平的提高，农村对大件商品的需求量还是很大的，但他们有顾虑，买了大件商品后，很难自己拿回家。那时，社会运输很落后，农村道路条件差，有的虽然也能通车，但多数是泥路，坑坑洼洼，很难行车；当时机动车又少，社会上没有专业的运输服务。所以，消费者面对大家电，考虑到自提难度，往往望而却步，由此抑制了消费欲望。我想，如能用车把大家电送货上门，一定能赢得消费者欢迎。于是我决定创新这项服务。

顾路五金交电商店贴出了告示：出售的大件商品一律免费送货上门。消息一出，果然奏效，没几天，积压的库存一销而空。

市场反应这么快，效果这么好，是我们之前没想到的。"积压"问题解决了，无货供应也是个问题。于是，我到上海华联商厦批发部、上海中百四店组织货源。一车又一车，原本在他们那里500多台积压冰箱，到了我们这里却成了畅销货。对方很疑惑，问我："你们到底采取了什么手段？"

我毫无保留地介绍了"送货上门"这一服务措施。谁知一个星期后，我看到华联商厦、中百四店相继在《新民晚报》刊出了"大家电送货上门"的促销广告，从那以后"送货上门"蔓延到了全市各商业，直至成为常态。

顾路这么旺盛的市场购买力，引起了上海中百四店的兴趣，它们提出到顾路镇联合举办商品展销活动，我欣然同意。为了扩大联展气场，我们邀请上海星浪厂等企业一起参与。

1991年元旦刚过，为办好这期展销会，从组织货源到搭棚布展，工作有序推进。展销从1月13日至17日，为期5天。镇上顾客熙熙攘攘，如同节日一般。展销取得了成功，也满足了顾路地区百姓的消费需求。

几年过去了，随着市场饱和度提升，冰箱再次出现了积压，怎么办呢？如再用老套路已经不行了。这时，我又想到了一个办法——"冰箱出租"。所谓"出租"，即"以租代售"，双方签好协议，以售价作为押金，一年后，顾客可以两种选择：把冰箱还过来，退还押金；或是冰箱不退了，将租赁转为售买，押金自动转为货款。

这种促销模式史无前例，消息传出，消费者非常欢迎，只半天就有10余台冰箱租出去了，谁知这事很快被县总社领导知道了，认为这违反了正常的商业规则，后果严重，必须马上制止，已出租的必须追回。

我不服，马上赶到县总社，谈了我的看法。我认为：这种出租行为，本质是让顾客试用，试用一年如不满意，即可退回，归还押金，对方等于免费使用了一年，对客户来说，没有丝毫损失。

领导认为，如一年后冰箱退回，顾客确实没有损失，但损失的是集体，退回的冰箱不但重新积压，而且变成了旧冰箱，很难再出售，等于报废。

对于领导的看法，我持不同意见，认为押金款进来是一笔可观的资金，资金在流动中同样会产生效益，何况冰箱质量是可靠的，相信顾客通过一年试用会认可的。

领导看我这么固执，也就退了一步，说："已租出去的就不要追回了，但之后不能再出租了。"

领导既已定调，我只能服从，就此这种创新模式还没"长大"，就被扼杀在了摇篮里。一年后，租出去的十几台冰箱根据当事人选择，全部转为了销售。事实证明，我的做法是对的，也没留什么后遗症。这种促销手段用现在的话来理解，就是"通过商品试用，让消费者放心"。

如今这些"陈事"早已远去，但仍历历在目。我认为创新才能求进，创新是对老观念的突破，是促销的助力器，虽然实施中可能会遇到阻力，但总得有人去尝试，我想这就是社会发展的源动力。

【磨砺充实】

摩托风云

　　1992年深秋，这一天是降霜时节，天气变冷，昼夜温差大，万木飘零，百花凋谢。棉花收购站大门口，秋风一阵紧似一阵，人站那里，不免感到深深寒意。大门一侧，守着若干警察，他们可不是来站岗的。他们紧盯着大门，神色凝重。这时从里面驶出一辆摩托车，刚到马路，几个警察马上围了上去……

　　这事得从一年前说起。一次在与朋友聊天中，对方说："现在农村交通很不便，如有摩托车就好了。"对方说的摩托车是指"轻型"的，俗称"小摩托"。"小摩托"体形比大摩托车小，马力也没大摩托车足，但轻便灵活，价格便宜。不过小摩托有个缺点，不能上牌照，也就是说它不能上公路。

对方的话引起了我的思考，认为这是一个巨大的商机。随着经济发展，人们收入有了大幅提升，对生活需求有了更高的期望。当时市郊交通条件落后，人们外出很不方便，特别是村落之间的来往，希望有一种便捷的交通工具，我认为小摩托比较适合，虽然它不能上马路，不能上牌照，但作为合法商品，在村落之间行驶还是允许的。

不过对于是否大批量引进小摩托车，我还是有顾虑的，毕竟政府交管部门不会支持，因为小摩托一旦面向市场，社会上就会大量涌现，虽说它只能在村级路上行驶，但客观上肯定会加大交管部门的管理压力。供销社作为体制内的商业机构，擅自出售不可上牌的摩托车，会否违反有关规定？

一边是农村极大的社会需求，一边是与管理规定的冲撞。好在一周前，也就是1991年11月20日，县总社主要领导在工作会议上有这样一段讲话："只要不为私，可大胆干……要敢于创新，敢于冒险，不要墨守成规。"领导的讲话给了我底气，决定先购进一批试试。

通过全国商业信息专刊，得知江苏扬州五交百货批发部有轻型的建设牌摩托车，于是我与同事过去洽谈，以每辆1150元的进价，首订46辆，结果到货后一销而空。这让我们信心倍增，一批又一批，进货量越来越大，直至对方无货供应。之后又引进渭阳牌、嘉陵牌，合作对象拓展到了河北石家庄。一时间，摩托之风在农村蔓延，装配工人日夜加班，销售经常脱节。其他商业部门看到这井喷式的行情，也通过各渠道进货，但农村需求实在太大了，市场仍供不应求。

为了物流方便，小摩托的装配、储放、提货设在供销社旗下的棉花收购站。有时提车的人太多，装配来不及，只能将收购站大门关上，众多顾客等在大门口，希望能尽早提到货。这种旺盛的社会需求，让石家庄来的装配工人看不懂，说这种场景，他们从来都没见到过。一些商业同行到我们这里来批货，前天看到整仓库的车辆，隔天过来却变空仓了，对方弄不懂，怎么会这么好销。

小摩托车在社会上的盛行，引起了交管部门的注意，他们增派警力，在公路上加强查罚。但社会上的小摩托实在太多了，警察管不过来，就想到了源头。棉花收购站是出了名的销售提货仓库，所以派警力守在棉花收购站门口，只要有人骑着小摩托上马路，就围上去罚款，处理完后让他们推着离开。

当事人也很聪明，交完罚款后，稍推一程路，就驾车扬长而去。警察看到此景，也没反应，可能认为这车已经处理过了。时间长了，大家有了经验，买车后先推着出门，距警察远了再发动驾车。

那时，我自己也买了一辆，确实方便，想到哪儿去，登上摩托，略加油门，松开离合器，车子一溜烟地向前冲去。这种小而灵活的摩托车大小路段都能穿行，人骑上面，悠然自得。

后来，小摩托的飓风扩展到10个郊区，要求上牌的呼声与日俱增，最终，交管部门在民意的压力下，终于放开了对小摩托的限制，允许上牌，但仅限于郊县行驶。后来，这股盛风还波及浙江、江苏、安徽等农村。

若干年后，随着市郊交通环境的改善，交通工具的多样化，为安全起见，曾红极一时的小摩托终被历史淘汰。但我们应该记住：小摩托在浦东经济发展中，在提升百姓生活质量的进程中，曾起到过不可替代的积极作用。

玩命车运

　　1993年夏，晴空万里，天上没有一丝云彩，炙热的太阳把地面烤得滚烫滚烫，热乎乎的空气仿佛从火炉中出来，让人实难忍受。气象部门发出了高温红色预警，说明气温已达到40摄氏度以上。这天，义乌到上海的国道上，一前一后飞驰着两辆车，前面的是长安小面包，后面是箱体密封的食品中型面包车。当时没有高速公路，国道上坑坑洼洼，车子行驶左右摇晃，上下颠簸。

　　两辆车是顾路供销社到义乌进货的，面包车载着人，后一辆车装满了货。我与同伴坐在前车，一路过来，空气如同燃烧，热得喘不过气来。那时车里都没空调，遇到这种极端气候，只能硬扛。我们已完成采购任务，回途虽热，但也宽心了，只是驾驶员辛苦，全程约八个小时，必须全神贯注。两车在国道上慢慢行驶，看似正常，但大家并不知道，危险正在悄悄逼近。

　　顾路供销社热衷到义乌进货，还得从经济体制说起。计划经济时，基层供销社进货必须到"主渠道"采购。所谓"主渠道"，就是国营公司设立的批发部。"毛利率"也是规定的，不能超过12%，否则，就违反了物价政策。改革开放后，进货渠道多了，物价管控也淡化了，零售价格逐渐放开。但刚开始由于思维上的"惯性",供销社仍习惯于主渠道进货。由于主渠道"利差"少,品种单一,柜台生意越来越难做。

后来浙江丽水人来了,他们愿意承包我们认为做不出生意的百货柜台,且数量越包越多,营业员仍是我们的。这种合作双方得利,百货商场外包柜台后,提升了综合毛利率,收益相对稳定,这应该是好事情,但上面领导知道后,表示不可以这么做,我们是体制内正宗的零售商业,如柜台都外包了,性质就变了,即变相丢失商业阵地。

由此,柜台外包受到了限制,但我们想到另一个问题,同样的柜台,我们做不出生意,换了丽水人怎么就能赚钱呢?何况他们不仅自己要盈利,还要把承包费赚出来,其中的奥秘在哪里呢?后来我们明白了,关键是进货渠道的不同。他们的货都到浙江义乌小商品市场进的,那里商品多,价格便宜,利润空间很大,有的毛利竟能翻几十倍。

我们对"义乌市场"早有耳闻。曾有朋友介绍,在义乌组织一批10万元人民币的小商品集装箱,如运到美国出手,价值就变成10万美元,按当时汇率,将翻升10倍。朋友是做物流的,外贸信息比较灵,他之所以告诉我,是想让我关注,如有条件可以涉足,但我不懂外贸,美国也没熟悉的商家,所以对此信息没有跟进,但"义乌"两个字,已深嵌在我脑子里。

我和同事商量,决定先去义乌考察。早上出发,下午就到目的地。举目远眺,确实震撼,市场大得惊人,展厅一个接一个,连绵不断,似乎有走不到尽头的感觉。各摊小商品很多,品类齐全,应有尽有,且价格便宜。进货人来自全国各地,甚至还有外国人。

1988年作者(右1)在汇报成立葡萄合作社情况

作为体制内的商业,到义乌进货是有难度的,关键是那里没有发票,进出全是现金,手续怎么解决?财务如何做账?这些问题如同一道鸿沟,横在面前很难跨越。如向上请示,肯定是"凶多吉少",上面不可能承担让

149

你违反规定这个责任的,怎么办呢?当时我想,只要按照"一心为公,手续清楚,收入进账"的行事原则,应该没什么问题。几经探讨,决定两人一组,一人管钱,一人记账,以组洽谈,签字互证。商品采购回来后,核定售价,计算出毛利,财务根据销售,按"其他收入"进账。

我知道这么做并不百分之百合规,但毕竟手续清楚,互相监督,收入进账。几次操作后,供销社的综合毛利一下子上去了,我们心里清楚,这都是"义乌毛利"起的作用。

此后,到义乌采购的商品逐渐增多,其中最多的是电话机和一次性打火机。电话机之所以受消费者欢迎,是因为家庭电话正在兴起,需求量日增,而义乌的电话机,不仅花式品种多,且价格便宜,每次到货后,很快就销完了。还有就是一次性打火机,五颜六色,价格便宜,性价比高,销售量很大。

这次冒着高温去义乌,主要目标是采购一次性打火机。时值正午,回程过半,考虑到驾驶员需要休息,大家决定停车暂歇。

树荫下,虽然避开了骄阳,却无法躲过空气中的热浪。同伴们有的喝着水,有的抽着烟,忽然有人想到了什么,指着货车大声说:"不好,一整车的打火机,这么热的天,车厢又是密封的,会不会引爆啊?"

经他一提醒,大家一下子紧张起来,细思极恐。一路上,随着车子颠簸,车箱内那么多打火机跟着晃动,摩擦会产生热量,再加上高温,车厢密不透风,万一打火机燃气泄漏,很容易引发爆炸。大家意识到问题的严重性,赶紧采取措施:先把车门打开,尽可能让空气流通;再检查各纸箱,看有否漏气的情况,并固定好纸箱,控制它晃动;最后为避免太阳直射,决定延长休息时间,待太阳偏西后再上路。

大家在煎熬中等待,终于看到太阳西斜,车辆继续行驶。为了安全,驾驶员减慢了车速,并尽可能避开坑洼。我们坐在车上,紧绷着神经,似乎忘却了正在肆虐的高温,直至车辆安全到达后,悬着的心才放了下来。自那以后,我们以此为鉴,强调安全,再没发生类似玩命的车运。

下海圆梦

任何企业，安全始终是一个重要话题，但这一次我却遇到了麻烦。这天暴雨狂泄，突然，"哐"一声巨响，市场一角的屋顶塌了下来，紧接着市场电源自动跳闸，全场一片漆黑，雨水从透空的屋顶倾泻而下，黄豆般的雨点直接砸向摊位，汇集于地，涌向各个摊位。人们这才反应过来，哭喊声、呼救声、叫骂声混织一片，地上积水开始上升，受灾面积迅速扩大。

1998年作者（左1）与朋友们合影

一般来说，单位遇到安全问题，上级部门都会及时进行指导，而这次不一样，只能靠自己独立解决，因为我正处于自由职业的时间段。

1997年底，镇政府与县供销社签订了干部借用协议书，把我临借到镇政府。其实，这是按照我的意图，暂时脱离供销社，算是停薪留职，尝试自由职业的梦想。

　　初始，我聘请了几个下岗人员，在浦东大道边上的海军部队借了一间办公室。根据分析，我为业务拓展设置了几个要素：第一，考虑到启动资金有限，选择资金量小的项目；第二，考虑到人手少，操作要选简单的；第三，见效一定要快，因为时间长了耗不起。最后，我选择了"代理"业务。通过信息分析，我很快掌握了国家建设部的重要信息：未来几年，所有马口铁自来水管都要淘汰，取而代之的是PVC管，这是一个多么巨大的市场啊！

　　我立马寻找相关厂家，得知广东有个生产日丰牌PVC管的工厂，规模很大。我与厂方取得了联系，要求做上海地区的总代理。对方正想将产品打进大上海，得知了我的意图后很高兴，双方一拍即合。厂家要求我必须先支付一笔压库的30万元周转金，并自己承担仓库费用。这下把我难住了，我哪来那么多钱啊！我与厂家商量，希望"押库钱"由厂方承担，让他们派财务监督，我不管资金，只负责地区销售。但很遗憾，厂家没有同意。这事虽没成功，但后来情况真如我预料的一样，马铁水管被强行淘汰，取而代之的日丰PVC管风靡上海市场。我想如那次"代理"成功，则后面又是另一种人生走向了。

　　至此，我这才体会到"一文钱难倒英雄汉"的滋味。后面怎么办呢？必须调整思路，要认识资金有限的客观事实，如再走"代理"这条路，必定行不通，为此，我把方向定位在了"小商品市场"。我认为：这个业态不需要很大的投入，只要选准市口，见效很快。

　　我终于在浦东大道庆宁寺（高庙）找到了一处厂房。房子很破，面积很大，有几千平方米，它最早是小火车维修车间。厂房依在马路边，靠近十字路口。每天这里人来人往，浦东到杨浦区上班的人都要经过这条路去渡口。从早到晚，行人的嘈杂声、商贩的叫卖声、汽车的喇叭声汇集一起，共振了这个区域旺盛的人气。我认为这里就是开发小商品市场的最佳之地了。

　　我与浦东巴士公司取得了联系，洽谈后，终于把房子租了下来。时间就是效益，房子拿下后，我就组建了管理团队，邀请福建朋友一起参与。我边设计、边施工、边办手续、边招商。"设计"全凭主观臆断，图纸自己画。为筹集启动资金，我邀几个朋友入股，工程装饰让朋友垫资。

　　事情并没想象中那么简单，其中麻烦事不少，涉及工商、路政、消防、

【磨砺充实】

卫生、防疫、街道等,事情一件接一件,工作量非常大,但到了这个份儿上,开弓没有回头箭,只能往前冲,后退就意味着失败。好在我有一定的朋友圈子,难关逐一攻克,工作有序推进。为了便于招商,我画出了商场平面图,每天过来的客商一波接着一波,前景看好。

最后,仅用了三个月时间,小商品市场就开张了。市场内灯光通明,里面分食品、百货、服装三大类,摊位(柜台)全部爆满。首期摊位费收上来了,资金有了保障,管理人员配足到位,市场有序运行。一些朋友得知后感叹:"厉害!这么短时间就开张了,效率惊人!"确实,那一段时间没日没夜,既要保证内部各项工作加快推进,又要协调好与社会各职能部门关系,这么多工作,谈何容易!

市场看似成功了,但一场严峻的考验已悄无声息地跟在后面。时值盛夏,天气异常闷热,外面没一丝风。这天午后,天色慢慢阴沉下来,乌云越积越厚,并逐渐下压。没多久,外面如同黑夜,马路两旁的灯自动亮了起来,路上行人已经不多。人们知道这场雨非同小可,所以尽早避之。突然,一个电闪雷鸣后,狂风四起,雨水像天河决口倾泻大地。市场的顶棚被暴雨砸出的声音,如同万马奔腾,响彻上下。雨越下越大,风越刮越狂。市场内,人们唯一能做的就是等待,哪怕雨再大,风再狂,它总有停的时候,这是自然规律,没什么可怕的。

但这次人们想错了,一场厄运即将降临,随着一声巨响,市场发生了"顶塌"。顷刻间,市场内一片混乱,面对突如其来的一幕,我马上意识到,作为市场负责人,千万不能自乱,必须保持清醒,既然事情已经发生,最要紧的是组织自救。我确认没有人员伤亡后,马上组织管理人员及摊主志愿者,分成若干小组,分头排水、抢搬物资,尽可能减少物品损失。最后,在众人的努力下,终于坚持到风歇雨停,但市场内已经一片狼藉。摊主们有的沮丧叹气,有的直眉瞪眼,他们一个个看着我,似乎在问:你看这事怎么解决?

我安抚大家说:"你们放心,我们一定会处理好善后的,具体方案半小时内公布。"我一方面联系建筑公司,让他们组织抢修,并对薄弱环节加固,以确保市场安全;另一方面邀请街道、公安、工商等人员参与,组成四个事故善后小组,分别到各摊统计商品损失,最后由三方(摊主方、市场方、第三方)签字确认。我认为,先得把损失额固定下来,再与摊主协商,引导对方从长远考虑,采取"双方都承担一点"的处理原则。之后由于善后务实,危机很快化解。根据统计,商品损失不是很大,我们按约赔偿,摊主们对处理结果表示满意。

市场回归正常,转眼又到了年底,县供销社主要领导打来电话,提醒"外借期限"快到了。考虑到市场管理机制及运作流程都已正常,我即使离开也不会影响,所以,我如期归队。

若干年后,随着黄浦江军工路隧道工程启动,小商品市场终于在动迁中完成了历史使命。如今,再到那里,市场痕迹早已褪尽,但它在我一生中,是一次值得回忆的创业实践。

【磨砺充实】

追债遗憾

　　20世纪90年代末,我到一家国企老公司任职,其中一项任务就是对历史欠收款进行清理,根据新区国资委要求,对已做死账而画上句号的欠收款,也要疏理,有条件的仍要催收。

　　经查阅,公司历史上曾有一笔30吨的钢筋债权,已做坏账处理,理由是对方失踪,无从催讨。也就是讲,如能找到对方,这笔款子是有可能追回的,基于这个情况,我与同伴们将此作为重点,根据各种线索,研究及疏理它的来龙去脉。

　　据了解,这笔业务发生在好几年前,当时市场上钢筋紧张,组织物资是公司业务之一。那个时期,谁手上有货,谁就能赚到钱,就能掌握市场主动权。由于货源紧张,供货方往往掌控着交易的主动权,一般要求采购方先付款,再发货。

　　这笔欠款案中,找到对方是解决问题的关键。我和同伴们根据当时留下的蛛丝马迹进行调查,经多方联系,终于找到了对方踪迹。这是一家挂靠部队名义的"三产"公司,其经理就是当时着手这批业务的经办人。据了解,此人因盗卖假军车牌已被公安机关收押在青浦某看守所。

上级公司知道了这个情况后，要求我们继续努力，力争把这笔款项追回来。我们随之与浦东新区经侦支队取得了联系。警方对案子进行了分析，认为对方有诈骗嫌疑，因为从表面看，对方拿到货款后玩失踪，这符合诈骗性质，由此，警方同意立案侦查。

在他们的支持下，警方通过专线，很快证实青浦某看守所确有此人。事情到了这个地步，应该已看到了成功的曙光，大家非常高兴，决定一鼓作气，继续追寻。经与警方商量，确定隔日由警方带着我们一起去青浦某看守所。

这天，我们与警方开着小车，很快到达青浦某看守所。警官向我们解释，根据相关规定，审问对方时，我们不可以在现场。说完警官进去办妥手续，单独找涉案人谈话。

约半个多小时，警官出来了，说对方对事实供认不讳，但他认为这是公司行为，如有事应该由公司负责，这笔账不应该算在他个人头上。

警方表示，对方把责任推给了公司，而好几年前公司又挂着部队三产的名义，这事就比较复杂了，除非证明对方是个人行为，如那样，他就是借公司名义进行诈骗，诈骗案是没有时效的，公安部门随时都可以立案追诉。

怎么办呢？我们决定从细节上寻找突破口。据了解，当时货款出去后，对方确实送来一批钢筋，只是这批钢筋很细，远没达到合同约定的规格，于是退了回去，之后，对方不理不睬，直至销声匿迹。

后来猜测，对方这种做法是故意的，是预先设好的局。对方知道我方因"规格不对"肯定会退货，只要这个流程一走，案子就属于经济纠纷了，之后就能寻找各种理由赖账。

现在人找到了，对方也承认了事实，但无法证明对方属于个人行为。如要证明，则要寻到挂名的这个部队，假如部队否认"三产公司"有这件事，就能证明这笔"钢筋"业务属于经办人的个人行为。

找到部队是关键。功夫不负有心人，在大家的努力下，终于有了眉目，对方是驻某地的一个部队。根据线索深入，终于得到了对方的电话号码。

这天，我们满怀希望拨通了对方电话，接电话的是个小同志，他对这个情况一无所知，随后他叫来了他们的首长，首长对前几年部队在上海开设"三产公司"的情况很熟悉，地址、名称、时间都能吻合，进展十分顺利。

我们很高兴，心想如果对方否定有"钢筋业务"这件事，我们即去福建做书面笔录，以便锁定证据。由此，我们在电话里将事情原委说了一遍，并表示："相信这件事与你们三产无关，可能是经办人借着三产名义而做的个人行为。"

按我们设想，部队肯定不会承认是三产公司所为。谁知，对方回答很干脆："这件事与经办人无关，如你们觉得有必要，可以找部队。"

对方回答一下让我们怔住了，不知后面怎么再与部队谈下去，无奈之下只能挂断了电话。

后来征询律师，得知部队认定这是公司行为，只能属于经济纠纷，经济纠纷案是有时效的，而这时案情时效早已过了，所以不能再追诉了，估计部队也知道这个道理，所以直接承认这是单位的事，避免可能由此产生的其他麻烦。

听了这番分析，我们只能无奈地将这件事画上了"句号"，尽管没成功，但我与同伴们已经尽力了。

多余之举

在1997年,我申请职称时,由于需要加考英语,引发了一连串的困扰,这一切让我忙碌了近一个月。然而,最后真相大白,原来这一切都是我自己在妄想。

那年的职称评定需要满足一定的资格、学历以及通过一系列考试。这其中包括提交商务分析、业绩报告,撰写一篇论文以及进行现场答辩等。对于这些要求,我原本并不担心。

我的论文题目是《对有效信息的快速反应是营销成功的主因》。在论文中,我根据《市场学》《商业概论》《经济学》等理论基础,阐述了信息时效性对商品价格、数量以及供求关系的影响。我还通过几个案例来加以说明。由于我的论点鲜明,论据充分,论证合逻辑,所以论文很快就通过了。

到了答辩环节,由于我有丰富的实践经验,亲身经历过许多案例,再结合我之前所学的"经济类"理论,所以对于教授们的提问我都能够自如回答,毫不费力。

原本我以为这次的职称评定已经是板上钉钉的事,但后来的情况并非如此。因为还要加考英语，这就像一个无法跨越的鸿沟，阻挡在我面前，让我无法前进。

在1966年开始，我从小学四年级到1971年初中毕业，由于处在一个特殊的年代，我的文化课学习几乎完全中断。后来在自学的大潮中，我也没有接触过英语。所以，对我来说，英语不仅是一个短板，更像是一个"断板"。

按理来说，我的职业与英语并没有太大的关联，但是为什么要加考英语呢？我猜想这与社会的整体环境有关。实际上，主管部门也知道英语和我的职业没有太大的联系，将其加入考试只是个"附件"。因此，考试的题型非常简单，只有选择题和是非题。在考试之前，还提供了一摞厚厚的复习题。虽然复习题的数量很多，但是考试的内容都包含在其中。

然而，对于我，这些复习题就像是一本无法读懂的书，我的眼前一片空白。我该如何应对呢？幸好考试的题型简单，只要我能记住答案就可以了。但是要我将所有的单词都背出来，那肯定是不可能的。在没有办法的情况下，我只能寻找一些技巧。我根据每串字母的规律，将它们缩减成两个字母，然后再根据这两个字母记住正确的答案。

这个方法真的很有效。那么多的题量，被我缩减到了一张纸上。然后我继续寻找规律，将它们进一步浓缩，并翻译成中文的同音字，最后变成了半张纸的顺口溜。在这个过程中，我不但要记住每个词的拼写，还要理解它们的意思，确保信息的传递不会中断。

实际上我知道按照我这个方法，即使我通过了考试，也只是应付"过关"的办法，无关乎我的职业水平。

这天，终于迎来了这场关键的考试，我提前抵达商学院，内心充满了激情。为了这次考试，我倾尽全力，用尽了所有的智慧。我环顾四周，看到许多的应考者，他们大多是年轻人，像我这样年纪的人几乎看不到。我按照编号走入指定的教室，坐在自己的位置上。

教室内十分安静，所有人都在默默地等待，气氛略显紧张。我闭上双眼，不断地复习着顺口溜，生怕在最后一刻忘记。

随着外面的铃声响起，监考老师走进了教室，她是一位戴着眼镜的中年女性，看上去非常严肃。她简洁地宣布了考场纪律，然后开始分发试卷。又是一阵铃声响起，我们终于可以开始答题了。

我盯着试卷，可能是因为紧张，竟然有些不知所措。慌乱之中，我赶紧掏出事先准备好的白纸，先把那些"顺口溜"快速地默写在上面，然后对照着白纸上的暗语解答题目，一道接着一道，一切都进行得很顺利。

然而，突然监考老师注意到了我，她走到我面前，看到我白纸上的"顺口溜"，脸上露出了疑惑。她问我这是什么意思，我解释说这是我背题的"暗语"，其中的含义只有我自己知道，并且这些字都是我在考试开始后才默写上去的。监考老师询问我这张白纸的来历，我告诉她是我自己带来的。她听后，严肃地说："这不行，你必须交出这张白纸，考场不允许自带纸张。"说完，她果断地没收了我的白纸。

虽然没有了白纸，但那些"顺口溜"依然清晰地在我脑海中，所以对我解题并没有造成任何影响。我集中精神，用暗语对试题，直到全部完成。我扫了一眼四周，竟然发现我比其他人都答得快，因为还有剩余的时间，我又对照着暗语复查了一遍试卷，以确保每一道题的准确性。

终于，考试结束了，我心里感到踏实，如果没有意外，我应该能得到高分。据说考试成绩要在两周后才能公布，我有意无意地一直打电话询问，希望能早点知道考试的结果。

然而，这天总公司的职教干部打来了电话，告诉我一个沉重的消息，我的考试成绩为零分。这犹如一记重拳，让我瞬间惊呆了，怎么会这样？她当时只是没收了我的白纸，并没有对我的解释质疑，谁会想到她之后会在我的考卷上写上"作弊"两个字呢，真是"阴险"。

听到这个结果，我感到十分气愤，但我能怎么办呢？即使我对那个监考老师充满了怨恨，我也只能接受这个事实。这次考试的失败，不仅影响了我这门课程的成绩，更意味着我的"评职"希望破灭了，更难以接受的是，它否定了我真正的职业水平，这与事实不符！

那几天，我的心仿佛沉到了谷底，无论如何都无法振作。过了很长一段时间，心里的这片阴影才逐渐消散。我意识到，俗话说得好，该得到的自然会来，得不到的，无须多想，想了也没用。对于监考老师，她做得没错。既然"规则"要求过英语关，就必须按照规则行事，做人就应该坦坦荡荡，不行就是不行，没有什么好纠结的。老师的做法应该得到理解和尊重。

本来，这件事情已经逐渐平息，我也不再提起。但是世界上很多事情就是这样，当你想要放手的时候，它却不让你放手，反复折腾，让人难以捉摸。

两周后，上面打来了电话，告诉我我的"评职"很顺利，全部过关。这个突如其来的好消息又让我惊呆了。这一惊一乍的，究竟是怎么回事？

原来我之前没有仔细阅读"评职须知"，其实"须知"里已经讲得很清楚，我这个年龄段的老同志是不需要考英语的，即使去考，也不作为评职依据。难怪考试那天，我看到的参考者全是年轻人，当时还觉得挺奇怪的。这时我才恍然大悟，之前发生的"白纸闯关"是多余之举，自寻烦恼。而现在能够顺利通过，是规则所允许的，心安理得。

商展受挫

2000年8月,浦东世纪公园要举办"第三届中国国际园林花卉博览会",时间定在9月23日—10月22日。这次花博会规模非常大,共有50多个国内城市、13个国家和地区的花卉企业参展,总布展面积达50万平方米。开幕式采用花车巡游形式,它以21辆彩车和18个方阵,演绎花之魂、花之情、花之韵三大乐章。

根据安排,为吸引人气,博览会区域内设置了临时商展区,但不料开张后,客流量少得可怜,花博区旺盛的人流与商展区的稀落冷清形成鲜明对照。商户意见很大,经历几天"白板"后,情绪激动,轮番吵到招商办公室,有要求退租的,要求迁址展区的,也有要求改道引流的等,总之,七嘴八舌,一团乱象。这天,44家商户拟定了上访信,准备集体上访,事态一触即发。

当时,我与两位同事组成工作组,专事商展区的招商及管理,不料工作起步就很不顺利。8月27日,我们发出宣传册1800份,邀请函800多封,走访了近30家花鸟市场及工艺品商家,但结果很不理想,报名参展的商家寥寥无几，究其原因，地点太偏，不符合市场规律。

当时有两种观点：一是认为商展区应该设在人流多的地方，这样可以吸引参展商；二是认为商展区应该设在冷僻区，这样可吸引中心区的游客分流，为冷僻区带来人气。最终后一种观点占了上风，结果出师不利，参展商太少。

无奈之下，只能另择地方，搭棚、供电、供水等一系列配套重新再来，一番折腾后，已疲惫不堪。特别是搭棚，反反复复，费尽心力。初始方案中，我们建议采用国际商展惯用的彩钢板，因为彩钢板防风、防盗、防火，安全可靠。但有人不同意，认为白帆布美观、大气、上档次。然后80个布棚搭成后，白白一片。许多人认为不安全，一旦发生火灾，连成一片，后果不堪设想。

领导也意识到问题的严重性，决定当夜拆除，改用彩钢棚。由于时间太紧，只能通宵作业。工人们已经连续工作了几十个小时，有的躺在草地上睡着了。但为了赶进度，现场负责人赶紧叫醒他们，当场每人发100元作为奖励，让他们继续干。在此情况下，工人们夜以继日，展棚终于在规定的时间内搭成了。

商展位置虽然比之前好一些，但仍没达到理想要求，原设想招200家展商的只落实了不到100家，无奈之下只能缩小规模。

看着商展区稀落的人气及商贩们激动的情绪，我们建议组委会增加指示牌、增加宣传广播、增设游览车停靠点等，但都没得到回应。一些商户实在憋不住了，擅自移摊到展区外，场面显得混乱。这时，管理人员正好巡视经过，见此便驱赶，结果发生了冲突。

商户越聚越多，情绪愈加激动，他们拟定上访信，准备集体行动。我一看不好，如果任其发展肯定会出大乱子。我一跃站上石凳，说："如有意见，必须通过正常渠道，绝不可以聚众闹事。"我让商户选出代表，许诺带他们与有关部门协商。

场面终于平静了。经过推举，选出了几位代表，然后在我及同事的陪伴下，去了指定的会议室。

会议室里，虽然双方意见没达成一致，但事态被控制了。接下去10月1日的黄金周马上要到了，领导基于商展区出现的问题，为确保黄金周安全，确保花博会不受影响，从大局出发，决定马上撤走所有参展商。

招商难，撤商工作更难，他们都是付费进来的，现在要毁约劝退，尽管钱悉数退还，但也不会轻易答应。我们分头行动，一家家做工作，可谓焦头烂额。

商户们很激动，纷纷到招商办公室理论，有骂娘的，有拿刀威胁的，也有扬言要抱我一起跳河的，这种情况下，我与同伴们顶住压力，动之以情，宽言相劝，连续10多个小时，终于有69户商家同意撤离，但仍有12户坚决不从。

9月30日晚上，部分展棚开始拆除，并运出世纪公园。为了不让事态激化，我们建议让留下的12家商户经营到10月8日，领导没有表态。但到了10月1日晚7点，商展区突然断电了，有3家经营冷饮（共有7只冷柜）的商户，商品严重受损。

我们急去询问停电原因，管理部门说并没下达停电通知，我们又到公园管理处询问，也没结果，一个圈子下来，似乎这是自然所致，没有责任人。这种情况下，我们只能安抚商家，平息他们的情绪，最终这12家商户迫于无奈，于10月5日晚9点前全部撤离。

一场原本准备两个月的商展仅维持了15天就这么夭折了。其间，虽然矛盾多、人员杂、变化快，但为了大局及稳定，我们做了大量工作，也算是尽力了。

【磨砺充实】

特殊攻坚

2005年7月上旬,上海出现39摄氏度的连续高温。这些日子里,无论是家里还是单位,空调都发挥了重要作用,否则真不知如何应对这火炉般的暴虐。可就在这节骨眼上,银珠商厦中央空调发生了故障,经检查,是冷却塔的马达烧坏了,且很难修复。

我得知后十分着急,马达是冷却塔的心脏,心脏停止了运作,就会影响冷却水的正常热交换,影响整幢大楼的空调系统。这么热的天,中央空调是万万不能失灵的,否则会影响商厦众多客户,特别是国美电器、宾馆等部门,一旦没有空调,后果严重。

冷却塔设在大楼顶部,直径6米,高5米。167公斤重的马达在冷却塔顶端,面对这样一个险峻位置,马达如何拆?到哪儿去寻找新马达?这是摆在我面前需要解决的。

第一时间,相关干部及维修人员全部赶到现场。灰暗的灯光下,大家分析、探讨抢修方案。最后决定:兵分两路,一路由物业部经理带队,负责拆卸马达;另一路由我负责连夜采购新马达。

2008年在座谈会上交流

"战斗"就此打响,先说"拆马达"。现场架起了"小太阳",为拓宽作业空间,塔顶先要搭建工作平台。平台需要木板,正好底楼仓库有些木板,但木板太长,不能走电梯,维修班人员硬是通过消防楼梯,把一块块木板从一层扛到九层楼顶,再搬至塔端。

这时他们已气喘吁吁,汗流满面,但为了抢时间,他们一刻都没有停顿,也没一句怨言,而是继续努力,在他们的力拼下,塔顶上终于建起一个狭窄的工作小平台。

有了平台后,活好干多了,很快,马达螺丝全部卸下,可如此重的马达要从"山崖峭壁"上搬下来,却成了难题,现场又没起重设备,大家讨论后决定先搭建跳板,再用"蚂蚁搬重物"的办法,慢慢地将马达沿着跳板往下挪。事实证明,这个方法是可行的,数小时后,笨重的马达终于卸了下来。

另一组人马在我带领下,驱车直驶距商厦约20公里远的某仓库,但到仓库后才发现,对方提供的马达是通用产品,而我们需要的是非标产品,两者无法相融,没办法,只能返回另找货源,此时已是第二天凌晨。新马达没着落,大家心急如焚,一个个电话打出去,都没结果。

这时空调维保单位传来消息,表示他们能搞到同类马达。开始大家都很高兴,但一听报价都愣住了,这价也太高了,所以当场就否定了。电话继续,终于,嘉定某公司有供货渠道,但必须由他们转手,并附带安装服务,总价6400元。

大家讨论后仍然觉得价格高,就与对方协商,希望能减少环节,直接告知供货渠道,经软磨硬泡,对方终于被我方的执着所打动,告知了货源地址,经过电话联系,最后以3900元成交。

车子又出发了。天气愈加闷热,突然一个电闪雷鸣,暴雨就像天塌似的从空中狂泻下来。水花四溅,能见度极差,汽车只能在高速公路上慢慢爬行。由于路况不佳,估计下班前赶不到厂家。我马上与厂方联系,希望对方能延时下班。厂方很支持,一直等到我们车到,这时已经晚上6点。为了赶时间，大伙顾不得劳累，马上办手续、装车。

夜，已经很深，风雨仍在继续，四周漆黑一片。车子在厂方人员的目送下再次启动。

新马达终于到了商厦，马达太重不能用客梯，只能沿着消防梯道一层一层地往上搬。梯道狭长，每层都有90度拐角，四人抬着马达很难立足。没办法，还是采用"蚂蚁搬物"的办法，虽然时间长了些，但比较稳妥，经过一番努力，新马达终于放到了它的位置。

搬运关算是闯过去了，但安装也不轻松，齿轮啮合必须上下严密，马达这么重，又是悬空作业，难度相当大。维修人员两人一组，轮流抬扛马达校正位置，经过数小时的苦战，安装终于完毕，调试后，运转状况良好。此刻，汗水已浸透了所有人的衣服，但大家脸上都荡漾着成功的喜悦。

新的一天又来了，太阳从地平线冉冉升起，天空没有一丝云彩，也没有风，树梢如同静止了一般，一动不动地等候着烈日的考验，气温仍处于酷热中。经历商厦物业人员两夜一天的奋战，空调已经正常，客户们再不用担心热浪干扰，各项工作井然有序，商厦恢复了以往的生机。

排险水患

我在商厦任职期间,经历了两起水患,直至今日,让我记忆犹新。那两次水患性质各异,前一次属于"匪夷所思",后一次则是"急风骤雨",但无论前后,险情同样,"惊心"相似,好在商厦都经受住了考验。

2012年11月19日早上8点左右,大楼负一层采光井的地坪突然渗出了水,水越渗越多,积水变成了水塘。水位还在上涨,情况危急。因为在采光井周围,有国美电器的地下仓库,有大楼的设施设备等。如水患一旦扩散至周围,后果不堪设想。

根据预案,先全力排水,几组大功率水泵同时启动,水退下去了,但只要泵一停,水位又再次升高,这样反反复复形成了拉锯战,地坪上的水永远也排不干净。

大家感到奇怪,近期没下过雨,也没水管爆裂,更没有倒灌水的可能,这水究竟是从哪里来的?难道就是地下水上渗?不可能啊,几十年间,商厦从没发生过这类事情。

水源不明,隐患没法排除,无奈之下,只能加强巡察。晚上11点,众人拿着电筒四处探寻，没发现什么。正准备撤退时，忽然有人听到了滴水声，为了探明情况，安保班长躬腰钻入厕所与粪池夹层。

那地方环境恶劣，不但人不能直立、臭味熏人，还面临飞虫叮咬。安保班长凭着高度责任感，在微弱的灯光下仔细搜寻。突然，听到隔壁2号楼地下室的排水泵自动启动了。

大家觉得奇怪，排水泵自动启动，说明地下室有水。那里都是设施设备，哪来的水？带着疑问，大家马上赶到2号楼，还没进入地下室，一阵哗啦啦的水流声已经传来。

不明水源终于找到了，原来是宾馆水箱的限水阀失控了，水漫出后，渗到了采光井。由于水阀失控是间歇性的，时好时坏，白天检查恰巧没"发病"，所以掩盖了隐患真相。诡异的水源找到后，措施下去，问题很快解决了。

2013年9月13日，商厦再次面临挑战。这天气候非常闷热，天上乌云越积越厚。开始，它与一般雷暴雨一样，先电闪雷鸣，继而风卷雨泻。但没想到的是，这次暴雨不仅来势凶猛，且持续时间特别长。当时天空像撕裂了口子，雨水狂泻，砸得地面噼哩啪啦直响。公路两旁的排水系统已经无法抵挡它的持续折腾，商厦门前的浦东大道积水上升，许多汽车被挤在路边，有的抛锚路中央，进退不得。

马路上的积水开始向商厦涌来，商厦各窨井缝隙喷出了约30厘米高的倒灌水柱，大楼采光井也开始渗水，地下设备房的倒灌水变成了大小不一的瀑布，现场极为恐怖。随着水位升高，开始威胁到大楼的地下仓库，仓库里存放着国美电器的家电商品，一旦仓库被淹，损失巨大。

商厦大小六个水泵全部启动，但由于水位倒灌，排水无法奏效，情况危急，商厦拨打"119"求救。但这时上海各地都陷水患，"119"车子全部出去了，所以连打几个"119"也没见救援车影子。

外援不行，唯有自救。我决定将所有人员分成三组，一组全力封堵地下室的大小"瀑布"；二组负责监控，观察各处排水点；三组作为抢险突击队，配合国美电器进行沙包筑坝，确保商品安全。

这是一场排水与倒灌的争夺战，时间在一分一秒过去，水位仍在缓慢升高，开始接触到排水主泵马达，一会儿，马达的下半截已浸泡在水中。

大家知道，如水位上升到马达的接线盒，运转中的马达必将烧毁，而且

作者在总结表彰会上讲话

还有触电的危险，怎么办？是否要关闭排水泵？监控人员紧盯着水位线，不敢有丝毫闪失。水位仍在爬升，快要触及马达接线盒了，大家心揪紧了，眼光瞬间转向我，似乎在问，怎么办？是否还要坚持？

"快！关电源！"迫于无奈，我强制做出抉择。我知道人的安全是最重要的，如再不关闭电源，水位很快会淹到马达接线盒，届时积水带电，必定会危及抢险人员。当然，我也明白，一旦主泵停止工作，地下仓库的压力就更大了。可就在千钧一发之际，情况瞬间出现了逆转，肆虐的暴雨可能意识到自己太过分了，雨量突然减小了。浦东大道的水位开始下降，商厦排水系统开始显现正效应，商厦的水患终于化解了。

这天我很晚回家，也很累，但心情舒畅。毕竟这次险情在我们团队的力拼下，通过了老天的考验。

电梯关人

2005年作者工作照

商厦配套设施中，离不开电梯。电梯的安全十分重要，每月需要由专业公司保养，每年还要年检，但尽管如此，由于商厦电梯年久，仍经常会出一些问题，甚至发生关人事故。我在商厦15年的任职期间，曾发生过几次关门事故，虽然最后都化险为夷，但有两次因情况特殊，一些场景仍历历在目。

一次商厦电梯出现了故障，几位女同胞被关在电梯里，她们吓坏了，直接打了119。119救援车很快就到了，消防员下车后手持消防斧急奔而来。商厦物业人员看到这阵势惊呆了，他们是要用太平斧劈门啊，如电梯门被斧劈，电梯算是报废了。

物业人员忙上前劝阻，解释专业师傅正在赶来，很快就到了，希望不要用这种暴力方法救人，但消防人员不接受，认为救人是第一位的，电梯与生命之间，首先要确保生命，所以这事没得商量。面对消防员的尽职态度，物业人员蒙了。

实际上，电梯已经停在一楼，只是门没法打开。物业部虽然备有开门的钥匙，但他们不具备应急技能，按照规定，即使有钥匙，也必须由持证的专业师傅来开门。

根据物业人员分析，电梯已经停在一楼，被关人是相对安全的，但也不能绝对保证，因为谁也说不准电梯是否会临时启动或冲顶。

电梯门口出现了僵局，怎么办？我们再次与消防员商量，说明电梯专业人员马上就到，希望对方再等五分钟，如五分钟后专业师傅仍没到，就由他们劈门。

消防员终于同意了，我知道对方退到这个份上已经很让人领情了，只能盼着专业师傅能在五分钟之内出现。

物业人员在电梯口不停地安慰被关人，但电梯内的女士因为恐惧，显得十分烦躁，消防人员手拿太平斧准备破门。

物业人员焦急地看着门外，希望师傅早现身影，但很遗憾，一晃五分钟到了，师傅仍没来。领头的消防人员一声令下，同伴们刚准备举起太平斧。忽听有人喊"来了……来了"，千钧一发之际，师傅终于赶到了，险啊！再慢一步电梯算是报销了。

虽说这件事过去了，但我对其中的一些规定感到困惑，119消防员为了抢险，可以直接劈门，而物业人员有钥匙因为没专业证却不被允许开门，这些解释似乎不尽合理，难道钥匙开门比不上劈门安全？当然，我不是专业人员，无须过多纠结，总之，这次关门事故没造成大的影响。

另一次电梯关了一群重要人物，他们是检查安全的政府专业人员。这部电梯也真"吃错药了"，平时好好的，一点儿事都没有，他们来检查安全了，却出现了问题，还把他们给关了，这还了得？我心里忐忑不安，不停地打电话催专业师傅。

以前，对于电梯关人，物业自己就能解决，只要拿钥匙把门打开，危险也就解除了。但出于安全考虑，后来有了新规定，凡遇电梯关人，必须要有证的专业师傅才能开门，物业人员虽有开门钥匙，也只能在电梯口干着急。

【磨砺充实】

自那以后，电梯关人就成了物业比较头痛的事，因为一旦发生电梯关人，物业不能擅自解决，专业师傅过来需要时间，其过程中会产生许多想不到的问题。被关的事例中，由于对象不同、人数不同、承受力不同，产生的情况也都不一样。有的虽然被关时间长，但能扛住，还主动配合；有的一开始就打119，事情瞬间变得复杂，局面难以控制；有的关的时间不长，但因对象特殊，显得非常尴尬。

而这次关的却是安全专业人士，算是"中奖"了，估计商厦的这次安全考核不会有好结果。我们不断在电梯口打招呼，表示委曲他们了，实在对不起，没想到会遇到这种情况，专业师傅马上过来。

让我们没想到的是，他们面对这情况很淡定，不但没出现恐慌情绪，更没有埋怨、责备之类的话，反而安慰物业人员别着急，不会有事的。

随后，亏得专业师傅距商厦不远，七八分钟就赶到了，及时解除了危机。他们出来后，没多说什么，只是了解了电梯的一些情况，当得知电梯保养正常，年检合格，电梯事故是因为其"年纪大了"、小部件老化所致。他们建议如有条件，最好能更换一部新电梯。

如今，那么多年过去了，电梯早已更新换代，相信这种情况再也不会发生。

火灾善后

2009年1月4日下午7点，银珠商厦失火了，来了九辆消防车，火势很快被控制，没人员伤亡，但财物损失很大，不仅国美电器的部分商品烧坏，地下仓库由于灭火水灌，堆满的家电商品全泡在水里。

火灾是大楼内的莫泰168宾馆施工不当所致。事发后，我立马组织各方互通会，国美商场预估损失五六百万元，这让宾馆工程队的小老板十分紧张，他面无表情，神态凝重。

这年元旦过后，随着辞旧迎新的爆竹声响彻大地，举世瞩目的世博会即将到来，商厦地处世博区近周，又是公众密集型场所，所以安全显得尤其重要，我作为商厦主要负责人，压力很大。

可就在这个节骨眼上，商厦却出事了。宾馆工程队在气割废弃的中央空调通风管时，由于管内积有很多氧化粉末，粉末一遇明火即燃烧起来。在风管的抽力下，火焰迅速向管内延伸。管道直通隔壁的电器商场，由此引起电器商场大火。

火灾后，因涉及责任、损失评估、赔偿、修复、落实方式等诸多问题，国美电器高管特意从北京赶到上海与我交换看法。对方表示：考虑到事故的复杂性，他们准备请律师出场，同时拟把商厦列为第二被告。对方认为作为房东，商厦没履行好安全保证，也应承担部分责任。

对于国美高管的一席话，我肯定不能接受，但如何去说服对方，这是一个艰难而复杂的问题。我沉思片刻后回应："首先，对国美电器在事故中造成的损失表示同情；其次要说责任，宾馆施工队不可推卸，但要深究，国美电器也有问题。"

"为什么？"高管不解，直瞪着我。

"当初我们借给你房子是不是好的？"我问高管。

"那肯定是好的。"高管不假思索。

"如今，房子在租赁期内被你烧坏了，作为房东，是否应该要你赔偿？"

"那火灾不是我们引起的。"

"那你说是谁引起？"

"当然是宾馆工程队。"

我笑了笑，说："对，这就对了，你国美电器先赔我们房子损毁费，你再去向宾馆工程队追索损失。"对方听后一时无语。

我进一步说："事实上，事故一发生，我们请了消防专家进行了现场勘察，发现国美电器自己改造的消防设施中也存在瑕疵，你们在商品保护上也存在不足的问题。当然，现在这些都不说，但如果国美电器执意要'寻事'房东，则我们必将以掌握的材料给予回驳。到时，国美电器在索赔过程中可能会更加艰难，希望三思。"

对于聘请律师的问题，我阐述了自己的观点："如各方都请律师，可能解决时间会拖得很长。由于律师职责所在，涉及问题比较谨慎，阐述观点宁左不右，谈判的灵活性很小，会让简单的问题复杂化。所以，如果要快速解决问题，我建议各方都不要派律师。"

高管听了我的分析，认为很有道理，愿意根据我的建议，不带律师，他们只追究宾馆工程队的责任，但希望商厦作为中间人帮助调解。

国美电器和宾馆都是商厦的租赁客，如何处理好善后，既要有原则性，又要务实，特别是那个工程队小老板，祸是他惹出来的，最后损失肯定会落在他身上，小老板实力有限，他是否承受得起？

傍晚，我接通了小老板电话，发现他情绪低落，正一个人关在屋子里喝闷酒，认为前几年的拼搏白费了，言语间不停叹气。我安慰说："事情已经出了，不要多想，办法总比困难多，事情总会妥善处理好的。"

挂断电话后，我马上接通宾馆总部领导的电话，提醒要关注小老板，做好心理疏导，防止发生次级事故。

很快，消防管理部门意见出来了，根据商厦日常安全管理台账及消防设施的实际效果，全都符合要求，认定商厦在这次事故中无责任。

为了让事情尽快解决，我拟定了调解框架，大意是：商场恢复性装修由宾馆工程队（小老板）承担，这样可节省小老板装修赔偿支出；商品损失打对折，由工程队一次性赔偿，残损商品由商场自行处理；商场停业损失通过与连锁宾馆战略合作进行弥补。在这框架基础上，我为他们起草了"赔偿协议书"。

他们对"基本框架"及"赔偿协议书"无异议，但到了签字那天，国美电器突然提出商厦作为调解人，也要在"文件"上签字。

我坚决拒绝，表示"赔偿协议"是你们双方的事，商厦没必要在上面签字。最后，他们看我态度坚决，就不再坚持，各自在"赔偿协议"上签字盖章。

仅用了10天时间，整个善后圆满结束。调解结果三方均表示满意。宾馆工程如期竣工，商场整修后很快复业，商厦租金没受丝毫影响。

【磨砺充实】

迷局陷阱

2000年过后，为环保需要，商厦准备报废老式锅炉，消息传出，社会上收废品的"民营公司"接踵而来。这些公司有许多都是外地的。作为商厦，考虑的不是对方的注册地，而是对方出的价格。对于出价高的公司，自然就有吸引力，由此商厦却上了大当。

这年为提升商厦品质，优化商务环境，商厦决定从10个方面完善硬件：一是扩展大堂面积，提升大堂形象；二是打通各楼通道，方便客户流动；三是改造个别楼宇，增加经营面积；四是完善消防设施，确保商厦安全；五是废除中央空调，降低营运成本；六是加装用户电表，取消"大锅饭"用电方式；七是扩建变电房，满足用电需求；八是加装探头监控，实施动态管理；九是完善排水系统，防止仓库渗水；十是引进网络电缆，满足商务需求。

这一系列改造过程中，各种事务不少，有的需要客户理解支持的、有的需要攻克技术难题的、有的需要申办相关手续的；等等。这些工作看似简单，但在实际推进中并非想象那么顺利，甚至遇到不少麻烦。

锅炉房是中央空调的一部分，主要用于冬季商厦供暖。由于烧煤污染环境，政府环保职能部门多次上门催促，要求废除锅炉。根据计划，废除锅炉后，随即改造锅炉房，将其改变为适应市场的办公用房。

废除锅炉不是一件简单的事，面对这样一个"铁疙瘩"，只能请专业公司来收购。消息传出，来的人一拨接一拨。

这天，商厦来了一个30岁左右的男子，高个瘦条，他自称是江苏某公司的业务代表，为收购报废锅炉而来。一番交谈后，对方愿意出价10万元，并承担拆运"铁疙瘩"中的所有费用（"拆墙""拆卸""补墙""装运"等）。他是众多公司中报价最高的。再看那男子，文质彬彬，讲话和气，条理清晰，给人好感。

一个报废锅炉，出价如此高，实属划算，我与同事商量后，决定与对方合作。双方签了协议，对方交了定金，原想这事很顺利，但推进不久，对方就显露出狰狞的面目。

开始，对方破墙、拆炉、装车还算顺利，就是作业有点"野"，但总体没出什么事，直至把锅炉运走，似乎没什么异常。但运走约三个小时后，对方突然打来电话，说车子在外地被人拦截了，货被没收了，理由是危险品，不能擅自装运及买卖。

拦截人是谁？是什么部门？留什么凭据？他们什么都没有，这不是不讲道理吗！我感觉有问题了，这显然是个圈套。我马上征询警方，警方说这事只能算经济案件，如有争议，只能通过司法解决。

很快，对方来了一大群人，个个气势汹汹，围着我说："锅炉没了，损失要商厦承担，损失费为10万元。"所谓的失损费，就是拆运费、人工费等。

对方运走锅炉不仅不出钱，还要商厦倒贴10万，哪有这等道理？我很愤怒，当即拒绝。以后几天，对方一大群人天天到我办公室闹，有起哄的、威胁的、助阵的，软硬兼施。我则严正告诉他们，商厦是国有的，不是随便可以出钱的，你们运走了货，说明我们已完成了交接，即使半路被截走，也不是商厦的责任。

对方又拍台子又吼叫，想在气势上吓倒我。我既不挑衅，也不退缩，始终保持着一身正气，双方就这样僵持着。

我心里清楚，要想对方按协议付尾款是不可能了。因为按当时的司法环境，是很难解决的，这事又涉及外地执法。对方就是利用法律空当，设"局"敲诈。我当时需要做的，就是坚持原则，在不增加商厦费用的前提下，想办法让对方撤退。当然我也知道，要让对方离开，并不那么简单。

　　这天我偶然想起，三号楼地下室有许多已报废的"垃圾"，为了拓展地下室使用功能，正愁没法清除这批垃圾，垃圾中有些废铜烂铁，何不借力让对方清场呢？

　　我向对方建议："要让商厦出钱赔是不可能的，国家的钱不是那么好拿的，除非你们通过司法解决，但我可以送你们一些报废的杂物。"

　　对方本来就是收废品的，对废铜烂铁特别感兴趣，再想想我方如此有原则，这么硬气，如再折腾，估计也不会有更好结果。对方终于同意了，用车清走了地下室本应清除的杂物。对商厦而言，少了请人清库的费用。对于那只报废的锅炉销售尾款，就只能当抵充拆卸及装运的费用了。就这样，这"拆炉"风波终于平息了。

　　事后，大楼改造正常推进，竣工后面貌一新，首月就扭亏为盈。搁置多年的地下室由于提前清空，很快被国美电器租借，增加了商厦收入，达到了预计的效果。

神秘人物

日常工作中,商厦经常会遇到扮演各种角色的神秘人物,2005年连续遇到两次,我印象特别深。

年初,财务部经理老李急匆匆推开我的办公室门,说:"有个公务人员正在财务部,要罚款。"看着他直愣愣的样子,我丈二和尚摸不着头脑,不知到底发生了什么事。

老李的性格我很了解,他是一个憨厚的中年男子,是商厦的老财务了,业务娴熟,处事认真。他家原住浦西,虽然地段不差,属于上海人常讲的"上只角",但属老旧房子,面积小,设施差,也没遇到动迁的机会。多少年来,他一直想通过购房改变居住条件,奈何经济条件有限,于是他与爱人省吃俭用,想达到一定积蓄后再去买房,不想房子涨得比存款快,积蓄上去了,房价更高了,连续几次下来,让他错过了最佳买房机会。同事们轮番劝他不要再等了,赶快负债买房,因为房价还会涨,如再不当机立断,以后要买房更难了,由此,他下了决心,借了些钱,终于在商厦不远处买了一套房。后来证明,房价一直涨,这房子算是买对了。

【磨砺充实】

　　我让老李不要急，慢慢说，先把事情弄清楚，老李这才讲清事情的原委：原来，有人到商厦财务部，自我介绍是税务人员，说因为商厦有欠税行为，所以要罚款。

　　我想：不对啊，作为国企，做账是很正规的。基于历史原因及资金问题，账上确实存在欠税现象，但这些情况税务部门都是知道的，也有了解决方案，根本不存在恶意欠税的问题。看到老李忐忑不安的模样，我决定去会一会那个税务员。

　　我到财务室，只见男子50岁上下，约1.75米身高，头发蓬松而显得有些零乱，长条脸，双眼深凹，人较清瘦，说话略带磕巴。

　　对方听说我是商厦负责人，便起身自我介绍，说自己是浦东某税务所的公职人员。之后，他直奔主题，说："据我们检查，发现你们商厦有欠税行为，所以要罚款3万元。"随后又解释道："我们是履行公事，这3万元对你们来说是'毛毛雨'，我们只要有个交代就行了。"

　　男子看了看老李继续说："最好是现金，我马上带回去，收据明天给你们送来。"

　　说着他径直走到电话机旁，拨通了一个电话，然后对老李说："你来听，那边是所里的财务，怎么操作他与你沟通。"

　　老李接过电话，稍做寒暄后，对方重复了刚才男子说过的话。老李听完电话，看了看我，似乎在问我怎么办。

　　老实厚道性格的老李，完全被对方的花言巧语迷惑了，他考虑的是如何配合对方"执行公务"，但又看我没发话，所以手足无措。根据对方的言行举止，我初步认定对方是骗子，为了稳住对方，就对男子说："我还有点急事要处理，具体先让财务经理陪您，我过一会儿马上过来。"

　　我回到办公室，拨通了税务所电话，反映商厦遇到的情况。对方听后马上回答："我们所没出去过人，那人是假的，肯定是假的！"

　　情况已经清楚，那是假冒税务人员，而且涉案不止一个人，因为电话那头还有人与他配合。我马上打了110报警，随即回到财务室。

　　财务室里，男子正在催老李尽快付钱。我见此情景，马上说："不急、不急。"我让老李给他续茶水，并坐下来与他扯其他话题。我们天南地北地聊了一会儿，对方或许意识到有些不对劲，突然狂躁起来，起身道："你们什么意思，到底愿不愿意付啊？如不愿意，那也就算了。"

我猜测男子可能要溜,就对老李说:"你写个情况,我审批一下,然后把罚款付给他。"我的真实想法是要与男子磨时间,稳住他,等警察来。

有了我的指令,老李拿笔纸开始起草"付款说明"。男子看了看我,以为我上了圈套,情绪也就平静下来,他回到自己的座位上,不再言语。

财务室内静悄悄的,我与男子已经无话可说,彼此都在思考各自的问题,他想如何尽快拿到这笔钱,然后溜之大吉;我想警察什么时候到。我俩的眼睛都紧盯着老李:他希望老李快点写,我希望老李慢点写。一个面积不大的财务室里,弥漫着紧张、压抑的气氛,但这种气氛只有两个人才能感知。

老李终于把情况说明写好了。男子兴奋起来,催着我说:"快、快批一下,我还有事,请抓紧时间。"

我拿着稿纸看了又看,一直没发声音。老李可能在想,"付款说明"写得很清楚了,应该没什么问题,今天审阅为什么这么仔细?

实际上我心里也很急,警察怎么还没到?这么长时间了,如此拖下去也不是办法啊。其实男子比我更急,他又一次烦躁起来,嚷道:"这个事需要这么烦琐吗?这么简单的事,搞得如此复杂。"

刹那间,财务室内紧张气氛骤增。男子瞪着双眼,正要进一步发作,突然几名警察冲了进来。我赶紧对那男子说:"对不起,警察要找你问话呢。"

男子一下慌张起来,结巴着说:"你们怎么……怎么可以这么做……"

"你是哪个税务所的?"警察开始问他。

男子低头不语,警察决定带他去派出所,同时让老李一起去做笔录。晚上,警方来电征求意见,说他们已经对男子进行了教育,男子也认识到自己的错误,表示以后一定不会再犯了,考虑到男子犯罪未遂、态度良好,所以决定放了。

我当即表示"尊重警方的处理决定",这事就这样画上了句号。但不想几个月后,商厦又遇到了更夸张的事情。

6月,是一个充满活力和生机的月份。在这个月份里,大自然开始进入了一个新的季节,天气变得越来越热。这天,就在人们忙着防暑降温之时,商厦招商部带着一个神秘客人到我办公室。此人中等身材,四方脸,讲着生硬的普通话。他自称是A公司的总裁,A公司是国家环保总局的直属企业,下面的子公司很多,都分散在全国各地。如今,公司想到上海发展,特别想到浦东发展……

【磨砺充实】

男子滔滔不绝,气度非凡。他表示有7000万元的投资意向,想把整个商厦租下来,装修后打造一个全国性的环保事务中心。

平时到我办公室谈业务的人很多,但像他这样有来头的很少。对于他的介绍,虽说不能全信,但也不能轻视,由此,我简述了商厦面积、楼层分布、设施配备等情况。

总裁听了很满意,表示他在浦东认识很多干部,合作是有基础的,相信有关方面会支持。随后谈了他的设想,认为商厦可以搞一个全国环保中心,这是他公司的强项,到时,会把全国环保培训中心、全国环保检测中心、全国环保协会全都搬过来。总之,让全国的环保"部门"都集中在这里,到那时,商厦知名度必将大增。

听着总裁一套又一套的介绍,我总觉得哪里不对劲,难道他说的都是真的?他真有那么大的本事?

我直接表明态度,说:"不管你们到这里做什么,我们首先是租赁关系,只要租的面积够大,价格可以优惠,如以后双方有进一步的合作意愿,可以再谈。"

对方同意我的观点,说:"按商厦目前这样的设施不行,太陈旧了,一定要全面装修,要达到三星级标准以上,看这规模,至少要花7000万元的装修费,不过没关系,费用由我们公司承担。"

看着对方大度爽直的样子,我似乎没有理由回绝。对方表示:他做事讲究速度,要求先签一个意向书,便于他向A公司董事局汇报,另外为了测算装修费用,要求提供商厦平面图、立面图、结构图等资料。

按理说,对方的要求合情合理,但根据我多年的商务经验,总觉这事没那么简单,还须仔细斟酌。我告诉对方,各种图纸需要到外面复印,意向书的内容也要经领导班子讨论,故答应隔天再继续推进。

对方离开后,我一直在思考,虽然对方的设想有很大的吸引力,但毕竟不是小事,我决定先了解一下对方公司的资质。根据对方提供的名片,我拨通了对方的手机,要求他提供A公司资质材料。对方很爽快,让我下班后直接到他公司,这样既可以实地考察,又可索取资质材料。对方的回答,正是我想要的。

我和驾驶员按他提供的地址赶到那里。那是一个三星级宾馆,对方统包了一个楼层,场面宏大,地上还新铺了红地毯,大门进口设有前台。我进去

183

后，一位男子接待了我，他自称是总裁的副手，说总裁出去办事了，让他负责接待。

坐定后，副手拿来一张营业执照复印件。他解释说："这个B公司注册资金5000万，注册地址在上海金山区，B公司由A公司控股，以后凡在上海的项目都由B公司出面。"

听了副手介绍，我疑惑了，A公司怎么降级为B公司了！但我想只要到"工商网"核对一下信息，即可分辨出真伪，所以没刻意追问下去，就顺手把这张复印件放入包里。

副手可能觉得我对复印件没异议了，就催要商厦图纸，说总裁很急，希望明天就能拿到图纸并签订意向书。我口头承诺"尽力"，心里却坚定先把对方资质搞清楚再说。

第二天，我打开电脑网站，一串密码输入后，该公司的基本信息显示出来了，内容与复印件完全一致。这时，总裁又来电话，希望尽快提供商厦图纸、签订意向书。但我仍觉得电脑查询只是表面，如要更详细的信息，还须到工商部门查访。

我一方面推说图纸还在复印中，需要时间，同时又将情况向上级公司的法律顾问室反映。他们听后同意我的看法，认为有必要探究对方的底细。在法律顾问室的支持及安排下，律师陪我去市工商局查询，但很遗憾，那里只有B公司的基本资料，详细资料要到金山区工商局查找。我与律师又赶到了金山区工商局，电脑里终于反映出这个公司的详细资料。原来这个公司根本不是什么国资控股，股东也不是所谓的A公司，它只是由4个不知名的有限公司合资而成。事情已经清楚，我把有关材料复印下来。

这时，我的手机又响了，是总裁打来的，又催要商厦的图纸、签意向书。我回答说："图纸已复印好，但我人在外面，明天才能见面。"

"是否先派人将图纸送过来？"总裁恳求道。

"不用那么着急嘛，明天碰头不行吗？"我回答。对方没办法，只能把电话挂了。

第二天一早，我刚跨进办公室，电话铃又响了，是总裁打来的，说已派副手过来，让我先把图纸交给他。

没过多久，副手到了。我单刀直入，询问他公司的情况。他回答："B公司的控股方是A公司，至于有几个股东不清楚，A公司是国资的，可以放心。"讲话中,副手显得很不耐烦。

"你们都是A公司的领导,能否提供A公司的资质,如不方便,传真过来也行。"我进一步提出要求。

副手一听急了,说:"这怎么行,不是说好是由B公司运作的,为什么还要控股公司的资质,难道你们不相信?"

"因为按名片,你们都是A公司的高管,提供一下贵公司的资质有这么难吗?"我顺手从桌面上拿起事先准备好的部分商厦图纸,说:"只要你们资质完整,我立刻就可以把图纸交给你,可惜现在还不行。"

副手没拿到图纸,很沮丧地离开了。一小时后,总裁又来了,他一进门就打招呼:"对不起、对不起,这个副手是我到上海后才聘用的,他对许多事都不清楚,你不要见怪。"

"没关系的,那我就问您了,希望您也不要见怪,我认为只有双方互相了解,大家的合作才有基础,请问……"

我按刚才问副手的几个问题继续让总裁回答,但总裁答非所问,一口咬定A公司是B公司的大股东,占股55%,还说A公司是国资。

"您最好提供一下A公司的资质。"我又重复了刚才的要求。

"有这个必要吗?我们这里运作是由B公司出面的,且我们合作只是租赁关系,您出房子我出钱,难道您非要查我们'三代祖宗'?"总裁显得很不高兴,他提高嗓门拍着胸脯说:"如果是你们上面要求这么做,我可以向新区领导打招呼。"我看着对方如此吹嘘,便顺着回答:"那好啊,您先去打招呼再到我这里来,如有了上面关照,这事确实好办多了。"

总裁急了,忙说:"不是这个意思,我是说你先提供一下图纸,再签一个意向书,之后我再去向上打招呼,这样操作起来就方便了。"他看我仍没有答应的意思,又补充说:"意向书又不具法律效力,您何必担心呢?"

这时,我认为该是揭开面纱的时候了。我随手从一个文件袋里取出B公司的章程(首页)及该公司董事会有关决议书,递到总裁面前:"请您看一下,这是什么……"

霎时,办公室的空气仿佛被凝固了,显得格外安静。总裁低头凝视着章程,脸色灰白,汗珠从额头上滚落下来。须臾,只见他深深地叹了口气,喃喃自语:"我们只是租赁合作,我出钱,你供房,做事何必么认真?既然不愿合作,那就算了。"说罢,便起身悻悻离去了。

我"礼貌"地目送着他,看着远去的背影,脑子里的谜团仍没解开,他此番折腾,真正目的是什么呢?如商厦真的与之签了意向书,提供了图纸,对于商厦来说,也没有什么风险呀。对此,我与法律顾问室的老师进行了分析,大致推断出这"局"的套路,简单说:就是以图纸及意向书为幌子,引诱及骗取一些工程队的承包押金,因为7000万的承包押金不会少,他们一旦得逞后便逃之夭夭。

谜局终被揭开,骗局已经破解,我的办公室又回到了往日的平静。

引凤筑巢

2012年作者（前排右4）与企业老总到崇明考察

2012年4月20日，银珠商厦组织20余名驻客（公司）老总到崇明、吕四两地考察。一位老总坦言："过去我进驻过许多商务大楼，产权方与租客只是交房租、付物业费的关系，从未感受过像银珠商厦这样如此温馨的服务，你们就像我们身边的活雷锋，我真的很感动。"

连续几年，商厦取得了"四赢"。入驻率保持在98%左右，效益不断上升；员工收入每年增加、福利内容增多、福利质量年有改善；年末测评中，商厦驻客的满意度达到98%；银珠商厦从当初的亏损大户到最后成为商业系统中的主要盈利骨干，我认为这主要得益于企业及时转型和服务至上的经营理念。

2000年初，我接手银珠商厦时，企业陷于亏损，员工情绪低落，干群关系紧张。面对这种情况下，我认为只有把效益搞上去了，才能提升员工收入、改善企业福利、融洽干群关系。

提高效益单凭口号不行，需要符合市场经济的具体措施。我通过调研及分析，认为商厦原来以零售批发为主的商业模式已经不适应了，必须转型为楼宇经济。根据这个思路，引凤先要筑巢，我与团队决定对商厦适当改造，完善设施设备，优化商务环境。

商厦地处杨浦大桥匝道边，从商业眼光看，地段不错，但位置欠佳，平时大门前车流多，人流少。根据这种情况，我让团队在商厦墙上打出大幅广告，让更多的人了解商厦，知道商厦已经转型为商务大楼。为了提升楼宇"魅力"，我提出了"家园式服务"。所谓家园式服务，就是服务延伸，通过各种活动，拉近与客户的距离。

这种理念推出后，效果很好。如商厦某公司的王总，因是外地户口，小孩读书成了问题，这事让他忧心忡忡。商厦管理团队知道后，虽然不是物业的事，但根据"家园服务"理念，就把客户的烦恼当作自己的事来解决。大家利用社会资源，积极想办法，通过努力，最终解决了问题。王总很感激，说："想不到商厦的服务这么到位，这么超前的服务，我还是第一次遇到。"他表示要送锦旗给商厦，而商厦认为这是应该做的。

商厦的影响出去了，客户逐渐增多。《浦东之窗》记者闻讯后专程到商厦采访。一家公司老总对记者说："银珠家园是一个全新的服务平台，它为商厦驻客创造了一个和谐的经营环境，在这里工作心情非常舒畅。"

作者主持春节茶话会

【磨砺充实】

确实，家园式服务不是一个空洞的口号，需要实实在在的内容。服务理念确立后，银珠网站开通了，《家园简报》问世了，驻客沙龙开张了……交流渠道多样化，商厦客户越来越多。2002年9月30日《浦东商业旅游》第9期一篇题为"风景这边独好——（银珠）招商势头火爆探析"的文章做了专题报道。2002年12月5日上海《东方城乡报》也对（银珠）做了类似介绍。银珠商厦犹如迟来的春天，开始散发诱人的魅力。

作者在年度联欢会上致辞

2006年12月27日，我突然收到时任浦东"企联"第一副会长、原上海市副市长顾传训新年贺词的亲笔信函，其中写道："机遇与挑战同在，光荣与梦想共存！……只要我们团结一致，再接再厉，努力工作，就一定会迎来更加辉煌的明天。"信函虽然文字不多，但让我备受鼓舞。

商厦的经营理念取得了成效，然而我意识到，市场经济离不开社会，仅靠"家园"的服务模式仍有一定的局限性。企业要做大做强，必须依靠社会力量，于是我决定让"家园"再上一个台阶，争取在商厦内拓展浦东企联基层组织。

"浦东企联"全称是"浦东新区企业、企业家联合会"。商厦一直是企联的会员单位，它们活动多，工作实，有一定感情基础。

时任浦东企联执行副会长李人俊得悉后很支持，立即派了两位老师到商厦调研，经过评估，认为条件成熟，可以在商厦内延伸企联组织。于是筹建浦东企联银珠分会的工作开始了，一些进驻企业得知后非常高兴，纷纷申请加入。

2010年6月23日下午，浦东企联银珠分会揭牌。由于这是浦东企联第一家以楼宇为单位的基层组织，相关领导对揭牌仪式非常重视。浦东企联第一副会长、原上海市总工会主席江荣，企联首席顾问、原浦东新区政协主席李佳能，浦东企联执行副会长兼秘书长李人俊等领导悉数到场。他们肯定了商厦的工作，也提出了希望。

舞台搭好了，戏能否唱好，能否达到预期效果，关键是各项工作能否跟上去。商厦活动更多了，如：迎春联欢会、中秋酒会、和田玉文化展示会、"三八节"巾帼英姿红歌赛、财务会计培训、财税新政培训、安全知识培训等。通过一系列活动、交流，拉近了与客户的距离，客户也愿意和我们交流信息，如：

2010年浦东企联银珠分会成立大会上合影，江荣（左1）原上海市总工会主席、李佳能（左2）原浦东新区政协主席、李人俊（右1）浦东新区企联执行会长、作者（右2）

A企业规模不大，员工没几个，但技术含量很高。A总大学毕业后，从教授那里买了专利，然后办了公司，因该技术全国仅他一家，所以很有竞争力。他透露，经常有人借着各种名义过来刺探情报，但A总自有一套保密措施："工作室除了自己和3名员工外，不允许任何人进入；技术内容不允许透露给外人，包括自己的爱人。"

B企业老总心情非常好，透露家里动迁了。他感慨万分，经营公司几十年，还不如一次动迁，这下发了财，表示以后公司经营以休闲为主，不会再像以前那么拼了。

商厦由此步入上升通道。如今那么多年过去了，往事如昨，我每次回顾这段历史，总会心潮澎湃，感慨万千。

【磨砺充实】

百天任务

  2013年10月，上级公司给了我一项任务，要求配合总公司解决一处物业"善后"及"招商"工作。该物业建筑面积25000平方米，以前先后出租给了几个大卖场，但基于种种原因，生意清淡，几年来亏损巨大，无奈之下，最后接盘的大卖场也决定关门歇业，要求提前终止租赁合同。
  看着领导给我的"全权谈判委托书"，我深知肩上的责任，也感到沉重的压力。因为这不仅是主张对方赔偿的事情，还要确保"真空期间"的物业安全，确保物业顺利交接，还要以最快速度寻找信得过的承租户接盘，争取物业无缝衔接，确保物业效益不下降。
  为了做好与违约方的洽谈，我大致疏理了工作思路：首先得摸清物业设施及设备情况，做到心中有数；其次收集双方接触中所有的书面资料，包括合同、附件等，以全面了解之前的合作情况；再次是摘录资料中的重要条款，并将其汇编成册，以便在洽谈中抓住重点；最后是收集对方相关人员的通信电话，有利双方沟通。总之，先做好"功课"，以便在谈判中掌握主动权。
  10月24日，双方按约定时间，拉开了谈判的序幕。我作为我方的主谈代表，首先建议先立好"谈判规则"。对方似乎没有这方面准备，便附和说，"可以"。由此，我提出了事先想好的"三先三后"原则：1. 先谈名分，后谈情分；2. 先谈违约赔偿，后谈资产抵债；3. 先谈妥终止协议，后落实资产移交。

对方听了"三先三后"原则，起先有些异议，但在我坚持下，也就同意了。为了增加对方压力，我提醒对方："因为我们是国企，所以不管谈判进程如何，法律诉讼将同时启动。如谈判成功，则诉讼程序即刻终止。"

因为我知道对方母体是上市公司，是不愿打官司的，我正是抓住了这个弱点，给其施压，从而有利于我方掌握谈判主动权。

对方闻言很吃惊，希望改变这方面的做法。我表示："这是国企规定，无法改变的。当务之急，只有尽早在谈判中取得一致，把'终止协议'签下来，才能终止我方已进入流程的法律程序。"

对于洽谈中遇到的细节，我掌握两个原则：一是凡纠缠不清的，就回应"咨询律师，法律解决"，因为"法律解决"是对方最不愿接受的；二是凡涉重大原则问题，我则坚决不让步。

交谈中，道理在我这边，对方显得很无奈，两个小时很快过去了，对方希望先搁置争议，回去研究后再续谈。我表示反对，认为"这都是原则问题，如谈不拢，后面就不要谈了"。

首轮会谈结束了，对方拒绝在"会谈纪要"上签字。这我理解，毕竟对方在这轮洽谈中一直处于下风，所以不想留下这些"痕迹"。

首轮会谈后，我建议总公司以法务室的名义给对方发函，以增加对方压力。另外我派人去了解该物业尚没清走的客户情况，因为我预测在以后的谈判中，一定会涉及物业清场问题，对方在"清场"中肯定会遇到许多阻力。我断定"清场"既是对方头痛的问题，也是他们的弱点，我如掌握这方面的情况，可利用这点增加我方谈判"筹码"。

事实正如我分析的那样，后面数轮谈判中，"赔偿"与"清场"挂起了钩。由于我心中有底，所以洽谈中始终处于主动。最后，我抛出了两套方案供对方选择。一套方案是对方清空后再移交物业；另一套方案是留下难以清走的客户由我们处理，当然两者的"赔偿额"是不一样的。对方权衡利弊后，终于在"终止协议"上签了字。

下一步是尽快寻找到合适的承租客。连续几日，每天上门洽谈的对象

【磨砺充实】

不少，但分析后都不尽如人意。后来在新区企联组织的一次交流会上，此信息被浦东一家民企老总知道了，他对此很感兴趣，认为该物业适宜开发商务广场。他在当地政府牵线下与商业总公司取得了联系，表示愿意整体承租该物业。

据了解，该民企是浦东具有规模的物业管理公司，旗下有50多万平方米的小区物业，10多万平方米的商业网点及标准化市场，20多万平方米的商务园区。该企业董事长个儿不高，目光深邃，他既有久经历练的当代企业家风度，又带有一股文人的书卷气，给人一种自信、能干和平易近人的感觉。他是一名共产党员，是浦东新区第二届、第三届人大代表，还是新区工商联的常执委，兼任新区许多协会的副会长。

商业总公司了解这个情况后认为，该企业各方面符合集团要求，可以深谈。随后经过考察、洽谈等流程，双方终于在2014年1月21日签署了"商务园"合作协议书。之后完成了该物业"上、中、下"三方的无缝衔接。

作者获得的部分奖状

我通过100天的全力以赴，从上家谈判到下家合作，终于完成了上级交付的全部任务，这也是我退休前夕最重要的一项任务，受到了浦发集团、上级公司及有关部门的肯定。之前，2013年《浦东之窗》第86期刊文《璀璨银珠今又生辉》，对我的生平做了专题报道，我退休前能获此荣，甚感欣慰。

走进长银

2015年，我退休后应朋友相邀，受聘于长银集团。长银集团是土生土长的浦东民营企业，经营着小区物业管理、社区商业、商务园区三大业态。让我惊叹的是它的发展历程并不长，最早只是一个改制后的小区物业公司，但短短10年，发展迅速，特别是颇具规模的商务园，一个接一个，创造了跳跃式的发展奇迹。

社会上中小企业不少，但像长银集团那样发展速度的是不多的，它的成功秘诀在哪里？本着好奇，我了解了长银10年的发展历史。

10年前，长银集团经营着物业管理和社区商业，此时全球正受金融风暴冲击，许多企业都被波及。作为长银集团董事长，以他的经验及市场敏锐度，意识到如仅靠现状维持，公司未来的路会越来越窄，唯有主动出击，寻找商机，适时转型，才能险中求胜。

当时，上海中环路浦东域内有一块闲置的旧厂区，里面污物遍地，杂草丛生。时值经济不景气，没人敢在此"冒险"投资。而长银集团董事长不一样，他以敏锐的眼光，认为上海世博会马上就要举办，届时会带动第三产业

【磨砺充实】

信息化、集约化,未来商务楼宇需求必将大增。

公司内很多人有疑虑,甚至反对,认为投资风险太大。董事长认为,许多事不怕做不到,就怕想不到,只要对破旧厂房适当改造,必定会激发出它应有的"潜能"。在董事长的坚持下,公司毅然承租了整个厂区。经历180多天改造后,闲置多年的破旧厂房终于洗尽污秽,成为一定规模的庭园式商务园区。

这是长银集团开拓的第一个商务园,几年时间,客户入驻率一直保持在100%。这次拓展成功,佐证了集团董事长超前的判断力。园区得到了浦东新区的重视,被列为首个较具规模的"腾笼换鸟"示范性项目。

作者2015年照

随后长银集团乘胜继进,10年间,各商务园规模达到近30万平方米,物业公司变成了拥有"三大业态"的企业集团。

长银集团董事长属牛,骨子里还有一股牛劲,我经常直呼他为老牛。

老牛比我小六岁。我最早与老牛相识是在十几年前,当时浦东新区企业家联合会组织会员活动,我与老牛相邻而坐,便聊了起来,从那时起,我们相识了,成了朋友。

老牛个儿不高,目光深邃。初见该君,给人一种自信、能干和平易近人的感觉。实际上,我称他老牛,他自己也自诩如牛。他用牛的勤奋自勉苦干,用牛的舍己无私奉献。

与他接触中,他说最让他感慨的是南新商业街的拆除。南新商业街是长银集团旗下的商业项目,在浦东很有名,它东起锦绣路,西至下南路,当中还有三条南北支弄,总长有一公里多。商业街内有300余家门面,包括一个菜市场。里面有几十家风味小吃,上千种小商品,各类南北干货,商品应有尽有。百姓戏言,到了这里,只有你想不到的,没有你买不到的。每天,这里客流不断,人气鼎沸。据说许多浦西人也慕名赶来购物。许多人感叹,到

195

了这里，似乎看到了老城隍庙的影子。

老牛向我介绍：20余年前，为开发这条商业街，他倾注了大量精力。当时随着浦东开发、开放，这一区域建造了许多动迁安置房、商品房，入住居民迅猛增加，而生活配套却难以跟进，特别是商业，根本无法满足居民需求。在这种情况下，集团在有关部门的同意下，建造了这条商业街。听说这还是浦东第一条有特色且具规模的商业街。开业当天，"三报两台"作了报道。

后来我了解到，为建这条商业街，董事长付出的汗水是最多的。时值酷暑，他顶着烈日，拿着纸笔，不顾汗水浸衣，亲临现场勘察、设计图纸、构思施工方案。不知道的人，还以为他只是一个普通的设计人员。夜晚，他伏案修改图纸，多少个不眠之夜后，终于建成了这条商业街。

2019年，出于优化城市环境考虑，政府有关部门认为商业街已经完成了历史使命，要求全部拆除。

这对于长银集团来说，涉及的不是经济问题，而是感情。确实，它如同一个孩子，虽然没户口，但经历20年的"养育"，与它有感情，如今要在长银人面前消失，谈何容易！

老牛是一个有社会责任感的人，虽然心中难受，但表态明确："听从政府安排，配合政府履行相关义务。"

商业街的清退十分复杂，问题一个接一个，矛盾接踵而至。但集团在老牛的带领下，配合政府，解决了一个个难题，直至完成任务。

面对已被清空的现场，集团的每一个人都感到惋惜，尤其是老牛，心情沉重，当晚就写了一首《不能忘却》的散文诗，以表怀念之情：

光阴似箭，岁月如梭，廿一载转眼而过。重温那不平凡的时光，有喜、有忧，更有一种难以忘怀的情怀。那风、那雨、那满腔的热血，一幕一幕又展现在我眼前……

应该说，浦东如今的辉煌，离不开当年像老牛那样的一大批企业家，他们为了浦东发展，亲力亲为，辛勤付出，对社会负责，为社会担当。

集团旗下各商务园有近千家企业，单身小白领很多。老牛认为，作为商务园，不仅要做好迎客招商、物业服务，还要优化商务环境，要关心小白领的个人问题，这也是一种社会责任。

因为我到长银集团分管行政，他把这个任务交给了我。

我通过调研了解到，单身白领比较多的原因大致有三个方面：一是工作节奏快，平时无暇顾及个人问题；二是由于业态的特殊性，有的企业全部是男性，有的全部是女性，这无形增加了帅哥、美女的障碍；三是当事人事业心太强，一心扑在工作上，却不知光阴似流水，一晃错过了最佳时机。

恰时，上海电视台生活时尚"旅途1+1"栏目制片主任张先生来访，邀请我参加电视台在张江长泰国际广场举行的《我们都是圆梦者》栏目启动新闻发布会，同时根据长银各商务园特点，探讨联合活动可能性。当他得知园区单身白领多这一社会现象时，很感兴趣，认为有必要组织一次"红娘行动"。

之后，栏目组又派人与我洽谈，具体商议活动方案，最后达成一致，活动由栏目组策划、实施，园区配合、宣传。

消息在各园区传开，许多单身白领颇感兴趣，纷纷报名参加，人数直线上升。这时，我们发现了一个问题，女多男少，比例严重失调，怎么解决呢？这让我们很尴尬。我们分头到其他地方寻找，希望能找到相应数量的单身男，但一大圈下来，所去地方都存在这个现象，无奈之下，只能削减女生人数。

通过一系列准备工作，活动终于拉开了帷幕。这天晚上，场内灯光闪烁，彩带飞扬，帅哥美女面对面分坐两边。主持人为活跃气氛，先以连珠炮般的幽默笑段开场，然后宣布活动规则。

起先帅哥美女有些拘谨，但在主持人的调节下，很快打破了初次见面的陌生感，进入愉悦放松的状态。

第一项活动是相互提问及自我介绍。明亮的灯光下，以组为单位的帅哥美女各自围圈，商量问答中的"对策"。他（她）们中有的"害羞不语"，有的"喜笑颜开"，有的出一些"怪"题让对方"难堪"，也有胆大的充当"间谍"去刺探对方"情报"。

现场逐渐活跃起来，活动进入"模特派对"。大家通过"助配衣着""选定款式"等活动，自然形成了两人派对，随后开始玩"运送气球"等节目。活动中有女生坐爆男生腿上气球的，有答题不佳而无法立足的，现场笑声不断，许多人在游戏中互生好感，留下电话。

游戏一个接一个，活动进入了尾声，帅哥美女们似乎意犹未尽，他（她）们期盼下一场活动。对此，电视台编导谈了他的想法，认为活动范围不能仅限于此，还要与其他区域的帅哥美女互动，如通过慈善义卖、蹦床、游艇等活动，扩大单身白领交友圈。总之，后续活动电视台会继续跟进的。

2017年作者在总结交流中发言

这次"红娘"行动，应该属于行善之举，我退休后刚走进长银，老牛就给我这样一个工作机会，也算是三生有幸！如今我已花甲之年，能在这样的平台发挥余热，既能展现夕阳期的人生价值，也能在感恩中释放情怀，对此，我甚感满足。

第三辑

生活百态

【生活百态】

舍近求远

　　近70年的风雨历程，除了儿时的欢乐、事业上的磨砺外，生活中也充满着五彩斑斓的奇景，有喜、有忧、有险、有奇，这可能就是大千世界的魅力。记得我刚满16岁时，第一次单独出远门。千里之外，在人生地不熟的地方，遇到了一个神秘老头儿。接触后，老头儿的行为举止，既像是社会上的活雷锋，又似怀有不可告人的目的。我人小体弱，想摆脱他，却无法离开，有着一种被他粘住的感觉。

　　1971年，我从上海火车站出发，经历54小时的长途奔波后，终于到达了重庆火车站。重庆是个大站，站内铁轨众多，火车进出频繁，鸣笛声此起彼伏。下火车后，时值大雾笼罩，丝丝凉风拂面而来。这时我才知道重庆不仅是山城，还是雾都，每年至少有一半时间都会被大雾笼罩。

　　根据事先交代，出站后先要找到新华路，然后再找有红墙的招待所。新华路在哪里呢？我站在车站出口，不免有些惆怅。这时，走来一个老头儿，问我到哪里去？当我说出要去的地方后，他很热心，说要为我带路。

　　老头儿中等个子，50多岁，头发稀疏，身板结实，黑黑的脸膛泛着亮光，腰间还扎了一根布带。老头很和善，不像是电影里的那种坏人。我想可能老头儿看我是小孩，才有意要帮我。我很感激，也无形中提升了对重庆的好感：心想自己运气真好，一到重庆就遇到活雷锋了。我答应跟他走。

谁知刚走一会，他突然停下来，顺手来拿我的包。我吃了一惊，还没等我反应过来，包已经转到了他的手里。我睁大眼睛，刚想说什么，他主动解释："你不用怕，我看你人小拿包吃重，我帮你拿。"

我虽然心存疑虑，但早上雾重，能见度低，行人很少，整条马路只有我们两人，我又长得瘦小，根本拗不过他，只能见机行事，暂且顺着。

老头儿弓着腰越走越快，我跟在后面气喘吁吁。看着老头儿的背影，我总觉有些不对劲。出门时，家人曾交代重庆火车站距目的地只五分钟，可他带我已七八分钟了，怎么还没到？他究竟耍什么花招？我担心起来。

我这次外出是家人的决定。由于我马上要初中毕业了，如延续前几届毕业生的"一片红"（全部到农村务农），则可能要结缘于"广阔天地"了。为了能找到更好的去向，家里决定趁毕业之前的"学工学农"阶段，让我去四川姐姐那里看看。

列车上，由于我长得瘦小，看上去像十二三岁的孩子，一些大人看我长时间独自坐在那里，不时有人过来问："你大人在哪里？"当知道我是一个人时，感到很惊诧，说："毕竟是上海的小孩，大城市的小孩就是冲得出……"我听后美滋滋的，一股自豪感油然而起。

上海距重庆有2000多公里，火车需要三夜两天约54个小时，为了安全，我将行李用铁链锁在行李架上，然后悠然地看着窗外。随着火车呼啸前行，窗外景景相连，其中让我印象最深是桂林。

"桂林山水甲天下"的美誉我早有耳闻。它是世界著名的风景区，有着举世无双的喀斯特地貌。这里的山，千姿百态；这里的江，蜿蜒曲折；这里的洞，幽深僻静；这里的石，鬼斧神工，于是就形成了"山清、水秀、洞奇、石美"的桂林四绝。

一路风景一路行，时间在景色中消磨，火车在遐想中飞驰。很快，三夜两天的最后一晚将要过去，窗外星点逐渐增多，重庆就要到了。巍巍山城，星火相连，激动中，东方渐白，闪烁的星星慢慢退去，呈现在眼前的是城市的各种吊脚楼。

重庆城依山而建，两江环抱，由于地势缘故，所有建筑随坡而立，仰首远眺，立体感很强，其中最奇特的就是众多的"吊脚楼"。吊脚楼靠几根木桩支撑，它密布于整个山城，远远望去，层层叠叠。自古以来，重庆就是巴人的聚住地，在世代与自然的斗争中，巴人背倚山川，逐水而居，从陡坡峭壁上攀崖筑屋，形成了别具风格的建筑样式。

从上海到重庆，连绵不断的美景、错落有致的吊脚楼令人激动，催人兴奋，但现在的情景却夹杂着莫名的担忧，眼前这老头儿到底是什么人？我警惕地盯着他，特别我那个包，怕他有不轨之举。

我们两人一前一后憋着劲往前走着。突然，他一个止步转身，问："你有全国粮票吗？"我一愣，心想，这什么意思？

老头儿见我一脸疑惑，解释说："到了目的地后，你必须给我两斤。"

哦，原来是这样。我这才反应过来，他带路为了要粮票。当时是计划经济，社会物资匮乏，许多生活所需都要定量凭票。粮票是"吃香"的票据之一，特别是干重活的人，食量大，粮票不够用，现在老头儿提的这个要求，我很理解，所以很爽快地答应了。

他带着我到了一个汽车站，说要乘车。我一想不对，出发前家人清楚地交代过，出站口只须五分钟路程。为什么还要乘车？我提出质疑。

老头儿赶紧打招呼说："对不起……对不起，搞错了。"然后带着我拐了个弯，开始往坡上走。

乘车的事让我重新生疑。他到底是什么目的？难道仅仅是为了粮票？如只是为了粮票，为何要引我乘车，他究竟要带我到哪里去？但这时的我似乎没有选择的余地，只能依靠他。

老头儿猫腰快步前行，我跟在他后面不敢落下。他体质特别好，尽管走上坡，但步履轻盈，我得小跑才能跟上。

路上，老头儿不断说，红房子就在前面，快到了。然而却一直没看到尽头。我感到蹊跷，但也容不得我多想，直到半小时后，终于在一幢红墙建筑边停了下来。经询问，确实是我要找的招待所。

老头儿开始在我眼前晃动着手掌。我不懂其意，问这是什么意思。他解释说"五斤粮票"。之前不是说好两斤的，怎么现在变五斤了呢？老头辩解道："你看我多吃力，走了那么多的坡路。"

我想想也是，半小时的坡路不算短，还帮我背了行李，确实辛苦，算了，不跟他计较，反正我身上有全国粮票，给他五斤也无妨。老头拿到粮票后，很快消失在我视线中。

　　事后我才知道，其实火车站距招待所很近，因为是山城，与车站只是上下马路，只要坐电梯到上马路，再略走一段路，全程最多五分钟。但老头为了要五斤粮票，情愿放弃乘电梯，舍近求远绕道走这么长的坡路，想想也不容易。

【生活百态】

喧嚣小镇

作者20岁照

　　1973年清明刚过,这天我正在店内干活,忽然,外面传来女人的尖叫声。我抬头远望,不好了,桥上的一辆手扶拖拉机已经失控,它如同脱缰的野马,正穿出桥沿朝河里冲去,更可怕的是拖拉机后斗内还载着十几个人,其中多数是妇女,也有老人。这突发的情景让我目瞪口呆。
　　就在几个月前,我初中毕业后,到川沙县杨园乡赵家桥百货店当学徒。这里是一个微型小镇,但小镇充满了活力。每天周边的一些百姓都喜欢到这里来,有逛市购物的、结伴喝茶的、捉对聊天的、打牌下棋的……他们不仅造就了小镇的喧哗,更催生出许多生活中的点滴故事。
　　镇上除了百货店外,还有食品店、地货店、猪肉店、煤球店等。百货商店相比其他店干净，工作量较轻，我能到百货店工作，也算是一种幸运。百货店砖瓦结构，朝南直排式四开间门面。所谓直排门面，就是面南全都是木排门的，早上按序卸下，关门时再按编号一块块插进去，过去这种门店很多，现在很少见到了。

百货店正前方不远处有一条河。河宽10余米，深三四米，它叫赵家沟。赵家沟西起黄浦江，东至长江口。河沿边上，建有一个泊位，因为它太小、太土，所以不能称它为码头。泊位经常停靠着一只木船，木船长有五六米，宽两米多。这船是供销社的，供销社货物进出全靠这只木船。木船上配有两个船工——瘦高个和矮胖墩，虽然他俩形态不一，但都很壮实。

船工的工作比较辛苦，也很危险，特别是装卸货物时，需要一块跳板，一头搭在岸边，另一头落在船上。跳板三四米长，四五十厘米宽，船在水上浮动，跳板跟着晃动，人在跳板上很难行稳，况且有时还肩扛重物。所以船工不仅要有脚力、腰力，还要具备一定的技巧。

百货店与河之间有一块较宽阔的场地，它既是东西通道，也是赋闲人员聊天的聚集地。一次，我看到场地上簇拥着一群人，中间一个老头儿正精神抖擞地比画。此人启东口音，50多岁，黝黑的皮肤间，显露出一块块包子般的肌肉，他就是瘦高个。瘦高个会武功，运气后力大无比。据说一次与人打赌，结果一运气，竟用一个手指把东家八仙桌台面戳了个洞。还有一次，他牙痛到医院就诊，医生说这颗牙要拔掉，先要打麻药。他嫌麻烦，就回来了，之后他运气自己用手拔，结果因手指接触面太大，一下撕下了三颗，让家人哭笑不得。这天，瘦高个卸完货后正在耍猴拳，吸引了众多看客。他拳路熟悉，动作流畅，场上传来阵阵喝彩声，这声音既为小镇带来了活力，也为小镇聚集了人气。

百货店左前方的河道上，建有一座水泥桥，桥宽不到2米，桥两边没有扶栏。水泥桥连接两岸，不但能行人，还能通小型车辆，包括手扶拖拉机。每天过桥的人、车很多，它是对岸百姓到小镇的主要通道，也是去县级公路的必经之路。

这天对岸传来了"突突"声，声音很熟，是手扶拖拉机。估计它要上桥了，因为上坡时拖拉机都会加大油门，这种情况一天有无数次，噪声虽然很大，但已经习惯了。然而这次与以往不一样，拖拉机驶上桥面后失控了，只听得"哐"的一声巨响，机头穿出桥沿栽入河底，拖斗被机头带下，斗内的人及那个驾驶员全被抛入河中。

当时,农村交通条件很差,很少有像样的公路,也没有专门载人的交通工具,如村里多人外出,一般会选择手扶拖拉机。手扶拖拉机村里都有,它体形小,用途广,既能耕田,又可运输,很受农村欢迎。但它的缺点就是没有方向盘,拐弯时全靠两个扶手把控,所以很容易出事,但手扶拖拉机直接从桥上栽入河中,我还是头一次看到。

人们闻讯后都赶了过去,有喊救命的,找竹竿的,也有直接下河救人的,总之,这突如其来的事故,让众人措手不及,只能各显神通,以不同方式施救。好在拖拉机坠河后,拖斗倚靠在桥沿没倒下去,否则散落河里的人即便不被淹,也会被压。

河面上,掉水的人如同锅中的水饺,一个个浮在水面,有双臂乱舞的、蹬脚冒顶的、凭着蛮力朝岸边靠近的,现场一片混乱。最终他们在众人的帮助下,都一个个湿漉漉地爬上了岸,经清点,一个不缺,也没人重伤,实乃不幸中的万幸。

这次事故中,人算安全了,但拖拉机一时无法上岸,无奈之下,只能让它"摆姿"几天。随后几天,嘈杂小镇似乎多了几份凝重,每当人们看到它,总会显露出一丝惊恐。最后,人们弄来起重机,费了九牛二虎之力,才把拖拉机吊上了岸。

日复一日,"坠河"事故逐渐被人们淡忘了。小镇又与往日一样,每当旭日东升后,大人忙碌,小孩嬉戏,男人争论,女人碎语……还有机船"突突"声等,这些此起彼伏的声音,共振出小镇的活力。

当然,这都是半个世纪前的事了。随着城市发展,小镇早成为历史,那简陋的水泥桥及手扶拖拉机都没有了,取而代之的是高大的拱桥及遍及每个家庭的小汽车,人们外出再也不用担心交通问题,但喧嚣小镇作为历史进程中的一段缩影,仍将值得回味。

美在家庭

1991年，川沙县妇联为倡导健康有益的家庭文化活动，推进农村社会主义文明建设，要组织"美在家庭"评选活动。我以改善后的家居为实例，以"实用""经济""美观"为基本观点参加了比赛，不料在全县众多家庭中入围得奖。这天，县妇联主席一行人在供销社领导的陪同下，亲自到我家颁奖贺喜，还拍照留念。

1991年川沙县妇联主席蔡竞等领导到作者家颁奖

"组建家庭"是人生中最重要的事情，也是社会发展的内容之一。1980年春，可能是缘分到了，在同事的介绍下，我恋爱了。对方是同一单位的，在百货店工作。她性格开朗、活泼，中学时曾是校篮球队运动员，代表川沙县参加过十郊县比赛，并拿到第一。她的短跑速度很快，在校时乃至毕业后很长一段时间里，一直是学校短跑400米纪录的保持者。

记得筹办婚事时，因我父母都是浙江绍兴人，不懂上海浦东的地方习俗，我就请了一位年长的同事做"娘舅"，委托他操办婚事中的一切事务。

婚房是借住的，是石库门的二层楼房子，面积约十几平方米，距单位七八公里。宴席就设在石库门后院天井里，天井不大，但摆上几桌没问题。厨师请单位同事帮忙。婚宴过程中，没有张灯结彩的隆重场面，没有热情司仪的创意流程，更没有婚纱礼服的穿着讲究。所谓婚宴，实际就是请亲朋好友相聚酒欢，共同见证新家庭的诞生。婚宴虽简，但意义一样。

简洁的婚事中，也有"豪华"之处，那就是单位里的两吨卡车。当时社会上的汽车很少，婚事中如能用上卡车，那是很气派的事情。拉嫁妆、接新娘都用到了它，这让外人很羡慕。

当时社会上婚车都是手拉的"劳动车"。拉嫁妆时，往往是十几辆或几十辆，排成长长的队，各辆车都堆满了被子，花花绿绿，叠得高高的，看上去特别喜庆。这些被子除了自己用外，还要送给各方父母，以孝敬长辈。结婚送礼，最普遍的就是被面。被面有纯棉的、锦缎的，也有化纤的。锦缎最吃香，其次是化纤，纯棉则是最不入眼的。

1982年，家里添了宝宝，是个男孩，成了计划生育年代中的"标配家庭"。我爱人是在集体商业做财务的，由于宝宝没人带，只能放在办公室。单位领导看在眼里，知道我们情况特殊，也就"睁一只眼闭一只眼"。

商业单位最大便利是空纸箱多。开始我们用空纸箱做宝宝睡床，随着宝宝长大，纸箱则变为宝宝活动护栏。为了防止攀爬，纸箱越换越大，越换越深，直至无法"禁锢"。

爱人工作在二楼，门外就是阳台，阳台只有简易护栏，护栏各档空隙很大，小孩出去很危险。自宝宝学会走路后，办公室的门就成了宝宝最大的安全隐患。好在他很听话，只要走到门口，就会自觉止步，决不跨出一步。其间，我们自感办公室带小孩影响不好，就断断续续找人带。

宝宝慢慢长大，当时社会上没有幼儿园，白天就寄养在距单位约一公里的一户农家。有一次尝试让宝宝自己走着去。开始，他感到害怕，不愿独行，我们就逼他，他边哭边走，我们尾随暗中保护。几次后，他胆子大了，觉得路上很开心，边走边玩，习惯成自然。当然那时路上没有汽车，周边也不涉河流,更没有人贩子,路上的安全系数还是比较高的,如按现在"繁华复杂"的环境,则肯定是不行的。

一晃几年过去了,由于工作需要,我与爱人从集体商业调入了杨园供销社,单位领导考虑到我们上班路远等因素,就在新建的食堂三楼腾出一间借给我们。虽然食堂楼不是为居家设计的,谈不上什么房型,但我们非常满足,毕竟来之不易。

房子是长方形的统间,我将它一隔为三,最外面用作厨房,里面两间做大小卧室。由于部分是老家具,为缩小年代差,就尽可能调近新老家具的颜色。家具摆放利用视觉差,让其呈现恬静、安逸、舒适。最后通过小饰品,把居室变得年轻而富有生机。

厨房配置要讲究实用。当时大部分厨房使用的是煤饼炉,它启火烦琐,火力呆滞。为提升厨房实效,我买了最好的煤油炉,但使用中仍不尽如人意,不仅火力有限,且棉芯越烧越短,每隔一段时间就要更换,很麻烦。后来得悉有一种气炉,相比煤油炉火力足,但每次使用前要打气,我们就买了一个,使用效果确实不错。

1991年川沙县妇联编印的《美在家庭》

寒来暑往,"家庭"在岁月中不断充实,恰逢县妇联组织评选"美在家庭",我就以"新居"为例积极参与,没想到入围得奖。

县妇联专门印制了《美在家庭》,时任县委宣传部部长唐国良题了词:"美在家庭,其乐无穷;陶冶情操,老少咸益。"这本刊物不仅是社会文明的具体展示,也成为我家永久的美好记忆。

为了积德

　　1994年8月,时值盛夏。某天上午,我开车去高桥开会,途中突遇大雨,为了赶时间,我临时选择了一条废弃的支路。支路长年失修,大小坑洼很多,雨越下越大,路面积水上升,许多坑洼被积水隐蔽,增加了车行难度。

　　这些大小不一的坑洼,有的看似面积大,但不深;有的看似面积小,却很深。路面变得异常复杂,这时只能凭主观臆断,忽左忽右向前突进。

　　开始,车子在颠簸中没遇到麻烦,我庆幸自己的判断力,信心倍增,认为没有过不去的坎。前进中,前面又遇大面积的洼,按之前经验,大洼反而不深,凭借一股勇气,我踩着油门朝前冲去,没想这次不一样,进去就被深陷,前后动弹不得。

　　我知道这是鲁莽惹的祸,但后悔有什么用呢,记得前几天由于鲁莽还开错了车,害得对方折腾了半天。

　　那天晚上,家里接到一个陌生人的电话,对方颇有怨气,说我把车子开错了。怎么可能呢?那是一辆绿色小长安面包车,我几乎每天都用到它,这种类型的车社会上并不多,怎么会开错呢?

211

我赶紧到停车点，车正常停着。我用钥匙打开车门，再用钥匙发动，一切都很正常。于是我电告对方。可对方不信，要求我把车开到邮电局门口对质，说眼见为实。我很无奈，为平息对方情绪，就答应对方要求。

　　很快我赶到邮电局门口，那里竟然停了一辆同样的长安车。对方看到我开的车后，快步迎了上来，说："你确实开错了车。"我正疑惑，对方又说："你看车牌号。"这时我才想起刚才只注重钥匙，却忘了看车牌号。

　　我很纳闷儿，就算我开错了车，那钥匙总不会错吧。于是，我拿着钥匙两面试，竟然两车通用，对方钥匙也一样，这让双方惊愕不已，这么巧，竟然是"双胞胎兄弟"！事实清楚了，我赶紧向对方赔不是，对方还算理解，并没过多埋怨。

　　后来我才知道，对方为了寻找车主，已折腾了好长时间，真的对不起他。我暗自反思，以后凡事不能鲁莽，驾车更须谨慎。不承想刚过去几天，这次又出了事。

　　我困在车内无可奈何，明白单靠自身力量解决不了问题，唯一办法是请其他车辆帮忙，但雨这么大，到哪儿去找车呢？那时没有手机，不可能与单位联系。看着车外白茫茫的一片，我不知如何是好。

　　雨没有减弱的迹象，这样等下去也不是办法，要主动出击。我毅然走出车门，顶着瓢泼大雨跑到主路，对着驶过的车辆使劲地挥手。但随着时间流逝，一辆又一辆车子在眼前滑过，没有一辆肯停下。

　　雨渐渐停了，我衣裤早已湿透。我撸了一把脸上的水珠，看着远去的车辆，心里凉凉的。看来让"路车"帮忙是无望了，还是回单位叫"救兵"吧。绝望中，一辆十吨加长大卡车迎面驶来，我本能地向它挥了挥手。

　　按惯性思维，我没指望它能停下来，事实正如我估计的那样，对方看都不看我一眼，朝前疾驰而去。

　　我已经麻木了，正转身，突然传来"嘎"的刹车声。我一听不好，出事了？赶紧回头，只见刚才那辆卡车停在距我约50米的地方。正纳闷儿，又见它迅速退了回来，直到我眼前，打开车窗，大声问道："有什么事？"

　　我一看，对方50岁出头，短平头，浓眉小眼，一张黝黑的脸上长满胡茬。我急忙叙述了我的困境。他听完后便下车随我看了现场，然后胸有成竹地说："没问题，小事一桩。"

　　他奔回车上，将车退到小车旁，然后取下他车上缆绳，系上两车，再跳上自己的座驾。这一系列过程既连贯又熟练，看得出，他是一个老驾驶员了。

随着大卡车启动，只轻轻的一下，"小长安"就被拖了上来。我好感动，只一个劲地说："谢谢，谢谢师傅！"

他好像不愿搭理，收好缆绳后，自个儿回到车上准备走了。这时，我忽然想起了什么，急忙从"小长安"里拿了剩下的半包烟，奔到他窗下，诚恳地说："不好意思，我没带什么东西，也没带钱，只半包烟，您拿去吧。"

"不用，不用……"他怎么也不肯收。

难道嫌少？疑虑中，他突然探出脑袋大声说："你不懂，你不懂的，昨天晚上我麻将输了，很惨，今天积点德，积点德……" 我明白了，他信佛，是有意要做好事，为搓麻将带点好运。看着远去的大卡车，我默默地祝愿他：好人一生平安，好人自有好报！

昏厥男孩

　　1995年7月，我开车外出，行至半途，距我前方十几米处，一个骑车人突然弃车倒地，我猛然一惊，急忙刹车，这什么情况？我又没碰到他。因地处农村，路上很冷清，整条马路除了我和他外，只有不远处一个拉着翻斗车的中年农妇。

　　此时此刻，我脑子里浮现了"碰瓷"两字。"碰瓷"原属北京方言，泛指一些投机取巧敲诈勒索的行为。社会上各种碰瓷的情况很多，特别是汽车碰瓷，情节五花八门，有专讹司机违规的、故意追尾的、肉体相贴的、近身剐蹭的，等等。一旦遇上，总会麻烦，简单的花钱消灾，复杂的与你纠缠不清，也有刹车不及而碰瓷者真被撞伤的，如真遇到这种情况，只能自认倒霉。

　　难道我今天也遇上碰瓷了？我赶紧靠边停车，然后下车过去看那倒地的男子。凑近才发现是一个少年，他躺在马路中央一动不动，自行车横在他前方，整个场景似乎就是个车祸现场。我顿觉紧张，这种事我从来没遇到过，怎么办呢？少年躺在地上的这种状态，绝不是碰瓷，他真的出了问题，且正处于危险中，而现场又是车祸的景象。

【生活百态】

以前，这条路我经常走，对它很熟悉，车子每经此地，总会放慢速度，这是有历史原因的。它是杨园乡比较重要的公路，朝南通往县城，往北可去高桥，它叫"赵高路"。赵高路历史并不长，20世纪70年代初，它还是一条泥土垒成的拖拉机路，也没公交车。那时我在杨园镇上工作，每遇雨天，如要出行，必须穿高帮雨靴才行，否则路上的泥泞，一般雨鞋很难"抵挡"。后来，随着市政建设的发展，公路拓宽了，还变成了柏油路面，通了公交车，如今其面貌前后有了天壤之别。每次开车经过，我总会放慢速度多看几眼。

今天车子行驶仍与以往一样，车速很慢，一直跟在这辆自行车后面，并保持着距离，谁想出现了这个情况，如之前车速稍快一点，这一幕也看不到了，也不会遇到这种麻烦。

对方可能后脑勺着地，已失去了知觉，情况紧急，这事管还是不管。如管，可能会引火烧身；如不管，小男孩有危险。我如同热锅上的蚂蚁，我明白必须管，这是一种责任，是道义上的责任。但如何管？采取什么措施？我脑子里一片空白。

远处的那个农妇逐渐走近，我似乎看到了希望，不管怎样，两个人的脑子总比一个人好使，况且她应该看到了男孩倒地全过程的，且看她怎么说。

天气很热，外面没一丝风，我已汗流浃背。很快，那农妇已走到我跟前，还没等我开口，先向我打了招呼，说她看到了刚才发生的一切。我让她不要走，帮我证明，同时一起救助男孩，她欣然同意了。

我们一起过去看男孩，准备抬他上车去医院。突然农妇惊讶地叫了起来："啊，这小孩我认识，是某某家的孩子。"

原来，她认识男孩父母，还知道他家电话。真是太好了，幸好她带着手机，通信方便，我催她赶快通知他家人。

男孩家在杨园镇西侧，属于先锋村，距出事点不远。他父母在顾路林场工作，林场位于顾路镇东部，人民塘外侧，临依东海，距出事点有几公里。农妇反复打电话，先打他家里，没人接听，再打他母亲手机，但不知是信号不好还是什么原因，一直没打通。我们很着急，如一直打不通怎么办？

再拖下去不是办法，我们考虑先送小男孩去杨园卫生院。正欲动手，小男孩自己醒了，他微微睁开眼睛，双手护头，慢慢地站了起来，说头晕。我们扶他到路边，让他歇着别动。

这边电话终于打通了,他母亲在林场上班,得知情况后很着急,随即联系男孩的父亲,父亲知道情况后马上骑着摩托车赶来了,小男孩终于被接走。我们深深地舒了口气。

　　后来了解到,当时男孩骑车时,一时兴起,竟然施展"双脱把"的车技,不料行驶中车轮被石块弹了一下,自行车猛地一震,小男孩瞬间失去了控制,一个仰卧朝天从自行车上摔了下来,由于后脑着地,故昏厥了过去。好在小男孩后来无大碍,也没留后遗症,实乃不幸中的万幸。

【生活百态】

木本水源

　　1995年,我家发生了一件大事,那一刻,如同山崩地裂,心如刀割。

　　这年秋,在石家庄我姐姐家里,年逾古稀的父母有了回故乡的想法,为了满足父母的思乡之情,姐姐安排女儿、女婿护送两老回浙江绍兴,途中到上海我家暂栖。

　　这天晚餐后,父亲有点疲惫,想早点休息,刚欲漱洗,只觉胸口不适,便无力地坐在沙发上。我闻声近前,只见他双眉紧锁,脸色苍白,双手不停地按摩着胸部。

　　已86岁高龄的父亲,平时身体很好,正因如此,大家比较放心,现在突然出现反常症状,让我手足无措。惊慌中,我似乎有一种不祥的感觉,快!赶紧叫救护车!我下意识地奔向电话机,正欲拨打,忽想自己有车,何不直送医院呢?

　　我折回父亲身边,却又愣住了。我家在四楼,父亲自己无法下去,怎么办?情急之下,只能找邻居帮忙。很快,在众邻的合力相助下,终于把父亲扶上了车。

当时川沙县内有高桥第七医院、洋泾医院、县人民医院。这三家医院距我家都差不多远，但到县城的路比较好走，所以我选择了县人民医院。

车子在公路上飞驶，不知是气候缘故还是忧心所致，窄小的车厢内显得特别压抑，似乎所有的声息全被紧张的空气凝固了。车内没人说话，听到的只是急促的呼吸声。我抓紧方向盘，打开双跳灯，加大油门，车子如同离弦之箭，朝县城人民医院疾驰。

没多久，忽听后座有人说，"不好，老先生的头耷拉下来了"，我一惊，意识到问题的严重性，考虑到时间紧迫，决定将车转向就近的顾路卫生院。

卫生院在顾路镇内，距我家最近。卫生院的医疗水平及设施虽然比不上县级医院，但也不能说很差。它已有几十年的历史，其间，它的医疗设施不断改善，医生水平也在不断提高，特别是改革开放后，卫生院不断充入医学院毕业的大学生，其医疗水平有了较大的提升。

夜幕降临，车子终于驶入了卫生院大门。我赶紧跳下车子，与众人一起，小心翼翼地将父亲抬上救护台，但不幸的是，医生出来告知，老先生已经停止了呼吸。

如同晴天霹雳，我一下蒙了。刚才还好好的，怎么一下子就不行了呢？我恳求院方不要放弃。医生十分理解家属的心情，采取了所有的抢救措施。

当时组织抢救的是医学院毕业的大学生，长得高大魁梧，白皙的脸庞上架着一副宽边眼镜，给人很有魄力的印象。他已工作了好几年，有一定的实践经验。只见他挽起双袖，俯身在父亲胸前不停地挤压，后来又尝试电击，但任凭怎样努力，都无济于事。父亲终因心脏病突发而撒手人寰。

我呆呆地站在那里，无助地目视着父亲的遗容，希望这不是真的，父亲只是在睡觉，会醒过来的。我拉着父亲的手，摇晃着他的身躯。然而，这只是我的幻想，是不可能实现的幻想。1995年3月26日，父亲终因心脏病突发而仙逝，享年86岁。

当时，绍兴文学艺术界联合会、美术家协会、书画院得悉后来了唁电，写道："先生品德高洁，大作将永为世人珍重。"原绍兴地区副专员杨俊达先生挽词中说："（寄僧）毕生从教，擅长书画诗词，声闻画坛，名扬遐迩，北国南归，沪上仙逝，痛惜先生遽归去。（寄僧）为人刚直，处世淡泊名利，宁静默耕，博大无求，鞠躬尽瘁，死而后已，精神高尚令人钦。"

【生活百态】

之前，绍兴日报社新闻实业部电视摄制站曾拍摄《画魂书韵》，对父亲做了介绍。父亲的生平被《绍兴名人辞典》收录。

父亲突然走了，噩耗传到母亲那里，她悲痛不已，想不到与自己相濡以沫60多年的老伴就这么走了，走得那么匆忙，也没做最后告别。她噙着眼泪，凝视着父亲的照片。让母亲想不通的是：父亲身体一直很好，头发不秃，精神饱满，平时十分健谈，站一小时挥毫泼墨也不用休息，怎料会突然永诀。母亲痛不欲生。

事情已经发生，任何人都改变不了，眼前最重要的是安抚好母亲的情绪。在众人开导下，母亲渐渐地平静下来。她明白，人去不能复生，既然如此，不如让父亲顺顺利利地"回家"。按照习俗，父亲的灵台设在客厅。客厅香雾袅袅，佛号绕梁，前来祭奠的亲朋好友络绎不绝。母亲坐在灵台旁，默默地凝视着父亲的遗像，似乎在回顾过去的一切，蓦地，她伸出右手，好像要拿什么东西。大家正疑惑，只见她又做了一个写毛笔的动作。大家明白了，她要笔墨和纸张。十六开的白纸，在昏暗的光线下有点泛黄，心力交瘁的她，慢慢地提起笔杆，欲写又止，她呆呆地凝视着白纸，似乎想从上面得到什么讯息。

悲哀的气氛中，大家围着母亲，关注着她的一举一动。母亲也已82岁了，受到这样的打击，怎不让小辈担心！这种离别之痛，落在任何人身上都难以承受，何况母亲是一个年过八旬的老人。大家默默祈祷，希望她能挺住，承受住这次突来的不幸。终于，母亲打起精神，缓缓地抬起颤抖的右臂，在摇曳不定的笔尖下，落下了"木本水源"四个大字。

1995年父亲李寄僧病逝后灵堂

据史料记载，"木本水源"最早出自《左传·昭公九年》："我在伯父，犹衣服之有冠冕，水木之有本原，民人之有谋主也。"它的原本释义应该是树的根本，水的源头，比喻事物的根本或事情的缘由。如今，母亲引用这四个字，既要让父亲无忧无虑地回归原点，更希望后人勿忘他们的历史——那段值得铭记的历史。

搁笔后，母亲如释重负，长长地舒了口气，双手合十，头靠椅背，慢慢地闭上那疲惫不堪的双眼。室内没有一点声音，凝重的空气里，能产生动感的只是那微微跳动的烛火及袅袅飘逸的香雾。母亲现在的这个状态是休息，是哀思？我不得而知，但有一点是肯定的，她已经完成了对父亲的最后寄托。

【生活百态】

画醉情缘

　　父亲仙逝十周年时，我作文《怀念父亲》，登载于2005年2月8日上海《东方城乡报》。2011年又被《浦东之窗》总62期转载。文章以一次旅游为背景，偶遇父亲作品，引发了"画中醉情""情至酒欢"的想象及思念。

　　1989年深秋，我和同事们外出旅游，在我的建议下，大家一起去我老家绍兴游访鲁迅笔下的咸亨酒店。酒店确实体现了鲁迅描述的那种乡土气息。

　　我们在黑色基调的长凳方台圈里坐定，买上一盆茴香豆及干菜焖肉等特色菜肴，再唤来几碗陈香老酒，呷上几口，一种逍遥酣畅之感油然而升，仿佛自己被拽到了孔乙己那个年代。

　　店中央，一幅太白醉酒图吸引了我。画面中的人物憨厚可掬，他歪斜于脑袋而醉意十足，朦胧之神又衬托着天下酒水的醇香，整个画面激荡着一股桀骜不驯、天马行空的意境。真是一幅好画，细一看，原来这幅画出自我父亲——八十老人李寄僧先生之手。

　　由于我与作者的血缘关系，又距上海千里之外偶遇此画，自然格外有一种吸引力。画面中，作者抓住太白狂傲不羁、飘逸洒脱的性格，通过笔墨渲染，使其形象饱满，栩栩如生。画面布局上，太白坐在简陋的桌凳前，一手护着酒杯，一手吊着酒壶，通过脸部表情及动作设计，体现了那种"人间狂客，天上谪仙，酒中豪杰，诗坛巅峰，当世之雄"的风格和气质。木桌的右下方，一大坛水酒显而易见，它与太白手中的酒壶、酒杯融为一体，使整个画面散发着不可抗拒的欲酒之瘾。

作品通过观赏者的想象，还可以从不同角度去折射酒文化深奥的艺术蕴含。这使人联想到太白游览富春江时的石上赋诗："我携一樽酒，独上江祖石。自从天地开，更长几千尺。举杯向天笑，天回日西照。永愿坐此石，长垂严陵钓。寄谢山中人，可与尔同调。"

画中人物在独特背景烘托下，以一种超凡脱俗、以醉会友的酒乡情调影响着我，同事们知道后都为之高兴，这使我兴奋倍加而酒欲大增，吆喝声中，几大碗水酒相继下去了。

霎时，酒的精灵开始在我血液中狂奔，醉神随之幸临，可这时的我却浑然不知，仍喘着酒气感悟着画中的人物。

朦胧中，我猛然觉得画中的诗圣在晃动。他要干什么？我睁大双眼，但对方总是飘逸不定。

他在发送信息，是邀请的信息。飘然出尘中的我，似乎醒悟过来。我高兴极了，撑起身子，端起酒碗，刚想挪步，就被对方拖拽到了醉梦中……

待我醒来，已经躺在招待所里，我是怎么过来的？是几个人来的？一概不知，在我的记忆里，只剩下那幅画。

回想那次游访，应该是天赐良缘，有道是："醉仙恭揖千里迎，朦胧沉结万絮情。天公作美酒神贺，墨激缘起梦中行。"

16年过去了，今年正好是父亲九十七周年诞辰，也是他随仙作古后的十周年，每当想起那一次醉画情缘，更加深了我对父亲的

父亲李寄僧《太白醉酒》稿画

【生活百态】

怀念。

据《绍兴名人辞典》记载："李寄僧早年毕业于国立杭州艺术学校（现中国美术学院）。一九三三年师从齐白石学画。一九三六年参加上海《艺风》杂志社举办的南洋画展。一九三八年与孙福熙、郦荔丞等在绍兴创办孑民美院，并任院长。一九四一年任教育部江西国教实验区研究员。一九六五年，他的花鸟画作品由上海美术出版社出版，发行海内外。"

弹指一挥间，以纪念为题的载文又过去了20多年，当时的历史场景也过了30余个春秋，其间，随着咸亨酒店企业性质的变化、管理对象的变更、酒店的履次翻修及扩建，父亲的那幅画早已不复存在，但我那"醉画情缘"的故事，一直在我脑海里，永远不会忘却！

父亲李寄僧作品

《七绝·忆父亲作画》
挥毫泼墨笔融纸，
瞬见枝藤缠又伸。
几度光阴人已去，
丹青依旧鹊鸣春。

223

母亲晚年

自父亲去世后,82岁高龄的母亲在家觉得很是寂寞。为了让母亲舒心,我只要有空,就陪母亲到外面走走。母亲喜欢交流,我就陪她到镇上养老院的老年活动室参观。

活动室里,老人们相聚一起,有玩牌的、喝茶的、聊天的,三五成群,十分热闹。母亲感觉很好,几次接触后,就与这些老人熟悉了。

镇养老院地处东南角,是镇政府出资新建的,硬件设施很好,呈"7"字形建筑,两层结构,走道外则有大玻璃相隔,阳光充足。南面有一块很大的活动场地,东面和北面是绿油油的农田,西侧紧依镇卫生院。

对于这样一个既能安居、又可活动的老人场所,母亲心生好感,更何况边上还紧依卫生院,看病比较方便。根据母亲意愿,我与养老院商量,挑了一间在二层楼的单独房让母亲入住。房间虽然是面朝西,但由于前面有宽阔的阳台,西面的太阳进不了房间。东窗外全是农田,每天早晨,温柔的阳光从窗外洒入,让人舒坦、温馨。母亲对这个房间很满意。

为了让母亲生活方便,房间里除了配有风扇、电视机外,我安装了电话机，二哥特意从商场买来了小冰箱，在这不大的房间里，只要想到的全都配齐了。

母亲进入养老院后，成为老人中最活跃的"年轻人"。黑板报由她负责，食堂每日菜单由她书写。有时她也会代表老人向院方提一些意见。心情好时，她与其他老人一样，会帮助食堂干一些活。

一天，她对一些坐着不动的老人感到好奇，问我："我将来是否也会与他们一样，像个木雕人似的？"

我笑答："这是自然规律，人总会有那么一天。"

"那我不是在这里等死吗！"她显得沮丧。

我说："每个人来到世界都是等死，所以不必顾虑，只要每天有一个好心情就行。"母亲略有沉思，就不再说什么了。

一天早上，我去探望母亲，刚进门，她笑呵呵地说："我见到你父亲了、见到你父亲了。"怎么回事？我正纳闷儿。

"昨晚我做了一个梦，见到你父亲了！"她开始叙述梦里的情景："他说他在那里很好，不必挂念，还邀我去参观。我问怎么个去法，他说可凭票，他还拿出两张票子。我问这票子怎么是红色的？他说他们那里的票子都是这个样子。我随他进了一个黑洞洞的地方，那里确实很凉快。他说：'这里冬暖夏凉，很舒服……'早上醒来，才知是一个梦。"那天，母亲心情特别好，滔滔不绝。

时间过得很快，一晃几年过去了，母亲听力大不如前，侄子从辽阳邮来了助听器，但效果甚微。由于听力下降，慢慢地与她交流的人少了，这让她越来越烦躁，生活中喜欢找碴儿发泄。有一次，为了一个小问题，她与我争执起来。她理亏，说不过我，很生气，就对我说："你们都很孝，但不顺，孝而不顺等于不孝。"

事后细琢磨，母亲这句话确实有道理，对待老人既要孝也要顺，何必为小事而争呢？她说太阳从西边出来，你就顺着她，就说确实看到太阳从西面出来了，这样老人不就高兴了？从那以后，做事讲话我就顺着她，只要她开心就行。

随着年龄上去，母亲身体日显衰弱，对屋内摆设总觉不顺眼，对床上的铺垫总是不称心。每当我去看她，她就来了精神，指挥我把一些物品从东搬到西，再从西搬到东，要我把橱柜中所有东西都拿出来，根据她的要求重新整理，再分类放妥。对于床上铺垫，一会儿要加厚，一会儿要抽薄，总之，这样的杂事，每一次去都要折腾一整天。

为了一个"顺"字，不管她让我做什么，不考虑是否合理，我多数会顺着她。后来，她对院内的工作人员总不顺眼，无奈之下，我与院长商量，外聘一个钟点工，专门服侍母亲，费用由我承担。钟点工除了帮母亲干一些杂活外，还要陪母亲说说话。

院长按照我的意思，花了好大精力，终于找了一个本地的中年妇女。几天下来，母亲很满意，说："这个新来的工作人员真好，话也听得懂。"可是母亲哪里知道，这是我专门请来的啊！

不满一周，钟点工就辞了，问其原因，说"吃不消"。后来我又请院长再找，院长回复："要适合你母亲脾气的，实在找不到啊。"

一天深夜，外面北风凛冽，家里电话响了，我从梦中惊醒。电话是母亲打来的，她说："我心脏不适，可能会有事，你马上过来。"

短短的几句话，揪紧了我的心。这可不是闹着玩的，当初父亲就是心脏不适才走掉的。时值严寒，外面北风呼啸。我顾不了那么多，马上起床穿衣，开车赶往养老院。

到了养老院，我径直奔向母亲的房间，推开门，只见几个工作人员一字排开，守护在母亲床边。见到这一幕，我十分感动，想不到院方的工作人员如此敬业。

作者与表哥徐乃达（徐锡麟孙）

母亲微闭双眼躺在床上，房间内没有声响，所有人只默默地看着母亲，希望她没事。我俯下身子，轻轻地问母亲："您现在如何？"

"尚可，但……但你们不能走，万一又发病怎么办？"母亲微睁双眼，担心我们会离开。

我安慰道："放心好了，我不会走，留在这里陪着您。"

母亲听后似乎安心许多，又微闭眼睛，屋内格外沉寂。这时，我急忙转身向工作人员表示感谢，让她们先回去休息。她们离开后，我独自站在床边守护着。夜里气温特别低，我身体直打战，好不容易熬到天亮，再问母亲，母亲说："好像没什么了。"我长长地舒了一口气，沉重的心终于放松了。

表姐徐乃锦（徐锡麟孙女）看望作者母亲

二哥经常从浦西赶来探望，外地的哥姐每年也会来好几次，这让母亲备感欣慰。后来，母亲因眷念老家，回到绍兴由小阿哥家照料，小阿哥为了让她舒心，专门制作一辆三轮车，只要有空，就带着她到外面登车游览。母亲在家寂寞，小阿哥又花钱请了一个下岗女工陪她聊天，尽管女工没几天也因吃不消而辞了，但足以说明小阿哥为了尽孝动足脑筋。

一段时间后，母亲又去了石家庄姐姐家，得到了姐姐及家人的悉心照料。日复一日，姐姐年岁也大了，患有多种老年疾病，为顾及姐姐身体，母亲又回到了上海，入托松江九亭一家民营养老院。

一天傍晚，院里来电话，说母亲的一口假牙碎了，含在嘴中不肯吐出来，如一旦咽下肚里，这事就大了，工作人员很着急，让我快速赶去。我听到这个消息，心急如焚，马上开车赶去。

母亲见到我，似乎有意而为之，脸上露出满意的表情，并顺从地张开了嘴，把碎掉的假牙吐了出来。

假牙算是拿出来了，但母亲没有假牙无法吃饭，必须得马上修复。夜幕已经降临，又地处偏僻，到哪儿去找牙科诊所呢？无奈之下，我开着车到处寻找。终于，在不远的菜市场隔壁看到了牙科小诊所，但门已关闭，好在里面还亮着灯。

我慢慢地推门进去，向对方说明来意。开始对方不愿加班，说要修复也得第二天。后来，我反复讲述老人的特殊困境，另表示加点钱没关系。最后在我的软泡细磨下,对方终于同意了,但需要两个小时,估计要等到半夜。我很高兴,抱拳感谢。

母亲晚年,经常有亲朋好友去看望,也有外公辈的一些后裔,其中有徐锡麟的孙子(蒋孝文的舅老爷)徐乃达先生、章太炎的孙子(时任上海市黄浦区政协主席)章念祖先生。

一次蒋经国的儿媳(蒋孝文妻子)徐乃锦到大陆来,上午受上海市市长徐匡迪的接见,晚上便在陆家嘴绍兴饭店请母亲等一些长辈吃饭,她祝愿姑妈(她叫我母亲为姑妈)健康长寿。那期间,母亲还有幸得到了浦东新区区委书记周禹鹏先生(后任上海市副市长)的亲切接见及慰问。

作为历史老人,中央电视台、绍兴电视台曾专程到养老院对母亲进行采访。据编导说,那天上午采访我母亲,下午去采访谢晋先生。谢晋是我国著名导演,绍兴人,曾在国内国际获得很多奖项。

2010年末,已97岁高龄的母亲,体质虚弱,百病缠身,最后在浦东一家医养康复院,安详地走完了她最后的人生。

时任浦东区委书记周禹鹏接见母亲徐明珍

【生活百态】

神奇托梦

父母离开后，我时常会梦到他们。梦，所有人都经历过。日有所思，夜有所梦，这是人类正常的生理现象。但对于托梦，就显得有些神奇了。我母亲幼小时曾经历过托梦，凑巧破解了当时被大人们定为无法医治的大难题。

20世纪20年代初，母亲还小，外公是个大忙人，多数时间不在绍兴（家里），长年在杭州文澜阁修补《四库全书》。《四库全书》是中国历史上规模最大的丛书，是中国超级文化大典。当时藏在文澜阁的《四库全书》残缺不齐，亟须有人修补。外公知道后，自掏腰包，带着学生堵福诜，义无反顾地承揽了这项工作，历经七年，史称"乙卯补抄"。

当时浙江教育厅长张宗祥对外公的义举十分感动，但他知道，《四库全书》的修补量相当浩大，单靠几个人是很难完成的，所以须官方牵头，增加补抄人员。在他的重视下，后来补抄人员增加到百余人，费用全部由浙江籍人士募集，外公任总校，堵福诜任监理，历时两年，史称"癸亥补抄"（注：1949年前后，为纪念外公及堵福诜补抄《四库全书》功绩，他俩的画像一直被悬挂在文澜阁）。

外公整天忙在外面，家里靠外婆一人操劳。每天清早，她总是第一个起床，忙里忙外。外婆勤俭持家，宽厚待人，颇得外太公、外太婆的喜爱。外太公外出应酬，衣背上要缝缀一块方正的"补子"（注："补子"是反映当事人身份的标识，犹如现在的名片）。每次缝制都由外婆完成。外婆做工精细，外太公甚为满意。

　　国内战乱，家境日趋衰落，外婆更操劳了，为增加收入，她每晚加工银锭，直到更深，有时待到鸡鸣。春夏秋冬，她总是最后一个睡觉，最早一个起床。

　　一天清晨，她和往常一样，悄悄地走入厨房做清洁，不久，忽听她大声疾呼："药在大橱抽屉里……药在大橱抽屉中……"以后声音就听不清了。

　　家人急忙赶到厨房，外婆已倒在地上不能说话了。此时，外公在杭州抄补《四库全书》。几个姨妈慌了手脚，情急之下，大姨急忙进屋，剪下自己左上臂的一块肉，烧汤喂给牙齿紧闭的外婆喝，希望通过"割肱疗亲"来感动苍天。也有人请来了医生，开了药方，但等药买到，外婆已经永远离开了，享年五十岁。外公知道后急忙赶回来，见到这种场面很后悔，说不该让她一个人在家操劳。

　　灵堂上，遗像上的外婆遗容显得格外和霭，她目视亲友，似乎在惋惜自己的突然离去。棺柩四周，众人悲戚。母亲年小不懂事，不停地用手抚摸着漆黑的外棺，幻想依然能依偎在外婆的怀抱里。

作者外婆（陈氏），约摄于1915年

　　当时，外公修补《四库全书》正值尾声，考虑到照顾家庭，外公向堵福诜等人交代了补抄结尾的一些细节后，辞去了文澜阁的工作。

　　逝者已矣，生者如斯。家里在外公的料理下逐渐恢复了平静，但前事刚处理完，令人纠结的事又发生了，不知什么缘故，母亲双臂先是发痒，继而

【生活百态】

溃烂，特别是手臂弯曲处，烂得几乎见到了骨头。外公带着母亲四处寻医，但都不见效。大人们叹息，母亲这双手臂再恶化下去，十有八九要残疾了。外公心急如焚，但也想不出好的医治办法。正当大人们一筹莫展时，母亲却做了一个非同寻常的梦。

梦里，外婆见到了母亲，她看到母亲手臂上烂成这样，甚是心痛，就对母亲说，只要将蟹放在手臂上，手臂就会长好的。

第二天早上，母亲就将梦里的情节向大人们说了，大人们听了虽然很惊异，但认为可以试一下，就算"死马当活马治"。但蟹怎么放在溃烂处呢？大人们研究后，决定先把蟹捣碎成糊状，然后用布包裹后敷在疾患处。

1920年母亲徐明珍（下）与姐姐摄于杭州灵隐寺

几天后，母亲手臂患处居然开始收口，创面逐渐萎缩。又一段时间后，母亲双臂彻底痊愈。母亲长大后才知道，她得的是棺漆过敏，当时很难医治。不管怎样，托梦指导的做法，虽然匪夷所思，但毕竟治好了。

母亲开始认为这只是巧合，权当人生世故中的一个插曲，并不过多渲染。但事过70年，也就是20世纪80年代中期，母亲在浦东川沙新华书店，看到一本医书，随手一翻，竟看到了"漆过敏，蟹敷之"的土方，这让母亲惊奇不已，难道世上真有这种事？母亲百思不得其解。

梦，既真实又虚幻，既有心理因素又富有想象，相信在不远的将来，随着科学技术的进步，这个谜一定能够破解。

怀念母亲

　　2021年5月8日是一年一度的母亲节,这天我想起了母亲,虽然母亲离开我们已10余年了,但她的音容却始终在我心里,永远也不会磨灭。

　　母亲出生于浙江绍兴东浦古镇,是辛亥革命烈士徐锡麟的胞侄女。母亲从小读书成绩优异,体育成绩突出。成年后一直从事教育工作,桃李满天下,她对教育事业充满着爱,直到93岁时,曾作文说:"多少年来,学生们纯洁的笑容、童趣般的话语一直在我脑海里荡漾,使我经常沉浸在美好的回忆中。"

　　1956年暑假,母亲接到了上海师资训练班受训的通知,地点在外白渡桥近边的一个大学内,吃住都在里面。训期满后,根据学分值,母亲被分配在中教行列,但她的愿望是低龄教育,她说:从妈妈手中接过"白纸",凭我的才艺,一定能"画"上美丽的"花朵"。经母亲再三请求,组织上终于同意她到小学任教。

　　母亲将教学当作事业干,她对学生们说:"课堂上我是你们的老师,课堂下我们是同学,某些方面你们还是我的老师,如跳绳、踢毽子等。"每当

【生活百态】

下课，母亲就与小朋友们一起玩耍，这时"小花朵"们很开心，活泼可爱的天性尽情发挥出来。上课时，他们专心致志，讨论时活跃而无拘束。日复一日，不仅小朋友与母亲的感情日益加深，他们的平均成绩在教区内也名列前茅。

有一次，一个小朋友因她父亲工作调动而要迁居，当她得知要转学时就是不肯，并执意要留在母亲的班里。她父亲赶到学校，她就双手抱着教室前的柱子，死活不肯离开，后来只能由校长出面亲自做工作，事情才得以解决。当时教学片区有七个学校，其中某校有一个学生，性格倔强，经常吵闹，不听老师话，甚至有打骂老师的劣习。没办法，七个学校的领导开会，专题讨论该学生的教育办法，最后确定转到我母亲的班上。

当时母亲也有顾虑，他的到来会否影响自己班上那良好的班风，但经过思想斗争，母亲还是接纳了他。母亲通过加倍的关爱来改变他对老师的敌对状态，通过一段时间的努力，他的情绪稳定了，师生感情终得融洽，学习成绩也上去了，母亲悬着的心终于放了下来。以后他入伍参了军，还在给母亲的来信中写道："过去您是我的老师，现在仍是我的老师，将来永远是我的老师……"

母亲回忆说，20世纪60年代初的三年困难时期，各种物资缺乏，那天是端午节，回到寝室，突然看到自己的面盆内装满了粽子，她很吃惊，忙问校工，校工说："你班上有好多学生来过。"母亲这才恍然大悟。课堂上，母亲问是谁干的，却没有一个承认的，母亲只好汇报教导主任，请示如何处理。主任说，这是学生敬的，你就收下吧。当时母亲相当感动，她将这饱含深情厚谊的粽子分给了其他老师，让他们共同分享学生的这份情谊。一次，有人来学校专访，问母亲为什么与学生的感情那么好，母亲回答说："老师爱学生，学生敬老师，就这么简单……"

母亲在事业上是尽职的，在家里也一样。几十年间，她与我父亲一起，既肩挑生活重担，又十分注重对子女的教育，凡社会上有正能量的事例，她都会用故事的形式讲给我们听。每晚，母亲在备课的同时，都要陪我们自修，天天如此，但不会超过9点。母亲认为，学生必须保证睡眠，要有充足的睡眠时间，否则会影响第二天的听课，会降低学习专注力。生活中，母亲注重节约。如穿戴上，认为衣服旧点没关系，哪怕有补丁，但必须整洁；人须正气，切不可蓬头垢面。50年代末，我大哥虽然已考进北大，但还是穿着

233

母亲徐明珍94岁照

打着补丁的衣裤。

母亲不仅在教育上，在生活中同样倾注着对子女的爱。记得我六岁那年，刚从绍兴回到上海。一次我发烧了，外面北风呼啸，气温很低。母亲心急如焚，让我躺在被窝里，给我充了热水袋，还买了一些小零食放在枕头边上让我享用，自己却冒着严寒、顶着刺骨的北风去请医生出诊（注：当时卫生院医生是可以出诊的）。母亲体质本来就不好，在寒风下尤显单薄，但母亲不畏寒流，花了几个小时，终于请来了医生。如今60余年过去了，但母亲日常生活中的点滴，则一直萦绕在我脑海里。

母亲与父亲一样，是伟大的、无私的。2010年11月3日，97岁的母亲终于离世，悲痛之中，我赋诗："噩耗飞传震梦醒，追影泪洒悼先灵；痛失慈母仙西去，禹庙青山伴冢茔。"

为纪念母亲，2011年我专题作文《伟大的母爱》，登载于《浦东之窗》第四期，文中除了例举生活中母爱的点点滴滴，最后写道：母爱如一颗种子，在历史的长河里不断传递；如雨露之水，不断延伸，滋润着一代又一代幼苗，只要自然界有思维生命的存在，它就永远不会终结。我想，这就是它的伟大之处。今天，我再一次面向远方，愿您在那边快乐。母亲，我爱你！

【生活百态】

半夜惊魂

　　1999年6月6日，按理这是个吉利的日子，六六大顺，一切如意，但就是这天，却发生了不寻常的事。

　　凌晨两三点，薄云遮星，天空黑沉沉的，大地万物都已酣眠，时空如同凝结一般，显得格外寂静。这时，人们经过一天的劳累，都处于睡梦中。而我因睡眠不好，只能在浅睡状态下拖延时间，朦胧中，忽然听得"吱"的一声。有人开房门？我心里猛地一惊，混浊的脑子顷刻清醒起来。我警觉地竖起耳朵，半晌，又是"吱"的一声。"是谁？"我大喝一声。

　　又是一阵细微的嘈杂声。我稍做犹豫，马上起床开灯，但房间内外并没发现异样，一切安静如初，这是怎么回事？是人们说的闹鬼？我虽然不信这个，但不免惴惴不安。

　　此地原来是一片农田，没路没灯，每当入夜，一片漆黑，一般人无事不会光顾这里。改革开放后，这里建造了乡里最早的几幢商品房，当时被称之为集资房。集资房没有产权证，购买后，就到乡里做个登记。集资房为六层建筑，全部砖块砌成，从上到下仅打几道圈梁，各层的空心楼板是一块块拼上去的，楼板两头接触仅五厘米，抗震能力很弱。各单元是套房结构，虽没煤气，但卫生设施齐全，当时这样的房子已经很前卫了，由此，我花了几万元买了一个中套，两室一厅，约60平方米。

自从这里建了公房后，开始集聚人气，但由于入住户不足，白天仍显冷清，入夜更不用说了。因为冷僻，易被毛贼盯上，由此，三层以下许多住户都安装了不锈钢窗栅。

对于防偷盗，我是比较注重的，因为之前有过许多教训，如：房门被撬、钱袋被偷、摩托车被盗，特别是车子四轮不翼而飞，虽然已经是几年前的事情了，但当时的那副残景，仍历历在目。

那天早上，我还没上班，儿子到学校后打来电话，说他在上学出门时，看到我停在楼下的车子有异样，让我快去看一下。我很疑惑，会有什么问题，莫不是被别的车碰擦了？我匆匆赶去，定睛一看，汽车四个轮子没了，整个车身如同没手脚的残兵，在砖块的支撑下，有气无力地趴在那里，撒落一地的螺丝沮丧地守在"主人"身边。时值深秋，一阵寒风萧瑟后，显得愈加凄凉。我惊愕地看着它，不知如何是好。

事后了解到，社会上盗轮贼很多，因为车轮价格高，毛贼就寻机偷盗，然后低价转卖给少数贪利的出租车司机。据说他们偷盗动作娴熟，速度很快，十几分钟就搞定一辆车。工具也很简单，只需一个千斤顶和一把扳手，我真佩服毛贼的"高超"技艺。

后来购房时，为从安全考虑，我特意选择了四楼，认为这个楼层比较安全，小偷不可能爬那么高来作案，毕竟小命重要。但这次半夜"幽灵"，会否就是毛贼所为呢？

我查看进门保险，并没发现异样，再到儿子房间，看到也很正常，最后检查厨房。厨房约六平方米，北侧有个单窗，单窗已被打开。

难道毛贼是从单窗进入的？单窗很窄，一般大人很难从中进出，然而不是毛贼来过，那本来关着的单窗又怎么会打开呢？

我想还是先检查一下屋内的物品，看有没有短缺的。不看不知道，一看不得了，我放在客厅桌子上新买的手机不见了，手机价格不菲，仅用了一天就没了，真是懊丧。后来回想，幸亏这天我将包放在卧室，否则肯定也拿走了。

可以确定，毛贼是从北窗进入，又从北窗逃走的。我探头窗外，外面静静的，好像什么都没发生过。我真佩服毛贼"敏捷"的身手，这么窄小的窗，无声无息，进出如猫行。更让我吃惊的是窗外距地面十几米，沿墙仅附一根排水管，我们楼层之下邻居都没装窗栅，毛贼只能通过排水管攀爬。排水管是PVC做的，人体那么重，怎么经得起攀爬？如掉下去不死也残。上攀已属不易，下溜更难，我真不知毛贼是怎么做到的。

我推测毛贼一定是瘦小个子，光脚作案。估计他顺管爬到四楼后，先将厨房北窗撬开，入室后到了客厅，然后想进房间，但没想到房门这几天正好有点问题，推门时会发出"吱"的声响。起先，毛贼可能被"吱"声吓了一跳，但稍做停顿后，看没动静，以为屋内的人睡着了，就继续推门，随之又发出了"吱"声。这时我吼了一声，毛贼一看不好，便反身而逃，估计对方没穿鞋，所以撤退时声音特别细小。

事已至此，小偷早已逃走，我只能自认倒霉。后来听说这晚毛贼作案好几起，其中他"造访"某家，男主人没睡着，朦朦胧胧中看到了毛贼的身影，但由于害怕，不敢动，还假装睡着，硬生生被偷走了好多东西。

前思后想，都怪自己还是大意了，低估了毛贼作案的能力及胆量，如当时北窗有栅栏，对方再猖獗，也只能望而却步了。教训要吸取，亡羊补牢犹未为晚，我立马行动，花了1000元加装了北窗栅栏，安全隐患消除后，心里踏实多了。

一只宝碗

在2014年的秋天，我和一群朋友前往了江西景德镇。这个被誉为"世界瓷都"的地方，对于我们这些对陶瓷艺术抱有深深热爱的人来说，无疑是一个必去之地。在这里，我们不仅深入了解了陶瓷的制作过程和历史，更是带着一份对艺术的热爱和尊重，开始了一段寻找心中至宝的旅程。

景德镇的千年窑火不断，其瓷器以"白如玉、明如镜、薄如纸、声如磬"的独特风格闻名于世。每一只瓷器都承载了匠人们的心血和智慧，这使得我们无论是在欣赏瓷器，还是在挑选瓷器的时候，都充满了敬畏和尊重。

市场上的瓷器种类繁多，让人眼花缭乱。几天下来，虽说买了几件，但都不是我理想中的。如帖画烧制的百鹿盆，盆径大，色彩鲜艳，装饰华丽。在我看来，这些都只是表面的美，且工艺简单，充其量只能算作纪念品。我想要的，是那种有内涵、有生命的瓷器。

在景德镇，传统名瓷有"青花""玲珑""粉彩""颜色釉"四种。尤其是颜色釉，由于其烧制过程中对于温度和气温等因素的敏感性，使得每一件作品都充满了变化和生命力。这种难以预测和控制的美，无疑让我深深地着迷。

这天早上，我无意间走进了一家刚刚开门的商家。在角落里，我看到了一只纸箱上，放着一只有着独特花纹的碗。我被这碗吸引住了，虽然这碗积了些尘灰，但它花纹奇特且自然，看上去不像是人工描绘的，应该是窑变的产物。

所谓窑变，是指瓷器在烧制过程中，由于窑内温度发生变化，通过釉产生的化学反应，让其金属成分透出，其冷却后在釉面凝结为晶体，继而保留了熔融时流动时的奇特细纹。眼前的这只碗，光彩绚丽，应该属于窑变后的兔毫釉碗。

据说烧制兔毫釉的温度需达1300多摄氏度。过去，柴窑温度很难控制，出品率非常低。如体积大，成品率更低，因此，社会上有"千炉一宝"之称。不过随着时代发展，现在是气窑了，温度容易控制，出品率也提升了。

兔毫釉碗

我问店主："这碗的来历，产于什么年代？"但对方只说是地摊上买的，放在这里已经很长时间了。

问到价格，对方淡淡地回答道："1000元。"这个价格让我惊讶，我假装不识货，说："这么个破碗怎么要1000元？"对方瞥了我一眼，笑了笑说："你真不识货，这个价格已经很低了。"

内心深处，我知道他说得没错，如这碗是孤品，就有很高的收藏价值；即便它不是孤品，由于工艺的局限性，数量也不会多。它，无疑是我一直在寻找的目标。

于是，我开始与店主讨价还价，希望能以满意的价格将它带回家。店主看了看我，说："这碗放在这里已经很长时间了，今天刚开张，您又是第一个顾客，为图个吉利，价格就减半吧。"

我摇了摇头,表示不满意,要求再降一半。店主开始犹豫起来,或许他觉得我的砍价太过激进,但他最终还是点了点头,说:"这个价格绝对是亏的,但看您真心喜欢的份上,拿去吧!希望这生意能为店里带来好运!"

　　我非常满意,回到上海后,我反复欣赏和把玩这只碗,它的直径18.5厘米,高8.5厘米,大小适中。在我眼里,无论它是历史文物还是现代产品,它至少是有故事的。通过它,不仅让我对陶瓷艺术有了更深的理解和热爱,也让我对生活有了更多的欣赏和感激。如今,这碗被放在书房的玻璃橱内,百看不厌。

【生活百态】

真假葫芦

2014年，我生日那天，看着自己买的蜜蜡葫芦，心里满是喜欢。这个宝葫芦高约19厘米；直径最大处约8.5厘米，顶部是一个宝葫盖，盖上系有红线带，线带连接葫芦腰，线上有个小小的中国结，中国结上串有一定数量蜜蜡珠。

宝葫芦来自青藏高原，途经千山万水，虽说是乘飞机，但也实属不易。把玩着柠檬色的"小家伙"，从上到下，细细品味，为我生日增添了一份难以遏止的喜悦。但让我没想到的是，生日过后仅几天，一个隔空电话让我心坠冰窖。

20天前，我们17个朋友自行组织到西藏游玩。那些日子，分别游了布达拉宫、

宝葫芦

大昭寺、措木及日冰湖、大峡谷、卡定沟太昭古城、米拉山高峰、纳木错、羊卓雍错等，其间拍照、购物、吃烤肉，内容丰富，游玩甚欢。

途中，我买了红玉、鸟岛石、玛瑙石、六眼鸡蛋石、手镯、天珠、红白挂玉等纪念品。买这些小玩意儿，只是凑个热闹，而最后一天在某商店里看到的一件商品，才让我真正动心。

那是蜜蜡做的宝葫芦，它在橱窗灯光照射下犹显风采。我一见钟情，爱不释手。当时标价是6800元，我几乎不还价，就直接买下了。兴奋之余，拿着"宝贝"还让营业员拍了照片。

我喜爱蜜蜡，它是大自然赐予人类的天然珍贵宝物。它的形成过程须经历数千万年甚至上亿年，其间历尽沧桑。蜜蜡有着神奇变化，它几乎无一雷同，仿佛任何一件都是世间独一无二的珍品，它肌理细腻，触手温润、熨帖，很有人情味。它的美丽、神奇，每每予人一番惊喜。

回到上海，特别是过生日那天，我又把它拿出来欣赏、品味。但过后，我想这么好的东西会否有假？据说蜜蜡行业水深坑大，蜡友交学费的人不少，由此我担忧起来，便查阅了相关资料。

据悉，蜜蜡做假一般有三种：纯塑料的，两代蜜蜡的，还有柯巴树脂的。对于这三种假货有不同的鉴别方式：第一种情况由于成分不一样，只要用手搓一下，有松香味的就是真蜜蜡。而光泽硬，表面泛贼光的肯定是塑料。第二种假的情况是由蜜蜡粉压制的，里面的纹路是规则的，而天然蜜蜡是不规则的。第三种假的情况通常表现为颜色淡，如淡柠檬色或接近白色，质地较软，通常指甲也能留划痕，且表面还有点黏。

虽然理论上这么说，但实际鉴别并非那么简单，社会上仍会有许多人上当，很多人戴了十几年甚至几十年都不知道是赝品，光靠书上或网上那一点儿介绍是不行的，否则蜜蜡鉴定机构就没存在意义了。

宝葫芦到底是不是真货，作为非专业人员肯定看不出来，怎么办呢？好在我保存了对方发票、照片、联系卡。我决定打电话给那个商店，试探对方，就说货是假的，看看对方反应。如货是真的，对方肯定不会承认，且态度强硬；如货是假的，对方必显底气不足，可能会露出破绽。

电话很快打通了，接电话的是一位女营业员，我对她说："前几日到你们那里买的蜜蜡葫芦让专业朋友看了，是假的，你们看怎么处理？"

对方听后口气很硬，表示自己从来不卖假货，如不信，可以到专业机构去鉴定。她的硬气表现，正是我想要看到的。我面上仍坚持假货观点，心里却很开心。

电话中双方争执不下，最后我说："现在我打电话，只是提个醒，一切都好商量。如我去鉴定了，结果确实是假的，这不是商量的问题了，那肯定是以一赔十，这是国家有规定的。你们是正规店，我不怕你们不赔。"然后我挂了电话。

我愉悦地细品着葫芦，悬着的石头放下了，它就是真货！不然对方哪会那么硬气？我美滋滋地泡了壶茶，享受着拥有宝物的快乐。可就在这时，电话铃骤然响起，对方来了电话，是个男的，可能是负责人了。

电话一接通，对方就开门见山，直接问我什么意思。我说我到你们店里买了假货，你们看怎么处理？对方让我提个方案，我说既然那是假货，充其量只能算是工艺品，按工艺品价格不会超过1000元，多收的钱必须退还。

实际上我话是这么说，仍希望他拒绝我，毕竟我想要的是真货，而不是退款。谁知，对方二话没说，直接要了我的银行账户，很快将多收的钱退到了我的账上。

我收到这笔钱后，心里七上八下，不知道应该高兴还是沮丧。追回了钱，那应该是高兴；"宝贝"变成了假货，那应该是沮丧。

原本那"小宝贝"已入选家中的展示柜，现在是否把它移走呢？想了半天，认为不管怎样，它还是一件不错的艺术品，它的艺术价值没变，"小宝贝"本身没错，错的是那个黑心店。

广袤草原

　　10余年前，我和几个朋友去内蒙旅游，那次游程，至今难忘，愉悦、惊奇、恐慌、迷茫、遗憾如同餐桌上的拼盘，五味杂陈，好似老天特意安排，让旅游精彩纷呈，享尽大自然的馈赠。

　　早上乘浦东机场7点30分的航班，10点多到辽通降落，部分乘客下机后又上来了一批乘客。飞机继续飞行，约1小时到达海拉尔。海拉尔比较繁华，属呼伦贝尔市辖下的区，也是市政府所在地。这里白天比较热，早晚及阴天比较凉，短袖还须加外套。

　　下机后，就去参观满洲里"国门"，据说中苏列车在那里通过。满洲里是我国最大的陆路口岸，具有中俄蒙三国风情，被誉为"东亚之窗"。那里游人不多，商业没想象中那么繁华，边上有"套娃"集景。入夜后，五彩斑斓的灯光亮起，这是政府统一设置的，主要是为了吸引游客。据说每年6月至8月气候最适宜，这时游客最多。全年一半时间是没有游客的，因为冬季太冷了，最低要零下40多摄氏度。所以6月至8月也是物价最贵的时候，按他们的说法："4个月的经营要养一年。"

【生活百态】

第二天上午,我们去呼伦贝尔湖,也叫达赉湖。路上天气变幻无常,之前还是阳光明媚,顷刻却乌云密布,继而暴雨倾泻,气温骤降。大雨变成了大冰雹,砸在车上,叮当直响。车外茫茫一片,看似恐怖。

突然,"砰"的一声,一个较大的冰雹正好砸中了车上的雨刮器,雨刮器瞬间失去了功能,窗前一片混浊,车子很难再继续行驶。为不影响车行,师傅冒险下车抢修,但没成功,无奈之下,只能半开半停。

车子如同大海中的小舟,在广袤的草原中艰难前行。大家从来没有经历过这样的场景,听着车顶上的叮当声,如同惊弓之鸟,蜷缩在车里,大气不敢喘。冰雹终于慢慢退去,雨量也减小了,车子驶出乌云区,迎接我们的变成了灼热的太阳。

我们到了目的地,达赉湖很大,一眼望不到边。它是内蒙古第一大湖,中国第五大湖。湖水很深,清澈透亮,像一面明亮的大镜子。时值夏天,漫山遍野的野花,像给大山披上了一件带花的衣服,各种各样的花木倒映在湖水中,仿佛在照耀自己美丽的身影。湖的四周是世界保存最完好的原生态大草原。蓝天、白云、青山、绿水如一幅意境深远、永不褪色的中国山水画。

我们乘着游艇,逆风而行。后面跟了一大群海鸥,海鸥在湖面上起舞,似乎是在欢迎我们。游艇上有许多小鱼,50元一盆,专供海鸥吃的,我们买了几份抛给海鸥,算是对它们的答谢。

中午,我们去一个叫"巴尔虎"的部落,到达时,族人为我们敬献哈达,请我们喝"下马酒"。这是蒙古族的民俗文化,是蒙古族接待客人的一种礼仪,当尊贵的客人来到草原的时候,主人会双手献上哈达,同时奉上一杯下马酒。客人接过下马酒后,用左手端酒,右手无名指蘸酒洒弹天空,称为"敬天",同样动作弹向地面,称为"敬地",最后向前方平弹,称为"敬祖先",敬完后双手端碗一饮而尽,表示对主人的尊敬。据说下马酒是从成吉思汗时代传承下来的,这种风俗体现了蒙古族热情好客、粗犷豪爽的性格,也是与客人增进友谊的一种方式。

就餐的蒙古包很大,里面可放十几桌,还有表演台。据说在这里经营的是几个大家族,分工明确,各做各的,避免冲突。餐后主人带我们去边上举行敖包祭祀。按照向导要求,每人拾了个小石头,祈祷后围着敖包走三圈,然后将石头扔到敖包上面,意思是祈福自己一路平安和顺利。

祭祀结束后,我们沿边防公路去额尔古纳市,据说它是全国最小的县级市。

车子在路上飞驰，沿途都是草原，草原上牛羊马成群，蓝天白云，整个画面充满生机。途中我们停下来拍照，突然看到天空中一个黑乎乎如碟状的物体，后面衬着一大团白云，物体一端有一缕灿黄色的光，它悬在那里，无声无息，看上去特别显眼。它一动不动，好像在一心关注大草原，关注悠闲的牛羊，也包括我们。大家都解释不了这是何物，也无法按常理去判断，认为它既然在白云之前，应该不会很高，但到底是什么，谁也说不清楚，最后只能拍几张照片，带着无法破解的遗憾继续赶路。

草原上空白云里的疑似飞碟

数小时后，终于到了额尔古纳市郊外。那里有一条河，对岸是俄罗斯。我们坐上游艇，游艇只能靠我方半边行驶，否则就是越界。河水颜色是黑的，但不是污染，也没异味。我们觉得好奇，问工作人员，但他们也说不清，我猜想是矿物质所致。

转眼已经是第三天了，按计划去五卡、七卡。所谓"卡"，即为原来边境的"哨卡"，后来作为地标沿用了下来。沿途共有九个卡，五卡到七卡属于半山地半草原。我们在车上兴致勃勃，准备一睹这特殊的地貌。但很遗憾，车行至约50公里时，遇到土路被雨水冲垮，没法过去，正犹豫，又听说前方被冲垮的还有两处，迫于无奈，只能放弃。

经商量，决定转道去恩和、室韦两个镇。车子调整方向后继续前行，到恩和时已值中午，我们决定就在恩和吃饭，顺便体验一下小镇的民俗风情。

恩和镇居住着300多户人家，他们一半都是俄罗斯族人，说着一口浓郁的东北话，生活方式却是典型的俄罗斯民族风情，很有特色。小镇很安静，远离城市喧嚣，如同世外桃源，让人向往。餐后我们继续赶路。

室韦镇是中国十大名镇之一。此地本来经济条件较差，自开发旅游后就好多了。镇里有个广场，广场不远有条中俄界河，界河两岸都搭建了表演台,据说有时两边唱歌表演对方都能听到。室韦的水是不能喝的,主要是含铅量太高,所以这里餐馆、宾馆的水都是外购的,一车水要30元至50元。路边到处可以看到卖水的车,形成了特独的风景线。天色渐晚,我们住在"室韦"的一个木屋宾馆。

按计划,第四天我们去临江,它的最大特色是距俄罗斯近,界河很窄。临江许多人都是中俄混血。这里最大的游览项目是骑马,但我们没敢骑,怕危险。在导游的指引下,我们到界河哨口,走出缓冲区,直接到河边远眺对岸,山坡上似乎有一些零星的民居,因距离太远,只能看个轮廓。据介绍,对岸的俄罗斯人比中国百姓经济条件差,比对下临江的百姓都有一种幸福感、自豪感。

中午时分,我们到了一个叫太平镇太平村的地方。这里一共才10户人家,且都是老人,年轻人都搬出去了。这个村去年才通的电,以前生活条件很艰苦。我们在一个叫"××老屋"的人家吃午餐。他们的菜都是自己种的,鸡是自己养的,但餐费很贵,估计平时客人很少。那地方有一种特产叫"白桦泪",它是白桦树破皮流下的汁凝结而成,据说过程要几十年,能治"三高"。

下午我们到大兴安岭闲步吸氧。其间欣赏"红豆坡""杜香岭摘香叶""鹿道""一目九岭""林海听涛"等景点,最后到达莫尔道嘎镇,住尹舒洋酒店。

第五天原本去根河市,有人建议直接改去湿地。事后得知,幸亏没去根河市,因这天正好下大雨,许多桥都冲塌了,如进去就出不来了。

到达湿地时,大雨仍在继续。我们每人借了一把伞,但风雨太大,伞起不到作用,又买了一次性

作者草原留影

雨披，想不到雨披质量很差，被风一吹，刚穿上去就坏了。怎么办呢？我们既然到了这里，总不能走回头路，何况与风雨相搏，也是一种刺激，我们决定冒雨前行。据说该湿地亚洲最大，为了远眺全景，我们爬到一个山坡上，但由于雨雾气候，看不远，没办法，我们转道去海拉尔莫日格勒河十八弯，到了那里，还是因为风雨，只能在公路边赏景。

这天我们与风雨同行，在风中斗智，在雨中寻乐，享受了特别的体验，倒也开心，只是有点累。晚上决定吃火锅，做足疗，以便消寒、放松。

最后一天上午去西山森林公园，下午2点多的飞机回上海。这次旅游，爽心悦目的北国风光，开阔眼界的风土人情，尽收眼底的天堂草原，享尽口福的土特佳肴，六天时间，收获满钵。

【生活百态】

公祭大禹

绍兴大禹陵边上，有一个神秘而古老的村落，它有4000年的历史，其村里的姓氏在百家姓中极为罕见，被称为百家姓中的活化石，中国科学院及相关研究单位以此作为课题进行了研究，根据男性血样分析，得出的科学结论让世人惊叹。

2007年农历谷雨，春和景明，佳气葱郁。这天好友打来电话，邀我和朋友一起去参加浙江绍兴祭禹活动。据说这次祭禹与以往不同，

作者（左2）与朋友参加绍兴公祭大禹典礼

是新中国成立后第一次国祭，也是它被列为非物质文化遗产后的首次，活动具有一定规模，内容丰富。

4月20日清晨，我们自驾从上海出发，约两个小时就到了绍兴。好友早已在路口迎候，一番寒暄后，便带我们去大禹广场。

广场上人很多，为表达对先圣的敬重，所有参加活动的人都戴着黄围巾，放眼望去，如同黄色海洋，十分壮观。在好友的安排下，我们以宾客身份准时入席。

9点50分，公祭大禹典礼开始了，先以千人钟鼓开场，再醴酒奉祭，最后颂歌祭舞。恭读祭文的是全国政协副主席罗豪才，他身材高大，满头银丝，气宇轩昂，发声浑厚。他既颂扬大禹千年之功绩，又展述国家当今之昌盛，一字一句，情真意切，铿锵有力，这种声音不停在空中回荡，传向远方。

祭典按十三项议程最高礼遇推进。活动持续两个多小时，全场时而肃穆，时而高潮，气势宏大，场面震撼，让我大开眼界。

大禹是华夏立国之祖。据文献记载：尧舜时代，洪水泛滥，人民深受其害，大禹受命治水，八年于外，三过家门而不入，苦心劳身，历尽艰辛，终于治平洪水。大禹死后葬于会稽山，距城三公里。大禹的儿子启即位后，每年春秋派人祭禹，并在南山上建了宗庙。禹的五世孙少康即位，派庶子无余到会稽守禹冢，并建祠定居。

公祭典礼结束了，我们意犹未尽。好友介绍，大禹陵边上有一个4000年历史的禹陵村，村里住着大禹后代姒氏家族。我们觉得好奇，决定驱车前往。

会稽山脚下，古老的村落已映入眼帘，这里的建筑古朴整洁，民房粉墙黛瓦，楼阁高低错落，石板小桥，曲径通幽。这里的一景一物似乎要告诉人们，这个村落已穿越千年。但奇怪的是，偌大的一个村落，并没有"鸡鸣犬吠炊烟起"的景象，整个村庄空荡荡的，不见一人，也没住户，置身村中，似伴阴寒之气，让人恐惧，这是怎么一回事呢？

原来，当地政府为打造大禹陵景区，已将原来的古村动迁拆除，后经政府重新规划设计，在原址打造了新的仿古村，仿古村虽然仍保留远古形制，但已缺少了4000年的历史韵味。当时仿古村刚造好，配套设施还没完善，人们还没入住，所以暂时还只是个空村，有关部门正通过招商引资，拟将这里打造成集旅游、购物、住宿为一体的度假村。

为了了解古村落的姒族文化，我拜会了姒族研究会副会长姒大牛先生。姒先生是大禹第142世后人，也是唯一在大禹陵景区工作的姒姓人员。

据介绍，姒姓族人世代在这里看护自己祖先大禹的陵墓，至今已传至147代。目前，全世界姒姓族人不足2000人，在绍兴的姒姓后人有500多。这样一支古老的氏族，为了守陵这个使命，历尽千年万劫，始终不离不弃，实属不易。

姒姓堪称百家姓中的活化石，近年来，这个氏族的血统纯正性引起了人类学研究者的关注，据说它被中国科学院列为华夏人类起源与发展的研究对象。2002年8月16日，新华社曾发布消息：我国姓氏遗传学专家称，查一查Y染色体上的"姓氏基因"，就可以帮助中国人寻根问祖。据悉，在人类基因组中，男性特有的一段Y染色体是世代相传千年不变的，而且各地的类型不同。所以看男性这段基因，便可以知道他的祖先是什么人，从何方来。

上海复旦大学生命科学院现代人类学研究中心，曾对该村姒姓男子抽取血样分析，发现姒姓男性村民拥有相同Y染色体基因类型，这种基因类型很少集中在东南沿海。由此证明，大禹村姒族是相同的祖先，经历4000年仍保持如此纯正，世界罕见。

每年姒姓人都要祭祀禹王，他们不改姓、不迁居，世代守陵4000年。有人问，支撑姒姓人创造这一奇迹的是什么？应该是他们敬奉大禹智慧、勤劳、公而忘私的精神，且这一瓣心香，从远古一直燃到今天。

这次绍兴之旅，时间虽短，却很有意义，不仅感受了公祭大禹的宏大场面，还了解了大禹村的悠久历史，其中姒姓人4000年的执着，让人感动。

神秘苗王

单凭"苗王"两字就能吸引人。以前电影里常有"山寨王"之类的，如今这"苗王"到底长什么样，是否像电影里那样配有威严的座椅、象征权力的手杖，讲话一言九鼎。带着种种神秘的联想，我们在一次旅游中，接触到了一名苗寨女，在她的指点下，专程探访了"苗王"。确实，"苗王"的看家本领及着装后的气度，非一般常人能比。

2019年9月26日，我随长银集团第三批职工赴贵州五日游。根据行程，先后游览了黄果树、小七孔、大七孔。这些景区尽显喀斯特地貌，最震撼的是宽101米、高77米的黄果树瀑布，它以水势浩大著称，据说是世界第三、亚洲第一。另外还有水、石、根、藤、洞等各种奇观。最神奇的要数大七孔的妖风洞，它处于景区最深端，到了那里看似有洞却无洞，看似有路却无路。境内凉风扑面，雾气缭绕，给人神秘之感。

这天游程结束后回宾馆休息，考虑到隔天是自由活动，同事们讨论着最后一天的行动方向。我推开窗，天空雾蒙蒙的，树上沾满着水珠。我建议大家到宾馆外走走，顺便了解一下民俗。

【生活百态】

刚出宾馆，一股浓浓的烤香味迎面扑来。不远处，一处烤串摊正在迎客。出于好奇，我们走了过去。烤串商贩是当地苗寨女，30岁左右，她不停地拨弄着肉串，动作娴熟，一看就知道是把好手。

我们各自买了几串，边尝边与她聊了起来。她介绍说，这里不远有个苗寨，共有1300多户，她就住在那里，是长大后嫁过去的。过去那里的寨民比较穷，但自从这里开发旅游景点后，寨民也跟着富了。她说，这里入夜前后游客多，每天她都会到这里摆摊，生意还过得去。说着她脸上荡漾着得意的自信。

我们吃完后又买几串，她很高兴，滔滔不绝地介绍着当地的风土人情。时间不早了，我们说隔天是自由活动，希望她介绍一下，到哪儿玩最有意义。

她稍做考虑后说："朝南不远有一座山，从山道上去半腰处是'苗王'的家。平时，去探访的游客很多，但沿路没有标记，只能一路问过去，当地人都知道'苗王'。"

我们一听来了劲，从小到大，我们都没见过"苗王"真容，也不知"苗王"的家是怎样的，想象中，"苗王"与寨主差不多吧！

第二天清晨，我们一行七八个人，按苗家女指点的方向走去。由于雾重，目距短，走了好长时间没见到山，疑惑间，一座大黑影展现在眼前。大家兴奋起来，那就是我们要去的山。很快，我们到了山脚下，问了当地人。对方指着一条山道说："就从这条小石道上去。"

我们沿着山道一路上行。山道由石板铺成，高低不平，走起来有点累。但凭着对"苗王"的好奇，我们奋力前行，遇岔路时，就问一下，这样磕磕碰碰走了好长时间，终于到达了目的地。

那是一座有着民族特色的苗寨，它属贵州雷山县西江千户苗寨羊排村，位于白水河东北侧的河谷坡地，由10多个自然村寨依山而建，并相连成片。从远处看，吊脚楼从河岸依雷公山成梯级往上延伸，鳞次栉比，其间迷宫般的碎石小道纵横交错。漫山遍野的青瓦，如同一个巨大的蜂巢，气势恢宏。

"苗王"家在整个苗寨里并不是最大的，却充满了神秘。寨门是木制的，旁边的石墙上赫然标注着"鼓藏头家"四个字。后来知道，"鼓藏头"是苗族中的传统特殊职位，负责管理祭祀祖先和苗寨事务，也就是当地民间流传的"苗王"。

我们循迹进去，一个中年男子从院内迎了出来。对方中等个子，肤色稍黑，额上带有少许皱纹，看上去50多岁。男子和善、朴实。当听说我们想探访"苗王"时，他很高兴，说自己就是"苗王"。

我们很吃惊，原来"苗王"就是个普通人，根本没有想象中"前呼后拥"的那种霸气。"苗王"带着我们往里走。井院内堆着各种山草，他介绍道：祖传行医，草药全是自己到深山采的，院内堆放的都是药材，全国各地到他这里求药的人很多。

我环顾四周，其中一间屋檐上方有"苗草堂"三个大字，原来这就是他行医的地方。据说每任"苗王"都要对苗药深入研究，这是世袭中对"苗王"的要求。"苗草堂"大门的左侧，挂有一块"苗学研究院文化观察站"的牌子。据了解，这是一家民间智库，是挖掘民间文化的一个组织。

我们与"苗王"交流中了解到，"鼓藏头"其实就是为寨民服务的一个"官职"，但它又不同于政府的官职。鼓藏头并不是民主选举产生的，也不是政府任命的，是先祖辈传中由特定的男性世袭担任。

与"苗王"合影（作者左4）

我们到"鼓藏堂"参观，堂内供奉着一个大铜鼓，它是苗家的"圣物"。据说鼓是寨子的灵魂，祖宗的灵魂就在鼓中安息，每天早上，"苗王"都要去拜鼓，从未间断。鼓藏头拥有管理、珍藏和组织祭鼓大典的权力。祭祖、祭鼓活动每13年轮一次。

"苗王"很热情，为我们脉诊，有的人还配了药，半天时间很快过去了。我们希望他穿上苗王装后一起拍个照。他说："按习俗，只有到苗族传统节日时才能穿苗王装，但这次破例。"

"苗王"着装后似乎变了个人，站在我们当中尤显霸气。我们站成一排，只听得"咔嚓"一声，旅游中最有意义的一瞬间，就永远定格在值得珍藏的画面上。

兴奋中，我与"苗王"加了微信，直至今日，我们还有联系。我想，这次旅游，最大收获莫过于见到了"苗王"，了解了苗族文化。

不枉此行

2020年7月13日一早，我们全家出发去西藏旅游。为了从低海拔到高海拔有一个适应过程，根据旅行设计，先去成都，住一个晚上后飞西藏林芝，然后再到拉萨、江孜。设计很周全，但在实施中却遇到难以想象的"小插曲"，让这次旅游更具挑战性。

飞机中午到达成都，住万达瑞华酒店（共41层）。该酒店位于滨江中路，紧邻春熙路商圈，北瞰成都地标天府广场，南眺怡人的锦江风光。人住在里面，真正体验到了"高、大、上"的感觉。

放好行李后，下午我们在亲朋好友

作者2020年在西藏旅游

【生活百态】

的陪伴下游武候祠、锦里。时间虽然只有半天，但感觉甚好，特别是游览锦里，让人流连忘返。

锦里曾是西蜀历史上最古老、最有商业气息的街道之一，如今依托于武侯祠，浓缩了成都生活的精华：有茶楼、客栈、酒楼、戏台、风味小吃、工艺品、土特产等，集旅游购物、休闲娱乐为一体，整个场景充分展现了民风民俗的独特魅力。

入夜，华灯闪烁，我们选了一家带有表演的餐馆，大家围聚一堂。台上"变脸"助兴，台下把酒言欢，火锅飘香四逸，啤酒激情高涨，不知不觉几个小时过去，考虑到第二天一早还要赶飞机，只能适时宴散。

路上，我忽然觉得脚踝有些异样，感觉酸酸胀胀的。我心里暗忖，不要是脚疾复发了？我的脚疾已有近10年历史，发病时来势汹猛，脚不能着地，疼痛难忍。医生诊断是痛风，我根据症状，认为更接近于脚底筋膜炎，但不管是哪一种，敷设的药都是差不多的，如今正在旅途中，可千万别出这个事。但事与愿违，可能是白天路走得太多，加之晚宴火锅、啤酒，引起了脚患复发。是夜，我在床上疼痛难忍，根本无法入睡，第二天早上还要赶飞机，脚不能着地，怎么办呢？大家非常着急。我明白，按以往经验，必须搞到两根拐杖才能辅助我移步，否则寸步难行。

夜，已经很深。成都的朋友知道后，也心急如焚，他们通过网络寻找24小时营业的药店。功夫不负有心人，终于找到一家药店，且有拐杖出售。考虑到时间太紧，只能先退酒店，买拐杖后直赴机场。

要找到药店也不是那么简单，虽然有地址，车上也有导航，但导航遇到一些没路名的小胡同就会失灵。快到目的地的时候，导航突然失灵了，无奈之下，大家只能下车分头去找。大家知道，这是在与时间赛跑，必须迅速找到药店，否则早上坐8点的飞机肯定来不及。晚上无处问路，只能到处游荡，还好，在一个小胡同内找到了这个药店。对方也做好了准备，拿出拐杖，货款两清。这时，大家似乎松了口气，这大半夜的折腾算是没白费。

拐杖买到了，接下去必须马上赶到机场。由于时间还早，路况还不错，车子在大道上飞驶，大家终于在可控的时间内赶到了机场。

可新问题又来了，在机场，还要步行很多路，仅靠两根拐杖也是不行的，没办法，我只能坐在行李车上被慢慢地推着走，好在在机场内借到了轮椅，这才真正提升了前行速度，确保了按时登机。

成都到林芝约一个半小时。下飞机后，发觉林芝机场防疫甚严，特别在出口处，满眼都是穿白色防疫衣的工作人员。我们办妥填表、测温、扫健康码等程序后，直接驱车下榻林芝江樾酒店，该酒店有借轮椅服务，很大程度方便了我的行动。

按计划，在酒店放好行李后，马上出去午餐，下午游"南依沟景区"。但我脚疾严重，怎么办呢？这个病是"惯犯"，我已掌握了它的一些规律，只要吃点消炎药，静躺休息，康复也是很快的，所以我决定留在酒店休息，其他人计划不变。

2020年作者旅游途中脚疾复发

下午，房内静静的。我躺在床上，尽量不让两脚受力，每过一个小时，就感觉一下脚疾的好转程度，半天下来，确实好了不少。我暗自决定，必须尽早扔掉拐杖，否则肯定影响后面的游程。

第三天要去游"雅鲁藏布大峡谷"和"卡丁沟景区"。我脚疾虽有好转，但仍不能着地。这次家人宁可自己累点也坚决让我一起去，由此，我带上轮椅及两根拐杖，在家人的陪伴下，加入了旅游的行列。

我们先去雅鲁藏布大峡谷。据介绍它是地球上最深、最宽的峡谷，也是青藏高原最大的水汽通道。根据科学考察，大峡谷是喜马拉雅山运动和江水冲刷形成的，它的壮丽与奇特无与伦比。途中，我们还去了几个小景点，观赏了海拔7782米高的南迦巴瓦神山，它是世界第28高峰，其巨大的三角形峰体终年积雪，云雾缭绕，从不轻易露出真面目。

每次去观光点，都需要走一段路，而许多路并不适合轮椅行走，拐杖更不行，每当此时，儿子、孙子就让我坐在轮椅上别动，然后他们抬着我走，看着他们气喘吁吁的样子，我深受感动。

下午游览"卡丁沟"，据说里面要走一个多小时的路，为了不连累家

【生活百态】

人，我执意留在景区门外。当然，我在外面也不闲着，展开宣传册详细看了景点的介绍，原来，它的特色是"自然景观与众多的天然佛像融为一体"，被称为世界之奇。

天下起了大雨，家人都没带伞具，我担心起来，如里面没有避雨处，肯定要深受其害了。正当我忐忑之际，他们出来了，看样子，并无大碍。原来，他们只是从头到底走了一圈，各景点都没停留，所以大大缩短了行进时间，避过了途中的大雨，真乃万幸。

第四天，我的脚疾有了根本性好转，已能放弃拐杖独立行走。这天，我们游览了鲁朗国际小镇，品尝了当地著名的"石锅鸡"；继而到海拔4720米的色季拉观景台，远眺云海山色，还买了手串等纪念品；之后参观援藏博物馆，瞻仰了援藏史料及照片；最后到海拔4100米的措木及日冰湖。

措木及日湖藏语的意思是"观音菩萨"，所以它有许多关于观音菩萨的传说和故事。措木及日湖有着美丽的自然风光，动植物资源相当丰富。这天，我们收获满满，吃的、看的、品的都凑齐了。

第五天晨起，薄纱般的云雾慢慢散去，和着清晨第一缕阳光，我们离开林芝去拉萨。途中游览了"错高乡结巴村"，后来又去了巴松错（湖），大家冒雨乘橡皮汽艇与湖水近距离接触，还上了湖心岛，观赏了透明的"泡泡屋"。

这种"泡泡屋"我是第一次看到，十分奇特。据说"泡泡"由再生塑料制成，并安置在户外，使居住者能够与大自然亲密接触。如一个人躺在床上，可仰望神秘星空，四面风景一览无余。看着旷野上那么多的泡泡屋，我似乎身处其他星球，引发遐想。

这天，我们赶到拉萨已近天黑。晚餐时我们通过餐厅大玻璃

作者带伤旅游（脚疾复发）

259

窗，观赏了布达拉宫的夜景。布达拉宫在灯光的映衬下不仅气势雄伟，且庄严神圣，这种感受，其他建筑是体会不到的。

　　第六天，部分人去游布达拉宫，因为我及另外一部分人以前去过布达拉宫，所以就去游八角街，在那里购物，品尝特色餐饮，欣赏西藏古老的"斗狮舞"等，不知不觉中，这天很快又过去了。

　　第七天，我们去游览世界上海拔最高的咸水湖和海拔最高的观景台。根据行程，我们先去纳木错。纳木错海拔4700米，"错"是湖的意思，它是西藏第二大湖泊，也是中国第三大咸水湖。纳木错景色迷人，从高处往下俯瞰，蓝色的湖面像硕大的绿松宝石，镶嵌在广袤的高原上，让人震撼。再往远处看，是连绵起伏的雪山，这仙境般的画面仿佛带人进入了一个迷幻世界。

　　清澈的湖面上，一群群海鸥如同远方来的天使，不停地在空中盘旋，甚至飞到车顶嬉戏。这种独特的自然景象，令人陶醉。后来了解到，这种如同海鸥的鸟类，实际上叫红嘴鸥，俗称"水鸽子"。

　　我们离开纳木错后，驱车再次向上爬行，海拔5190米高的那根拉观景台就在不远处，片刻间，我们终于到达了目的地。这是我们这次西藏旅游海拔最高的地方。下车后，我感到胸闷气喘，走路轻浮，如同踩在棉花毯上，这明显是氧气稀薄的缘故，为安全起见，大家赶快拍照留念，然后快速返程。

　　根据行程计划，第八天一早，我们开车去江孜县，途中游览了卡若拉冰川、羊卓雍错（湖），并有幸在湖滩上看到房车、无人机与狗的快乐场面。

　　这似乎是一家人。他们把房车开入滩底，男的在房车前摆上小桌品茶聊天，女的遥控着无人机拍摄全景，小孩则带着一黑一黄两条狗玩耍，一家人其乐融融。那两条狗十分聪明，能根据主人的指令摆显各种动作，站立、蹲下、跳跃样样都行。游客们被吸了过去，围着看"他俩"表演。突然，主人向湖中一指，黑狗一看，马上知道主人的意思，便迅速扑入湖中。那黄狗似乎有点胆怯，在岸边叫着犹豫，但最终在主人的催促下也扑了下去。

　　天哪，这湖水都是山上流下来的雪水，冰冷刺骨，两条狗吃得消吗？果真，那黄狗吃不消了，冻得"汪汪"直叫。游客们看它们"可怜"，便比画着叫它们快上岸。它们好像也能听懂游客的话，迅速游回岸边。上岸后的狗已没有先前那么灵活，特别是那条黄狗，缩在那里瑟瑟发抖，直至主人逗它们奔跑后，体内重新产生了热量，这才恢复了先前的状态。

【生活百态】

　　下午，根据行程安排，经当地人指引，我们拜访了一家藏户，参观他们的居所及院落，了解他们的民风习俗。当我们知道对方属于贫困户时，捐了一些钱物，希望他们身体健康，早日脱贫奔小康。

　　傍晚，我们终于到达江孜县城。江孜隶属于日喀则市，地处西藏南部，位于日喀则市的东部。它是中国历史文化名城之一，也是一个新兴的旅游城镇。在江孜的两天，我们参观了帕拉大庄园、抗英展览馆、广场烈士纪念塔、宗山城堡遗址等。最后，我们去了亚东，欣赏了那里的自然美景，包括神女峰、多情湖等。在亚东的最后一天晚上，大家一起去歌厅K歌，尽情抒发几天来的喜悦。

　　游程马上要结束了，最后一天我们在日喀则市度过。这里我们参观了该地区最大的寺庙——扎什布伦寺，还谒拜了活佛，双方互敬哈达。

　　7月24日，我们乘飞机经西安顺利回到上海。这次旅行对我而言意义深远：一是我在66岁时，还能登上海拔5190米的高峰，说明体质还可以；二是欣赏到世界上最深最宽的大峡谷、海拔最高的咸水湖等自然美景，饱尽眼福；三是克服并战胜了途中脚疾的侵扰，证明勇气尚存；四是旅程中增加了"红色内容"，深受教育；五是受到了活佛的祝福，不枉此行。总之，这10天的旅行归纳为一个字——值！

一枚红印

  2020年金秋，这是一个天高云淡、"地满物丰硕果红"的季节。我们一行人到安徽合肥参加朋友儿子的婚礼，历时七天。其间，我们饱览了当地的风土人情，分享了新人的幸福和喜悦。最后一天，老天通过一个有惊无险的玩笑，给这次行程打上圆满的印记。

  朋友家在合肥乡下，据说这是历史名人包公的故地，这不由引起我对这块土地的敬重。刚入村口，我就注意到了一个奇特现象，这里的路灯特别有样，它们如同仪仗队的成员，挺胸昂首，整齐划一地站在路旁，似乎在欢迎我们的到来。这些别致的太阳能环保型路灯，造型优美，没有杂乱的电线，非常整洁。有的路段，每根电线杆上都印有一排小字，出于好奇，我停车细看，上面印有"×××捐助"的字样。原来当地政府以这种形式让大家募集，既解决了资金压力，又提升了全社会的环保意识，真是极妙的创新举措。

  朋友的家是新建的一排平房，平房后院是厨房，十分宽畅。屋前是一片翠绿的农田，上面种有各种农作物，其中最吸眼球的是屋前右侧地棚上的绿藤，藤上全是大小不一的椭圆形叶片，这些叶片的边缘不太平整，呈齿轮状,上面还有一层厚厚的黄白色的绒毛,摸着有些扎手,这些叶片如同一把把遮阳伞,保护着躲在它们下方的若干南瓜,南瓜颜色有青有黄,它们以各种姿态或伏地上,或吊半空,让人羡慕。

地棚前方不远处,有一组20多平方米的太阳能发电板,这组发电板设在农田当中,看上去特别显眼。经了解,这是当地政府为了扶贫,安装后送给贫困户的,它不仅解决了贫困户的生活用电,每年还有余电卖给供电部门,为贫困户增加收入。这种扶贫方式很独特,也很务实,真不枉当地政府的良苦用心。

金风送爽,丹桂飘香,这天终于迎来了朋友儿子的婚礼。婚典设在洲际大酒店三楼,殿堂内张灯结彩,祥和喜庆。通往典礼台的红色长地毯、富有岁月感的古铜装饰、镂空花纹的水晶灯、梦幻般的线条和鲜花,它们交相辉映,尽显殿堂的华丽及典雅。

中午12点18分,婚典正式开始。司仪中等身材,声音洪亮,在他引导下,帅气的新郎手捧鲜花,伴随着音乐及所有嘉宾的祝福声,通过红地毯,从丈人手中接过漂亮的新娘。他们在嘉宾的见证下,缓步走向婚姻的殿堂,也走向了幸福美好的未来人生路。

婚典有序推进,阵阵掌声中,先由嘉宾致辞,再由证婚人讲话。他们先后祝愿新人婚姻幸福、百年好合,在结成家庭的未来生活中,应对生养他们的父母心怀感恩,真诚对待支持他们的朋友,并以两个人的姿态勇敢面对人生起伏;希望他们在各自的工作岗位上努力工作,在今后的人生旅途中做到互敬、互爱、互谅、互助!最后双方父母上礼台合影,其间还穿插各种文艺表演等,整场典礼连贯、隆重而有序。

婚典结束后,我们回酒店休息。刚进房间,电话铃就响了,说我们中有人在房内被电击了。我很诧异,急忙赶去。当事人还原了事情的经过:进房间后,当事人拟打开行李箱取物,手背无意碰到了墙上的金属管,顿觉得一股电流直冲而来,出于本能,手被弹出,手背上留下了一枚硬币大小的红印。

经观察,约80厘米长的金属管紧贴墙面,应该属于一种装饰,怎么会有电?我们急忙通知酒店。酒店的管理人员及电工相继赶到。开始,电工先用电笔测试,却发现金属管没有电,疑惑间,他大胆用手抚摸,想以事实否认当事人的遭遇,不料他话还没说出,电流突然而至。电工被它一击,顿时语塞，一阵慌乱后，才慢慢恢复了平静。这电是怎么来的，为什么电笔却测不出电？电工也一头雾水，无法解释。

当然，对酒店来说，这肯定是一起安全事故，相信后面他们肯定会自查自纠。但对我们来说，就当是老天爷给我们开了个玩笑，它看到我们明天要离开了，有意赐个"有惊无险"的"红印"，示意行程圆满，也让大家记住这块充满生机及睿智的土地，记住新人幸福美好的历史瞬间。

新昌游记

初夏5月，阳光穿过互相交错的枝叶，在地上投下一片片明亮；不知名的花朵在草丛中争艳，绚丽多姿；树林又被添上一层翠色，变得更加青绿。这是充满希望的月份，更是享受自然的季节。

2021年，长银集团安排员工分四批旅游。5月23日上午，我们第二批30余人赴浙江新昌。旅游本乃充实文化，欣赏自然，不料老天恩赐，途中遇到了诸多意外，有误会、遗憾，也有惊恐、刺激，还碰到奇异怪事，所有这些，让此番旅游变得更有嚼头。

这天上午，大巴士8点半从浦三路（企业广场）出发。为活跃气氛，导游及领队轮番清唱，赢得车内阵阵掌声，最后还有人自告奋勇唱起了沪剧，车内兴奋点达到了高潮。但就在这时，有人在手机移动信息上看到："你已进入疫情高风险地区，请做好防护措施。"消息传开，大家不免紧张，特别那刺眼的"高风险"三个字，让人胆战心惊。

车子在高速公路上行驶，马上要进休息区了。为防万一，领队提醒：下车一定得戴口罩，出来安全第一，休息区内不要乱走，无事的尽可能不要下车。导游规定，下车时间不超过15分钟，也就是一根烟的工夫，希望大家抓紧"办事"，完事后尽快上车。

　　休息区内，人车稀少，显得格外冷清。再看服务区的商店，已全部关门，这更坐实了移动信息的可信度。转眼间，大家全回到了车上，只用了11分钟，比规定时间提前了4分钟。看来，大家的安全意识还是很强的。

　　车子正欲启动，突然有人说，刚才那条信息看错了，信息应该是："如你进入疫情高风险地区，请做好防护措施。"啊……刚才少看了一个"如"字。"如"就是假设的意思，中国的文字太深奥了，一句话不能少一个字，少了"如"字，事情就变成真的了，可能老天看到大家太兴奋，想给提个醒："旅途中不能忘了安全，安全是旅游的重中之重。"但服务区商场关门又是怎么一回事呢？再仔细一看，商场门口悬挂着八个大字："商场装修，暂停营业。"咳，原来如此，大家悬着的心终于放了下来。

　　车子继续前行，天色渐暗，外面飘起雨珠，车窗变得模糊，雨下大了。同事们担心起来，这么大的雨，下午怎么玩啊。大家看着窗外，希望这只是云头雨，过了就会放晴，但到了新昌，雨量仍没减弱的迹象，怎么办？还是先进午餐，不管怎样，填饱肚子再说，或许餐后雨会停止。可惜天公不作美，餐后雨更大了，无奈之下，领队临时决定，下午大家住宾馆自由活动，卡拉OK、麻娱、打牌等都行，第一天就这么过去了。

　　第二天上午，根据重新调整的行程，先游大佛寺。据介绍，大佛寺位于浙江新昌城西南的南明山中。寺院依山而建，正面外观5层，寺内高大雄伟，巨大的弥勒佛石像正面跌坐于大殿正中。这座巨大的石像，雕凿于悬崖绝壁之间，为江南早期石窟造像代表作。经测定，石佛座高2.4米，正面跌坐像高13.2米，阔15.9米，两膝相距10.6米，耳长2.7米，两手心向上交置膝间，掌心可容10余人。

　　石窟造像太伟大了，能近距离瞻仰这世界闻名的巨大石像，实乃有幸。大家怀着期盼的心情赶到了那里，却被告知佛像整修，只能远距离观赏，听到这个消息，不免有些沮丧，但即便远处外观，多少也能感受到佛像高大巍峨的磅礴之气，也觉值得。

　　大佛寺西北约300米处还有一小刹名"千佛院"，院内有佛千尊，每尊长约7寸，宽近5寸，排列整齐，个个神采飞扬，充分反映了中国古代工匠的无穷智慧与高度的艺术水平。

【生活百态】

转眼到了下午，根据计划，安排游"十九峰"。它位于新昌城关西南约22公里处的镜岭镇境内，总面积30.65平方公里，是绍兴市域内最主要的以自然风光取胜的省级风景名胜区。

游十九峰不仅要爬近千级台阶，还要走玻璃栈道、铁索桥等。我们这些人中，60岁以上的有7人，导游称之为老人队，每次进游览区，她总要带着我们，因为我们都属买半票的朋友，体质有强弱，登峰时就相互鼓励，坚持爬到了顶峰。

其他人在登峰过程中困难也不少，特别是女生，不时传来阵阵惊叫。原来登山的台阶上有许多长虫，看似吓人。长虫的学名叫"马陆"，也叫"千足虫"，外形如蚯蚓，带毒，身暗褐色，适宜热带雨林中生存。女生看到它，望而却步，怎么办呢？有男士承担"扫雷"，上坡途中，先清除这些长虫，让后面的女士大胆前行，这样慢慢地向上推进，直至登顶。随后又走玻璃栈道、过铁索桥等，十分刺激，不知不觉中，暮色渐浓，大家决定回程就餐。

入夜，我们回到宾馆自由活动，同事A先生觉得有点累，决定先乘电梯回房间。根据设定，进电梯先要刷房卡，电梯才能打开指定楼层的门。A先生按要求刷了卡，电梯开门后，径直走向自己房间，然后刷卡进房，一切都很正常，但没想进入卧室，眼前的一切让他目瞪口呆。床上睡了个人，是陌生人，再细看，是男士，他顿时蒙了，这是咋回事？

对方看到A先生后，也惊出一身汗，到底怎么回事？怎么突然会有陌生人进来？双方在惊恐中僵持了数秒，还是A先生先开口，他说，这是自己的房间，你怎么会睡在这里？对方也糊涂了，说这是他的房间。

作者与同事们一起旅游

无奈之下，双方拿出自己的卡看，才知是A先生搞错了。A先生纳闷儿了，自己明明是17楼的卡，电梯怎么会到18楼呢？暂且不论智能电梯出错，即使到了18楼，房间不同了，按理门是打不开的，而恰恰它也能打开，竟有这种奇事！好在里面睡的是男士，如是女生，事情就闹大了。总的说，这次误入他房，是酒店管理出了问题，所幸没酿成恶果。A先生表示歉意，对方表示理解，双方握手言和，这事就算过去了。

第三天上午购物，下午回程，途中大伙意犹未尽，仍不断品味游途中的点点滴滴，特别是那些额外"收获"，让人兴奋。

【生活百态】

不再生气

　　上海3月，冷暖交替，空气相对潮湿，安全隐患也会增多，所以一些安全部门往往会抓紧巡查，及时消除安全隐患。

　　2021年3月11日上午，外面飘着小雨。天然气公司的师傅来我家做常规安全检测。这样检测前几年也有，都没什么问题，而这次却被告知严重漏气。据仪器测定，漏点有三处，除了气表上端漏气，林内淋浴器阀门及之下管道也有泄漏，很危险，师傅要求马上关闭天然气总阀，打开窗户。

　　我正好在单位上班，听了爱人打来的电话，顿觉事态严重。家里天然气泄漏，我们两个老人竟然一点都没发觉，幸亏平时窗户常开，气体才没聚集，否则后果不堪设想。我放下手头活赶紧回家。

　　到家后，检测师傅已向公司报修，但对于林内热水器的泄漏，不属他们修理，必须自己找渠道报修。我在网上查了林内热水器的报修电话，并通过这个电话进行了报修，但想不到后面发生的事情，让我十分懊悔。

　　临近中午，天然气公司的维修师傅来了，对方是个熟练工，做事干净利落，只几分钟的工夫，问题就解决了，然后匆匆离开去接下一单任务了。

269

林内公司虽不及天然气公司迅速，但反应也不算慢。午后，家里的门铃就响了，我赶快去开门。师傅个子不高，中等身材，小平头，身穿非正规且偏深色的服装，肩背了一个工具大包。

师傅这般模样，我很诧异。在我想象中，像林内这样的大公司，维修人员应该有统一的服装，并带好鞋套，挂好工牌，可他一样都没有。这时我盼修心切，也不过多细想，只让他快点进屋。

师傅听了我的陈述，瞧着热水器，也不复检，只是说"这个需要拆下来才能修"，说着准备动手。

我暗忖：他不复检怎么知道漏点？他知道的仅仅是我的介绍，如我表达有偏差怎么办？转而再想，师傅经验丰富，一看便知问题所在，既然师傅要求拆，那就拆呗，反正一切都听他的。

经过一番折腾，热水器终于拆下来了，在拆的过程中他提醒说："里面的'点火控制器'要换了，价格780元。"我当即表示：安全第一，该换的就换，这是没办法的。很快，师傅更换了"气管阀门"及"点火控制器"。

我在边上纳闷，根据师傅更换两个器件的简单操作，热水器根本不用拆下来，这不是简单的事情复杂做吗？当然，这种想法只是一闪而已，师傅要这么做，总有他的道理。

师傅又忙碌了一阵子，终于把热水器重新安装好，并提出要一些洗衣粉之类的，说用于检测是否漏气。

我爱人感觉不对劲，林内正规的维修人员，怎么会没有检测工具呢？上午天然气检测师傅曾说过，林内维修人员的检测工具比他们还要先进，而现在这个人怎么没有检测工具呢？她悄悄提醒我说："这人可能是'李鬼'。"但这时的我，满脑子相信对方是林内的师傅，报修电话是我查的，电话是我打的，还会有错？所以没理会爱人提醒，最后结账970元，我也很爽快地支付了。

师傅走后，爱人还在唠叨，这时我才觉得爱人的猜疑有点道理，故马上在京东网上查询"点火控制器"的价格，得知这种元件网上价不到100元，虽然价格不是绝对准确，但肯定也达不到师傅说的780元啊。

于是我通过林内热水器客服电话询问：我在百度查到的林内热水器400开头的报修电话是否对？客服明确告诉我："那个电话不是林内的。"

这时我才恍然大悟，上当了！事后想想，热水器原本在正常使用，只是阀门及接口有些漏气，"点火控制器"根本没坏。气愤中，我再看师傅留下来的收据，圆章上只有"公司"两字清楚，其他地方都是模糊的。再打那个电话询问，对方承认不是林内的，但解释是正规维修单位。再问其单位全称，对方闪烁其词。问其价格，对方回答"没错"。

让我想不通的是：我明明在百度上输入"林内热水器报修"字样，怎么会搞错呢？原来，搜索出来的页面是经过精心"打造"的，鱼龙混杂，假货不少，如不仔细甄别，很容易上当。

事已至此，我也只能认了，再换个角度想想，师傅也够辛苦的。对方作为一个外来打工者，在上海生存很不容易，为了能多收几个钱，把简单的事情复杂做，硬是将本该不用拆的热水器拆了下来。我知道，拆装这个热水器很费力，它设在一个吊橱里，又处在转角，下面是水池，操作空间有限。师傅在拆装过程中，有力使不出，忙上忙下，头还撞到了橱柜门角，估计起了大包，这样折腾了好长时间。

最终漏气修好了，热水器也完好复位，事情算是圆满收官，只是钱多收了点。我觉得家人安全才是最重要的，其他与之相比都微不足道。

外面雨停了，天空中透出了一缕阳光，我心里舒坦多了。我不再生气，希望师傅好自为之，赚钱固然重要，但也不能忽视职业道德。相信师傅只要坚持诚信两字，往后的路一定会越走越宽，越走越顺。愿他明天更美好！

心堵气闷

2021年7月19日早上,我无意中发现手臂上方出现两个肿块,一个能滑动,另一个比较僵硬,且按下去有酸胀感。我怀疑一个是脂肪瘤,另一个可能是筋疙瘩。为了放心,我爱人催我去医院诊断。我侄女听到这个消息,也匆匆赶来。大家经过讨论,认为某医院名气大,还是到它那里。

下午,赤日炎炎。我在爱人、侄女的陪同下一起赶到了某三甲医院。经预检台告知,我这个应该挂号普外科。方向明了,接着就去挂号,这天人特别多,听说"手机挂号"也可以,这让我体会到大医院的超前,尽管我手机操作不利索,但我知道,手机挂号毕竟是社会进步的象征,像这样的大医院,这方面走在前列也理所当然,相信它的文明管理也是一流的,这让我暗自高兴,认为到这医院来对了。不过,手机挂号对于我这个"奔七"的人来说,确实有点难,然而有侄女在,我怕什么!再说,大厅里还有许多志愿者,事情终能解决,总而言之,我相信这家医院,认可这家医院。

很快,手机挂号搞定了,随后去普外科排队。一个多小时后,终于与医生见了面。对方问:"看什么?"我指了指手臂上两个肿块,并说这两个肿块不一样,一个活动的,一个比较僵硬。医生说先做B超。他在操作电脑时,我描述着两个肿块不一样的表象,但医生不再回答,也不知道他是否听进去。他虽戴着口罩,但看得出他那紧绷的脸。我很理解,一天下来病人那么多,估计是累了,医生不愿多说话也正常。

为了调节气氛,我主动搭讪:医生确实是辛苦,那么多病人,挺不容易的……但不管我怎么引,医生总是一副僵硬的面孔,对我的讲话一概不搭理。当然,我知道,他忙了一天了,哪还有精神与病人闲聊。医生开好单后说:先交费,再去做B超登记,然后排队。

离开诊室后,我在侄女的帮助下,马上在手机上付了费,再去做B超登记,排号是343号,此时叫号处的屏幕显示100号出头。天哪,还有那么多人,没办法,只能耐着性子等,而这一等就是两个多小时,此时已过下午5点,屏幕上终于出现了我的名字。

半天下来,我虽然体会到"看病累,没病也会累出病"的社会传言,但此刻,我心里还是舒畅的,毕竟已经轮到我了,诊断环节马上会跨前一大步。此刻的心情,如有黎明前的感觉。根据喇叭提示,我快步到1号B超室门口等候,前一位病人出来后,我立马进去。

B超室内有两个人,估计一个是B超医生,另一个是副手。医生问我做什么,我答:是手臂上的两个肿块,一个是滑动的,另一个相对比较硬,两个相距约十厘米。对方说:你只能做一个,你自己选。

我一下子蒙了,这让我怎么选?我说我与门诊医生说过两个情况不一样,怎么只能做一个呢?我心里很气,天那么热,排了那么长时间,现在B超医生竟"考"我做哪一个,怎么办呢?我六神无主。

B超医生反复催,要我马上确定。我求着:希望能两个一起做,如须补钱,我也认可。但B超医生就是不肯,因为单子上只说做一个B超(实际单子上没写做几个)。

我想去找门诊医生,但他在门诊室提醒过其他病人,过4点半他就走了,更何况现在5点多了,无奈之下,我只能随意挑了一个。

我的心情有如乌云压顶,感觉喘不过气来。B超医生看了我一眼,说这样吧,我顺便帮你看一下,说着,她手中的B超器滑了过去,随即说:"一样的,一样的。"这事就这么完了。再看B超单子,上面只写一个肿块的描述,但对于另一个,只字没提。

门诊区空荡荡的，各诊室都没有医生了，他们到时间下班理所当然，况且B超单上也有说明，这很正常，我能理解。我手里拿着B超诊断单，徘徊在诊室门口，想了半天，没办法，只能回家。

路上，我拖着压抑的身躯，两条腿如灌铅似的，重得似乎迈不开。我感到郁闷，郁闷不是因为天气热，不是因为排队时间长，不是因为诊断手续复杂，不是因为医生到时下班，因为所有这些，我都有心理准备。天热是自然现象，其他的都是大医院的常态。让我接受不了的是：手臂上相距约10厘米且表象不一样的两个肿块，B超却只能做一个，另一个肿块到底是什么情况？B超医生虽说是"一样的"，那到底是大小一样的，还是性质一样的，B超单上也没任何说明，总之大脑一片空白。我似乎白去了，有一种选择失败的感觉（不应该选这家医院）。

我认为，出现这种情况无非是两种可能：一是门诊医生认为两个肿块虽然表象不一样，但同属一个性质，只须做其中一个B超就行了，但即便这样，医生当场就应该与病人说清楚，不能爱理不理，不能让病人蒙在鼓里。再说了，他如真能判断"同属一个性质"，为什么还要做B超，这不是多此一举吗！二是门诊医生单子上这么写，表达的就是两个都要做，因为单子上并没写做一个还是做两个，这事是B超医生的误读。但不管怎样，责任到底在门诊医生还是B超医生，后果总归不能让病人来承担吧，我不愿再去想它，因为那样会更伤身。

晚餐时，我没味觉，我明白，这不是脾胃问题，是心堵。

【生活百态】

一根发丝

　　一根发丝，按理说抖不出什么故事，但这事真让我摊上了。2021年4月，第二个周末，半阴半雨，天空雾蒙蒙的。考虑到这天没什么"任务"，爱人提议去城隍庙游览。我想也可，城隍庙确实很久没去了，趁着没事，到那里休闲一下也好。

　　记得儿时去城隍庙，先要到十六铺摆渡，然后走到中华路，再沿着方浜路往里走，不远就是城隍庙了。如今交通方便了，坐地铁只需4站即可到中华路，再步行15分钟就到达目的地了。

　　城隍庙是上海有名的旅游景区，每天各地游客聚集到这里，有购物的、逛景的、小吃的，把一条条小街市挤得满满当当。

　　传说上海城隍庙的前身系三国时吴主孙皓所建，后在明代永乐年间改为城隍庙，距今已有700余年，其间经历了发展、损毁、修复、扩建等，反反复复，最后形成了如今世界闻名的旅游景区。城隍庙小商品多、小吃多，各类商店应有尽有，各有特色。让我印象最深的要数绿波廊酒楼，小时候大人带我去城隍庙，午餐时总喜欢到绿波廊一歇，由此，与其他餐饮店相比，似乎

275

我对绿波廊更多一层情怀。这次到城隍庙，绿波廊肯定要去的。

上午，我们逛商店、游九曲桥、嚼梨膏糖、赏湖心亭，一大圈下来已值中午。再看一下"微信运动"，不经意间我们竟已行了8000步之多。不知不觉抬头一望，绿波廊三个大字已近在咫尺。

绿波廊酒店

绿波廊的地理位置非同寻常，它坐落在老城隍庙九曲桥畔，南临繁闹市井，北傍园林景观，系三层仿明清建筑，青瓦朱栏，飞檐翘角，与湖心亭相映成趣。餐厅环境幽雅，古色古香，具有浓郁的中国民族氛围。

绿波廊是上海的招牌餐馆之一，建于明嘉靖年间。它以海派菜式著称，主要名菜名点有"扇形甩水""生爆鳝背""萝卜丝酥饼"。绿波廊酒楼以国宴、接待世界政要及国宾名流多而享誉海内外。它的点心在上海独树一帜，堪称一绝，是上海点心的代表，素以小巧玲珑、色调高雅、造型清新、口味丰腴等长处集诸家精髓于一体。

绿波廊除了吃的，还有诸多文化亮点，如：招牌中的"廊"字，看似笔画有误，但因为写的是隶书，被书法界认为是美妙的变通。进门玄关处的巨幅东阳木雕屏风，内容是《红楼梦》里的"元妃省亲"；走廊里几十位外国元首在绿波廊用餐时的照片；十几个包房内外名家题写的匾额书法及水墨画，其中有被当作镇店之宝的著名画家朱屺瞻的墨宝"回味无穷"等，这些历史积累逐渐成就了如今绿波廊的文化底蕴。

我们进入绿波廊，在服务员的引导下，选了两人座的餐位，点了几个特色菜。不多时，一盆盆带有特色的佳肴开始上桌，其中一盆菜是我爱人特意点的，叫"牛肉酸菜汤"。她平时喜爱吃"鱼片酸菜汤"，今天刻意换个"牛肉"，期望有个惊喜。等待中，这份菜终于上来了，经品尝果不其然，其肉质薄而鲜嫩，味浓而不腻。我们一边闲聊天南地北，一边品尝佳肴美味，人间之乐也莫过于此。

【生活百态】

时间在渐渐地流逝，四根筷子在胃动力的驱动下不停地在盆中"搅拌"，汤中牛肉几乎被劫一空。我用筷子使劲比画，希望能捞到漏网之肉。突然，筷子头带上来一根什么东西，定睛一看，是一根约一寸半长的头发丝。

在我人生阅历中，这种情况多的是，就是在家里，这情况也会发生，所以我并不认为是什么大事，把它捞出来扔了就完了，谁知，在我捞发丝的那一刻，被边上的服务员看到了，她微笑的脸立马变得凝重起来。

她上来对我说："您那根发丝暂不要扔，请等一会儿。"说着，她转身朝内堂奔去，须臾，她带着主管过来了，她们先是对汤中出现发丝表示歉意，继而表示愿意退赔或重烧一份牛肉汤。

我们看她们那么认真，那么有诚意，反而觉得有点不好意思。我说："我们已经吃得差不多了，汤内不慎掉入发丝不是什么大事，以后注意点就行了，汤不要退了，也无须重烧。"

可她们执意要"表示"一下，最后确定菜单打九折，再送两份点心（约70元），处理完后，她们对这次"意外"再一次表示歉意。

一根头发丝，让我感受到绿波廊对品牌的重视，以及她们对工作的认真，对处事的严谨，对要求的严格，对客户的尊重。这使"绿波廊"三个字让我备感敬重。一根发丝，加深了我对绿波廊的印象。绿波廊是好样的，以后我如去城隍庙，一定回头再光顾您。

电压事故

　　一次，家里许多电器出现了故障，根据症状，我判断是电压的问题，应该是供电局的责任。我打了报修电话，师傅很快上门了，整整一天，所有电器全部修好了，根据流程，师傅让我对他的服务评价签字。我提着笔，却不知道该如何写……

　　这是十几年前的一个夏日，晚餐后，天色渐暗，家里的灯光亮起。我与往常一样，准备打开电视看新闻，可就在这时，灯光忽然奇怪地闪了一下，接着或亮或暗，再后又恢复了正常。这是怎么回事？以往在单位里偶尔也看到过，据电工介绍这叫"眨电"，那是某种原因需要临时停电，通过电闸"一拉一推"，让用电人做好停电准备。可这次情况不一样，灯光或亮或暗，肯定有问题！

　　我马上检查空调等大电器，发现只要当时开启的全都出了问题。我先打电话给物业，但回复说这类事不归他们管，是供电部门的事情。我又打电话给供电部门，回复说隔天会派人来看。

　　第二天，天气异常闷热，空调又打不开，屋里热烘烘的，特别到了午后，人在屋里犹如进了桑拿房，汗水不停地从身上排出。供电部门的师傅还没来，我只能再次打电话催。对方说师傅忙，要到第三天才会来。

虽说催师傅尽快来，但不知会怎么认定，因为这不是断电，供电也正常。家里的空调都是新买的，在保质期内。现在让供电部门的人来修，不知会怎样处理？我心里有些七上八下。

第三天上午，门铃在不到10点的时候响了起来。我立刻跑去开门，果然，来的是供电部门的维修人员，从他的衣着可以看出他是一名技术型维修工。他个子不高，身材清瘦，穿着一身蓝色的工装，肩上斜挎着包，手里提着工具箱。

我急忙将他请进屋，简述了事情的经过。他听后二话不说，直接对各屋的空调进行检查。他上下忙碌着，身影灵活。我紧张地看着他，期待他的解释。实际上，他的行动已经暗示了这次事故的责任。

他不停地忙碌着，偶尔从包里取出一些零件。突然，他对我喊道："你把空调开一下。"我按他的话去做，空调竟然开始正常工作了。很快，其他三台挂壁空调也被他摆弄好了。我很不解，空调到底坏了什么，修复得这么快？他笑着回答："是保险丝烧坏了，只要换个保险丝就行了。"

他的回答说明，空调的损坏只是小问题，只需要换个保险丝就可以了。估计这样的事情他已经处理过很多次了，早已熟门熟路。

他显得信心满满，又开始对客厅的立式空调进行检修。这台空调是比较先进的，属于节能型变频3匹机，价格相对较高。当他开始工作的时候，我提醒他要小心一点儿，不要把其他的部件搞坏了。他抬头看了看我，说："你放心吧，这样的情况处理多了。"

随着时间的推移，师傅脸上的汗珠不停地滚落。尽管他已经努力，但长时间过去了，仍未出现任何修复的迹象。他开始怀疑是室外机损坏了，于是顶着烈日，爬出高楼窗外检查外机。不久，他的眉头紧锁，说这台空调的问题严重了，可能是集成线路板烧坏了。他介绍这种空调通常有三块集成板，而其中一块已经损坏。

师傅小心翼翼地把那块坏掉的集成线路板拆下来，然后从包里拿出万用表、电烙铁、电阻电容等，开始在集成板上认真地检查拨弄。我暗暗感叹，通常集成板坏了，直接换一块新的会更快更简单，谁想到他会花那么多时间修理集成板，尤其是在这种炎热的天气下。师傅擦去了汗水，手持烙铁，不停地焊接着零件。几十分钟过去了,他满意地对我说:"已经修好了,你可以试试看。"

我按照他的指示接通电源,刚按下空调开关,突然看见室外机闪过一道光,紧接着传来"啪"的一声,然后冒出一缕青烟。师傅惊叫道:"不好!我把另一块集成板也烧了!"

他看着那两块几近报废的集成板,满脸无奈。半晌,他轻声说:"这空调的专业性太强了,我无法修复。请你赶快联系空调师傅来处理。"他的语气带着歉意,让我放心,无须承担任何费用。

空调师傅终于赶到了,他们两个在空调旁比画着,交谈着。最后,空调师傅拿出了两块新的集成板换上,空调终于又可以正常运作了。

空调师傅离开后,我又检查了电视机、洗衣机、电脑等设备。令我惊讶的是,电脑的喇叭也烧坏了。我建议换一个全新的喇叭,但师傅说他可以修复。我对他说,只要换新的线圈就可以了。他却坚持说线圈也可以修复。

师傅蜷缩在电脑桌下,耐着性子拆开喇叭,卸下线圈,剥开层层包布,疏理出头发丝一样细的漆包线,将烧断的漆包线重新焊上,最后复原安装。所有这些,看似小活,却花了一个多小时。我真服了,这师傅什么都能修,为节省费用,如此精打细算。

最终,家里的电器全部修好了。当我准备签收时,我陷入了深思。师傅如此尽心尽力,只为了尽可能地减少维修成本,增加他的利润空间。然而,从长远来看,我更希望他能采取更换零件的做法,确保维修的质量和耐用性。毕竟,一次完美的维修远胜于频繁的后续修补工作。但不管怎么说,这么热的天,师傅在不理想的工作空间里,整整折腾了一天,够辛苦的。虽然他的动力来自对自己利润的最大化,但他是用辛劳及汗水换来的,无可厚非。想到这里,我在评价单上写了一个大大的"优"。这"优"既是对师傅的理解,也是我内心的感受。

惊悚心悬

2017年3月初,连续狂风骤雨,且没有减弱的迹象。这天休息在家,天色渐暗,我无意间走到阳台,俯视楼下,树枝被风吹得左右摇晃,不停地发出"嗖嗖"声。

我目光回到前方。突然,对面19楼屋顶上似有一个白色碟状的物体飞了起来。这是什么?我感到奇怪,是传说中的飞碟吗?本来我就对飞碟感兴趣,特别在网上,经常看到有关飞碟的报道,虽然内容参差不一,真真假假,情节各异,但无论怎样,一旦有这方面内容,我总要浏览一遍。

如今看到的是飞碟吗?我紧盯目标,可它却缩到了女儿墙之下。所谓女儿墙,是延屋顶四周的一圈矮墙。我等了好长时间,目标仍没出现,我猜想,或许它隐身跑了,可就在我觉得无望时,一阵狂风吹过来,那物体又出现了。它没跑,就躲在女儿墙之下。

狂风不断,那白色的圆状体或上或下。由于风大雨密,一定程度影响了视线,它到底是什么?我睁大双眼紧盯着它。又是一阵狂风,我终于看清了,那哪是飞碟,只是一个很大的卫星锅。

卫星锅不小，直径两三米，这么一个大锅，分量不会轻，怎么会吹起来的？我估计一定是固定的螺丝掉了。这可是大事情，如被风吹下来，是要出人命的！怎么办？我双眼紧盯着前方，希望它躲在女儿墙之下不要出来。

开始，它似乎还被什么牵着，只要吹到一定高度，然后又回落了。之后再一阵狂风，它随气流又出现在视线中，这样反反复复，连续不断。

狂风一阵紧过一阵，卫星锅招架不住了，反复拉扯之后，很快挣脱了所有螺丝，在屋顶上不断翻转，最后被气流一抬，飞出了屋顶。可怕的一幕出现了，风雨挟持着卫星锅直落而下。

楼下是公寓房的进出口，边上是绿化，这么一个大家伙从上面掉下来，砸到什么，什么都得完，如砸到路人，就更不用说了。

好在下面恰好无人，大锅直落地面，闪出撞击的火花，一声异响后，便躺在那里不动了。

风雨还在继续，能看到这一幕的可能只有我，全程也就这么几十秒。我第一时间将信息发到了小区微信群。小区物业、居委都知道了，马上组织人员到现场查看，卫星锅已被摔得变形，瘫在地上一动不动。这时，有人突然想起小区有监控，回放监控，或许能看到掉下来的全部影像。

大家赶到监控室，根据我提供的发生时间，慢慢地回放监控，很快，可怕的一幕出现在屏幕上。屏幕中飘出的白影，如同天女下凡，在慢镜头下，慢慢地坠向地面。为警示所有居民，录像传到民居群，大家看到后，反响很大，纷纷检查各自的外置物。同时，居委及物业组织相关人员，对小区几十幢屋顶进行了检查，以防类似事件发生。

这次卫星锅坠落没产生后果，这是不幸中的万幸，但我心里却不安起来，因为我以前住过一处老公房，七层高，虽说房子早已卖掉了，但楼顶上我安装的那个卫星锅还在，它的安全应该由谁负责？按理我的房子卖给了下家，安全应由下家负责，但房子的售卖合同上没写清楚，如真的出了问题，下家肯承担吗？

当时安装卫星锅时为确保安全，落钉很深，一般不会出问题，但谁能保证永远不出问题呢？七层楼顶不算低，何况老公房居民密集，车辆多，卫星锅一旦脱落下坠，后果必将严重。我越想越不安，决定补上安全这一课，解决过去遗留的问题。

经了解，这房子几经转手，现在的房主我已经不认识了。为了消除安全

【生活百态】

屋顶卫星锅

隐患，我主动与房主联系，表明费用由我出，让对方把屋顶的卫星锅拆了。谁知对方听后不愿揽事，认为这卫星锅与他们无关，尽管费用由我出，他们也不愿搭这个活。无奈之下，我只能找物业维修师傅。

师傅很热心，先爬到楼顶勘察，然后回话说："卫星锅装得很牢固，不拆也没事。"但我坚持认为既然卫星锅没用了，从安全考虑，还是把它拆了。

师傅拿了工具，在楼顶折腾了好长时间，螺丝拧不动，最后只能用沙轮机割切，完事后，我悬荡着的心终于放了下来。

一场虚惊

这天,我与一位同事前往一个遥远的山区小镇旅游,那里的自然环境与深厚的朴素风情是我们此行的目的。基于地势的原因,我们不时需要攀爬山坡,这让我们备感疲惫。

随着夜幕逐渐降临,小镇上的人们开始纷纷回家,这个时候我们突然意识到,我们还没有找到落脚的地方。在这种情况下,我们必须尽快找到一个可以过夜的地方,否则在这个陌生的小镇,可能真的要在野外过夜了。

我们在蜿蜒曲折的小镇里找了很长时间,但是始终没有找到适合过夜的地方。由于疲惫不堪,我们的脚步变得越来越沉重,最后只能坐在一处台阶上休息。此时,一位中年妇女走了过来,我们向她询问附近是否有旅馆。她回答说"有",然后用当地话向我们解释了一通。由于我们听不懂她说的话,只能根据她的手势,继续寻找旅馆。

终于,我们在一家门前看到了"旅馆"两个字,这让我们非常兴奋。我们走进旅馆后,店主带我们去看了房间。这是一间普通的民房,砖瓦结构,房间内没有卫生间,空荡荡的房间里摆放着两张单人床。我们知道,在这种地方，也只能将就一下了。于是我们选了一间房，当晚便在这里安顿了下来。

第二天一早，我同事从他当地的朋友那里借了一辆摩托车，这样我们就不用再走路了。我非常高兴，戴上安全帽，同事开车，我坐在后面，我们在山间小道上疾驰，欣赏着两边的美景，感觉十分畅快。

无意中，我们又进入了一个小镇，这个小镇的街道纵横交错，十分发达。我们在路上慢慢地行驶着。突然，前面有一个下坡，坡度非常陡峭，至少有45度。我心里有些不安，于是对同事说："你先开车下去，我慢慢走下来，这样比较安全。"

同事同意了，他一踩油门，摩托车就向坡下飞驰而去。但意想不到的事情发生了，摩托车的刹车竟然失灵了，车子下坡后无法停下来。坡下是一个丁字路口，车子下坡后直冲对面的一家小店，小店的门面玻璃被撞碎了，摩托车直接冲入了店内。

这可怕的一幕我在坡上看得一清二楚。我急忙走下坡去。好在店里的损失并不大，只是玻璃被撞碎了，同事也没有受伤。我们向店主表示歉意，并进行了适当的赔偿，随后把摩托车推了出来。然而，摩托车再也发动不起来了，这让我们感到非常无助。

我们轮换着推着摩托车寻找维修的地方。突然，在镇的一个角落里，有一群年轻人盯着我们看，似乎在嘲笑我们。他们笑的样子有些可怕，我感到纳闷。他们想做什么呢？

这时，其中一个年轻人走过来告诉我们，他会修摩托车，并询问是否需要帮助。我们一听正是我们所需要的，便答应让他们试试。

很快，几个小伙子就把摩托车拆了一地。我看到他们手臂上都有文身，说话声音也很大，心里总觉得有些不安。

过了许久，摩托车终于被修好了。年轻人指着摩托车对我们说："试试看能不能发动吧。"

同事很高兴，想要骑上摩托车试试，却找不到钥匙。这时，我发现钥匙在其中一个年轻人手里。我上前想要回钥匙，但他却不肯给。我问他为什么不给钥匙，他却只是嬉笑，好像在故意戏弄我们。我们想去抢，但对方人多势众，根本斗不过他们。于是双方开始争执起来，气氛显得紧张。

这时我们才意识到，对方是一群混混。我们两个人被他们围在中间。其中一个年轻人瞪着眼对我们说："把摩托车留下，你们可以走了。"这难道不是明抢吗？我感到非常气愤，看到墙边有一根铁棍，便拿起铁棍朝他们打去。他们一看我这气势，一下子就跑散了。

摩托车没有钥匙不能发动，怎么办呢？我们正在犹豫，那群年轻人又回来了，而且每个人手里都拿了铁器。我想这下完了，这条命要搭在这里了。我拿着铁棍，等着他们过来。

很快，他们围住了我，手中的铁器全部向我砸来。就在这千钧一发之际，我突然听到我爱人在叫我，然后我醒了。原来这一切全是梦，虽然我的心还在加速跳动，但我明白，这一切都已经过去了。事后想想这个梦挺好笑的，情节如同编出来的故事，有头有尾，过程清晰且完整。因为觉得有趣，我就把它记录了下来。我想，它也算是人生的一部分吧。

【生活百态】

把门兄弟

前年,我的牙齿焕然一新,终于让多年的"烦恼"画上了句号。回溯1996年,距春节还有20多天,我的第一颗恒牙出毛病了。这颗恒牙已松动了好长时间,一直舍不得拔掉,这天终于坚持不住,如再不拔,就没法咀嚼,那时社会上没这么多牙科医院,只能自己解决。

我找了一根线,一头扎住这颗牙,一头拿在手上,然后吸一口气,闭上眼睛,在用力扯的同时大吼一声,一颗略带血丝的恒牙被拔了下来。

看着这颗牙齿,觉得很伤感,这是我人生中掉下的第一颗恒牙,也算是心头肉,如今,它要离我远去,怎能不悲伤。由此,我从它的角度,写了一首诗:"上岗数十年,今系一线牵。大地一声吼,泪别兄弟间。"这颗恒牙,我一直保存没扔掉,还专门找了个精致的小盒,存放其中,永做怀念。

记得1976年全国征兵时,我随单位10多个适龄青年去报名,体检后,只有两人合格,我是其中之一。合格对象中,又分甲、乙、丙,我属于乙级身体。听医生说,是因为我的牙齿不密缝,如没那个问题,就是甲级身体了。这是第一次有人说出我牙齿的毛病,其实,那还是我人生中牙齿最巅峰亮丽的时期，这些牙齿每天忠实地服务于我，我戏称它们为"把门兄弟"。

我40岁开始，牙齿就每况愈下，其过程既痛苦又漫长，牙齿时好时坏，症状呈散发性，蛀牙、神经暴露、牙齿开裂、牙根松动等轮番捉弄我，让我不得消停。有时牙痛脸肿，连续几天，捂着腮帮，让人难熬。俗话说，牙疼不是病，疼死没人问。那种感受，只有经历过的人才能体会到。

一位朋友送了一个冲牙器给我，说平时单靠刷牙不行，还得用冲牙器冲洗。当时国内市场上还没有这种产品，这是朋友的弟弟从日本带来的。

冲牙器力道特别大，能将牙缝中的污垢冲出来。经过一段时间使用，虽然牙病有所缓解，但总体还是走下坡路，其间，我寻医求药，什么方法都用过，蛀牙补洞、根管治疗、活动牙、烤瓷牙、种植牙等，随着时间的推移，越治"减员"越多，"缺岗"日趋严重，最后只剩九个"兄弟"了，且都带伤病。无奈之下，2017年11月11日，在医生的建议及朋友的劝导下，我终于下了"狠心"，让剩下的九个"兄弟"全部下岗，这是无奈的选择，心情是复杂的，为此，我写了一首自由诗，以寄托对"把门兄弟"的情怀：

这是每天都要经历的战场，一个硬碰硬的战场，没有硝烟，没有刺刀见红，但它用自己的身躯，那伤痕累累的身躯，去与敌人相拼。

那战斗的勇气啊，令人敬佩。

那交战的意志啊，更让人五体投地。

是啊……每天上百次乃至上千次的战斗，没有人畏惧，没有人退缩，战斗总是至天黑。

这六十多年的仗啊，没有胜负，每次总是平手而归，而这一切的一切啊，都坚持了一个原则，那就是为了主人的生存，战而不破。

几十年里，许多兄弟牺牲了，如今还剩下我们九个兄弟，但我们还在战斗，虽然我们个个负伤，战斗力也明显减弱，但我们仍在坚持，这一切的一切啊，都是为了主人。

为了提高战力，我们两至三人一组，肩靠着肩，手挽着手，只要主人需要，我们随时出击。

谁想，随着岁月流逝，我们的战力越来越弱，已经威胁到主人的安危，无奈之下，主人带着我们去评估，结论令人遗憾——全部下岗。

那一刻啊，依恋心情可以理解，我们不愿离去，不愿离开那战斗的地方，谁知……谁知主人给每人上了麻药，不知不觉中，我们被铁家伙夹持着，一个个回归到我们的原点。

主人啊，我们与您几十年的感情，但愿您不要忘记，永远不要忘记曾经的我们！

牙齿拔干净后，先做了活动假牙，总觉不舒服，影响口感，每天脱卸麻烦，最后做了全口种植，价格虽贵，但实用性增强了，舒适度提升了，美观度更好了。当然，要做到三者统一也非易事，因为这三者是有矛盾的。实用性强了，舒适度就会降低；美观度提升了但实用性却减弱了；舒适度好了，而美观度又不行了。要做到三者融合，医生是无法掌控的，只能靠自己细细体会，慢慢修正，一次不行两次，反反复复，直至满意为止。一般来说，大的国有医院没这么大的耐心，所以我选择了实力最强的民营医院。它服务好，有耐心，为做好这副种植牙，院长亲自上手，还请了牙厂技师上门会诊，直到我满意为止。

从首颗牙齿掉落到全军覆没，再到重组上岗，诸多过程，都是人生自然规律，无须纠结。过往的已成烟云，随缘而生，顺缘而行，珍惜当下，保持一份淡泊明志的心情，坦然过好每一天，相信明天会更好。

感悟象棋

我很小的时候就会下象棋,象棋属于两人对抗性游戏,用具简单,趣味性强。小时候下棋,只是玩玩而已,谈不上棋艺。后来随着年龄增长,才慢慢地考虑棋局中的"谋略",特别踏上社会后,才注重深化"谋略"。虽然迷恋象棋,但水平总一般,最高奖项只是乡级前八名。

40多年前,也就是1973年之后,单位里的小青年逐年增多,其中小顾很会下棋,一般人很难抵挡。小顾身高1.7米左右,性格温和,讲话细腻,做事踏实,待人坦诚。他是本乡人,从小在徐路镇长大,据说他的棋艺得益于徐路镇的街坊文化。

【生活百态】

徐路镇是杨园乡域内东侧的一条老街,街不长,只几百米,但凡去过老街的人,就知道它已有较久的历史。据说老街本来很长,也很兴旺,60年代初,发生过一次火灾,火势很大,没办法扑救,街上许多房子被烧掉了。据老人回忆,街上飘出的火球波及到10余米宽的河对岸,许多商店被烧,商品化为灰烬,损失惨重,老街由此衰落。自那以后,老街的商店少了,人气锐减,但街坊文化没断。

老街有个习俗,这里的居民,特别是上了年纪的老人,有空就喜欢聚在一起捉对下象棋。小顾在那种环境下长大,很小就懂得象棋规则及各种棋路,有空就看大人下棋,一看数小时,很有耐心,偶尔也会帮大人出谋划策,久而久之,他也能上阵对弈了,开始当然输多赢少,但慢慢地变成了输赢各半,再到后来,街上的大人竟无人能敌。他学校毕业后进入供销社工作,曾多次代表县商业局出去比赛,每次都取得优异成绩。

我与小顾接触后,但凡与他"开战",几乎盘盘皆输。我走一步测三步,他走一步测五六步,且算计精准,稳扎稳打,确实厉害。每次下完棋,他还能凭借记忆复盘分析,找出棋路中的不足,以吸取教训。基于象棋的缘故,我们成了好朋友,后来,川沙县要实施一项重要工程,又将我俩拉到了一起。

当时,川沙县领导为了促进农业发展,决定开挖川杨河。当时开挖河道全靠人力,县内各乡分工包段,协同"作战",县供销社既负责工程的后勤保障,也承担部分开挖。各基层供销社都派出精兵强将,吃住在工地,小店也开到了工地上。

供销社人员中,许多来自农村,他们经历过农村锻炼,身体壮实,是供销社劳力的主力军。还有一些是刚从学校毕业的小青年,体质单薄,他们的劳动量,只能算作补充。我与小顾也去了,作为搭档,同吃同住同劳动,晚上睡高低铺,我睡下铺,他睡上铺。

工地条件简陋,临时宿舍只容一张双人床,昏暗的灯光下,根本无法看书,也没有电视机之类的电子消费品。晚餐后,两人回宿舍休息,就躺在床上聊天。聊天内容除了天南地北外,更多的是象棋,聊象棋历史,象棋开局、中局、残局等。

对于开局,小顾颇有研究,他认为"当头炮"是象棋布局中主流招法,直接威胁对方中卒,刚猛直爽。"飞相"是比较稳健的开局,先巩固阵地,再伺机反击。还有一种开局称作"投石问路",先以马开路,以此试探对方,刚柔并济,意向莫测。当然,其他开局还有很多。对于各种开局,有较多的应着办法,且有不同特点,千变万化,深奥无穷。

这天,我俩休息无事,小顾提出下盲棋。我从没下过盲棋,棋艺又不及对方,但为消磨时间,我表示赞同。"盲棋"是象棋对局的一种形式,意为眼睛不看实体棋盘,通过脑子记忆,用嘴报出棋步的博弈方式。以前,我总认为下盲棋很难,棋盘上的千变万化怎能记得住,现在既然小顾诚邀,我想尝试一下也好,好在我平时对棋谱略有了解,也懂得象棋中的一些口语。就这样我在下铺,他在上铺,他一句"马八进七",我复"炮二平五",有时一局要花费一个多小时,其中妙趣,不亦乐乎。

特殊环境下的无盘对垒,多半仍以我失败而告终,但也得到了锻炼,或多或少提升了我的盲棋水平。后来工程结束回到单位,广播站的顾站长遇到我,提出要与我下象棋。我随口戏言"下盲棋也能赢你"。他不信,马上邀我到他那里置棋开战,他负责棋盘摆弄,我则盲棋对应,结果只十几个回合,我就完全占据盘局主动,最后还真的赢了他,这让他十分佩服,以后每当见面,总会竖起大拇指,意为了得。但我明白,下盲棋不代表棋艺高,只是反映实盘的实际水平。

其实,象棋博弈不仅反映棋手水平,重要的是通过它可悟出很多道理:如:"小兵"看似不起眼,但它一旦过河就显现威力。"千里之堤,溃于蚁穴",有些大事往往就坏在一些不起眼的小事。"小兵"不可轻视,细节决定成败。又如:下棋要知道目的是什么,最终胜负不是看谁"损兵折子"多,而是看谁先拿下了对方的"帅"。生活也一样,要有明确目标。实战中,取胜要靠团队力量,仅凭一子很难战胜对方。企业运作也如此,"一个好汉三个帮"。

象棋的魅力在于"两个不同的脑子,按照不同的思路,使用不同的谋略,运筹不同的战术,指挥同等的队伍,攻防同类的目标"。我认为这辈子学会象棋,值得!

神的化身

　　一次我晚餐后走出酒馆，向南仰望，看到圆圆的月亮正好停留在一幢航空大厦顶端的针尖上，我马上拿出手机，咔嚓一声，留下了美好的记忆。后来在一次网上摄影比赛中，我将此投稿参赛，由于作品奇特，人气一直保持领先。

　　智能手机的出现，确实给生活带来便利，当需要一件"冷僻"物件时，如没有智能手机，根本不知到哪里去买。一次家里买了一个玻璃转盘，不用时放在门后，但怎样把它固定呢？我想到了过去压门自关的"老鼠尾巴"。这是个老产品了，如到商店找，就是十天半月也寻觅不到。我将此名输入淘宝，只几秒钟就搜出了一大批"尾巴"任你挑选，多方便啊！

　　记得20世纪70年代初，我刚参加工作，一天发现两名老员工在争论，争论的对象是电话机。甲老头儿说："如电话机不带电线就好了，电话机就可以随便搬，想放哪儿就放哪儿，想带着走就带着走。"乙老头儿对甲老头儿不屑一顾，回击说："你这是白日做梦吧！电话机不带电线，远方的声音怎么传进去，这完全是不可能的。"

一晃半个多世纪过去了，估计两个老头儿也不在了，但他们的话却始终在我耳中，按当时普通人的知识程度，根本就没有"无线"这个词。当时甲老头儿这么说，也只是向往，并非觉得真会实现，谁会想到仅仅过去几十年，人类就出现了手机，且功能越来越多，多得不可思议。如今外出，什么都可以不带，唯独手机不能不带，它在生活中实在太重要了。

　　20世纪90年代初，刚出来的手机很笨重，长条形的，如半块砖那么大。当时它是富有的象征，一些老板外出时"机"不离手，业务洽谈或饭馆就餐时，故意重重一搁，弄出声音，显示气派。实际上当时的手机仅仅能通话，前面还没有"智能"两字，但尽管如此，已经是了不起的事情了。

　　自从手机出现后，方便了与外界交流，为业务拓展带来了便利，也促进了社会经济的发展。

　　由于人类对手机的需求量越来越大，市场上出现了大批手机商，这些手机商通过到广东批货，再到内地营销，生意越做越大，渐渐成了大老板。他们的成功既是时代的需要，也是时代恩赐。

　　随着科技进步，手机开始向智能发展，功能突飞猛进，但它也有不利的一面，由于其智能"发达"，许多人适应不了，特别是上了年纪的，根本不知道手机如何"玩"，只能望"机"兴叹。而同时，也淘汰了一批手机商，因为操作智能手机太复杂，他们自己都搞不明白，怎么向消费者介绍。于是市场上出现了品牌专业店，专业店的营业员都经过专业培训。

　　智能手机的出现，社会很多方面发生了变化。繁华区的小偷没了，因为人们身上都不带现金了，加上"机"不离手，小偷看到也只能望而却步；个人外出不需要带什么证件了，只须打开手机"智慧生活"就有"亮证"功能；手机的支付功能非常强大，如支付宝、微信支付、网上银行等；手机娱乐繁多，各种游戏、棋类、音乐歌曲、故事、相声等，应有尽有。反正只有你想不到的，没有它没有的，更没有它不知道的。如你有什么需要了解的，只要打开手机问"度娘"，它会告诉您一切。如你想留个影，手机很方便，对准目标"咔嚓"一下就完成了，且拍出的照片可以自由修饰，让阴沉变得明亮，让老态变得年轻……

　　如今，我一刻都离不开手机，从早到晚，它伴我消遣，输我知识，供我娱乐，助我健康。我认为21世纪人类最伟大的发明中，当属智能手机！如果说轮子的发明让世界动了起来，电灯的发明让世界一片光明，那么智能手机的发明，则影响了全世界人的行为方式。

  一部小小的智能手机，几乎装进了整个世界，它的每一个功能，都是对传统行业的一次颠覆！在我心目中，它就是"神"的化身。

同学聚会

作者参加同学聚会

近几年,社会上涌现了战友聚会、"插兄"聚会、同学聚会等现象。我也不例外,经常参加同学聚会,其中规模最大、印象最深是2019年12月26日那一次。

那天,秋高气爽,树枝上的黄叶在阳光的照射下,传递着阵阵温馨,散发着久违的幸福。确实,这是一个重要的日子。中午,上海市高行中学1971届初中一班的同学在浦东金桥廊亦舫酒店又再次聚会了。

【生活百态】

廊亦舫酒店是上海绿波廊姐妹店,以经营精致、地道的上海菜为特色,其点心、蟹宴等名声远扬。老餐客们对它很熟悉,这里装修豪华,大厅金碧辉煌。

我们的大包房内,灯火通明,红地毯、高背椅无一不彰显出雍容华贵之气。组织者将聚会选在这里,是经过深思熟虑的,因为对每一个同学来说,这是一个期盼已久、相互叙旧、倾诉情感的聚会。

40余年前,大家仅限于对事态的单纯认识,对事物的朦胧理解,对前景的遐想。一路走来,有顺利的,也有曲折的,但不论怎样,今天能够聚在这里,举杯欢歌,是何等幸福。

1971年,本该是我们正常初中毕业之时,但由于年代特殊,根据要求,毕业生还得学工学农,由此,真正毕业是在1972年底。为何要拖一年?传说由于"一片红"将要结束,而社会上的分配压力太大,为了缓解,故而延之。

应该说,在特殊年代的历届毕业生中,我们这届毕业生学到的知识是最少的。小学三年级时,"文化大革命"开始了,正常课堂秩序被打乱,学习呈无纪律状态,学生在课堂可以随意进出,老师也只为完成任务。初中毕业时,社会上还没有高中,1973年恢复高中时,我们已经毕业了。

我们这些人中,有的因为是农村户籍而回到了农村,有的虽然是城镇户籍,但能否进工矿还得凭条件。所谓"条件",就是当事人的兄姐中有"几工几农",如果是全农,则属于进工矿的硬档次;如农多工少,则进工矿的概率稍高;如工农对等,这就很难说了,即便能进工矿,也是最低档次;如工多农少,则不用说了,肯定还得去农村接受再教育。

据说当时有45%的比例能进工矿,这个比例正好吻合上面设定的分配条件,所以分配中没有争吵的,分配条件一出来,自己对号,该去哪儿就去哪儿,一切命中注定。

当时我兄姐"工农"对等,所以勉强挤进了档次最低的"工矿"——集体商业,每月工资14元,两年学徒,满师后月工资28元。当时虽说进了低档次"工矿",但已经很满足了,毕竟不用到农村务农了。

初中毕业后,大家各奔东西,有务农的、进工矿的、经商的、当船员的,也有当兵的,大家在各自的环境中适应了下来。随着社会发展,许多同学都找到了合适的位置,有的通过努力上了大学,有的通过自学当了工程师,有的成了单位的骨干,也有的在改革开放中成了大老板,有的虽然默默无闻，但也能在社会大家庭中找到自己的立足点。浦东开发开放后，许多同学在这片土地上做出了贡献，为浦东发展尽了力。

我们这届同学是特殊的群体，是不容易的群体，相同的年龄，相似的社会阅历：我们出生后都遇到了三年自然灾害；上学时又遇到"文化大革命"；之后虽然有了工作，但又遇到了下岗潮，许多同学成了下岗潮中的"贡献者"。

弹指一挥间，40余年过去了。这期间，有为事业而勤奋的、有为生活而奔波的、有为国奉献而服役的，40余年的经历，让我们成熟，让我们有更多的话语权。有的说，是生活历练了我们；有的说，是岁月让我们沧桑；但我认为，那都是过去。如今大家能够聚到一起，是缘分，必须留住幸福的瞬间。

这时，有人提议，先去拍个集体照，以做纪念。大家听后觉得有道理。集体照选在酒店外的阶梯上，自上而下站位，咔嚓咔嚓几下便完成了任务。大家回到座席，酒宴继续，同学间互聊家常，杯觥交错，气氛甚浓。

大家都是60多岁的人了，人老了也要有事做，要选自己喜欢的事做。互聊中得知，有的以养鸽为乐，逍遥自在；有的自驾健身，饱览山河；有的专事麻娱，乐在其中；也有携带孙辈，尽享天伦之乐，总之，大家在生活中找到了自己的位置。宴会上，同学们你来我往，相互祝愿，新的一年又要到来，我们的目标是什么？那就是健康！快乐！幸福每一天！

时间过得很快，聚会终究会散，但我们不能忘却欢聚的那一刻，更不能忘记聚会的组织者——我们的班长杨义新同学，她为组织这次聚会做了很大付出。40多年了，许多同学的姓名忘了，为了搞到同学名册，她托人求助母校，但很遗憾，学校的档案中，就缺我们这一届，为何遗失？无人知晓。无奈之下，只能通过人脉，电话相传，费尽心力，实乃不易。是她的热情，让我们相遇；是她的真诚，让我们喜悦。

最后那一刻，大家共同举杯，感谢班长的辛苦付出，祝她及家人幸福、安康！也祝所有同学心想事成，吉祥如意！

【生活百态】

邻里之情

2022年3月中旬，我因疫情被封在居住小区，直至6月1日，长达两个多月。

记得那天晚上，说我们楼有阳性密接者，必须封闭。这突如其来的消息让我震惊！什么情况？以前一直关注其他小区、其他楼被封的事，不想如今自己遇到了，我一时乱了套，不知该如何应对。

当晚就有两名"大白"安保24小时驻守，封闭了通往地下车库的通道，任何人只进不出。随之接到通知，封楼7天，只要7天内没发现疫情扩散就能解封。

我想，家里只有我与老爱人两人，冰箱内食物充足，7天时间熬一下就过去了，所以也不着急。每天，就在家看看电视，做做肢体运动，一天又一天，好不容易熬过了7天，终于盼来了解封通知。但刚过一天，又接到通知，小区内发现阳性，整个小区封了，然而始料未及的是，这一封就是两个多月。

封闭期间，楼内邻居交流多了，本来东家不管西家事，自从大楼封闭后，大家都不能外出上班，只能宅在家里。后来小区及楼内需要志愿者，邻居们纷纷响应，我爱人也参与其中，每天与邻居一起在小区内传送快递，为团购分拣货物等。

团购是小区封闭期间特殊的购货形式。供应商为了降低配送成本，需要足够多的订货量，小区及楼宇居民通过微信群自觉组织起来，成为团购的响应者，还设有团长，以一个头与供应商联系。每天，经过团长的努力，货源不断。特殊时期，互相帮助，邻居和谐达到空前高度。

小区封闭后，男士头发长了怎么办？时间短还能坚持，但时间长了肯定不行。随后只能各显神通，有自己动手剃光头的，有邻居帮忙剪的，也有硬挺让其"疯长"的。

我习惯理短平头，由于"起跑线"占优，起初还能抵挡，但后来顶不住了，就设法找个帽子遮掩。一段时间后，头发长得不像样，想到家里有一把电动剃刀，就试着自己动手，但剃两鬓可以，其他地方却无能为力了。两鬓剃短后，至少前面看也还可以，就这样慢慢坚持。头发长而花白，尤显苍老，好在家里存有染发剂，头发染黑后，虽然头发很长，但看上去像艺术家，倒也说得过去。

当时，在众多团购序列中，出现了一个奇葩的团购，那就是理发团。小区内恰好有位理发师，左邻右舍都要其帮忙，人越集越多，就干脆组建了微信理发团，团员迅速发展，没几天就达数百人。

理发师少，剃的人多，师傅应接不暇，只能通过微信接龙排队，每日限额。当然，理发团的出现，总体上解决了小区内男士头发长的问题。对于我来说，老问题解决了，但新的问题又来了。

一天，我脚疾又犯了（可能是滑膜炎），脚后跟肿胀起来，疼痛难忍，不能着力，医院又不能去，只能窝在家里硬挺。小区组织核检，要走一段路，怎么办呢？好在家里备有拐杖，只是出去回头率很高，邻居们看着很惊讶，之前好好的，怎么转眼就不能走路了呢？每遇此时，我只能简略介绍脚疾由来。后来居然发现楼里还有一位用双拐杖的，对方是膝盖出了毛病，据说还做了手术，一幢楼里同时出了两个用拐杖的，也算是一道"风景线"。每次出去核检，排队的人总会让我们先行，核检员也会主动上前接应，事情虽小，但也体现了人间温暖。

我和爱人都是奔七的人了，眼看冰箱内的食物就要清空，心里很着急。网购成了当时向外采购的唯一通道，但随着快递小哥减少及配运量的提升，

【生活百态】

各配送店呈现货源短缺且人力不足的状况，网上订货很难。为能订到货，一些年轻人需要半夜上网抢购。我虽然也懂得手机操作，但在抢购中与年轻人PK肯定不是他们的对手，好在小辈及亲朋好友知道了情况，不断主动给我家送食品及生活用品。当时，外卖只能送到小区门口，我们又不能出门，最后一段递送只能由小区的志愿者完成。

这天，我开门出去，门口放着一只装满货的马夹袋，里面有蔬菜及鱼肉之类的。我想一定又是至亲好友送来的，忙拿进屋给爱人。她看到里面的猪蹄很高兴，说好久没尝这个了，马上洗了下锅。一阵忙碌后，厨房里溢出阵阵肉香。

我在书房里，正盘算中午拿听啤酒享受一下。这时门铃响了，我想可能又是什么防疫通知，或又有东西送来，反正这段时间门口挺忙的。门开了，外面站着的是邻居，也是志愿者，他说："不好意思，刚才那马夹袋送错了，不是你们的。"

我们一下蒙了，猪蹄都下锅了，其他的也都洗好进了冰箱，怎么办呢？当我知道邻居为订这些货，熬到半夜才成功的，内心越加不安。但事已至此，只能说明情况，转钱给对方，并打招呼："如食料有短缺，只要我家有的，随时提供。"邻居也很客气，说没事的，安慰我们不用放在心上。

两个多月终于过去了，其间故事不少，每个故事都离不开邻居之间的真情，都传递着人与人之间的温暖，可谓"青山一道同云雨，明月何曾是两乡"。我始终相信：人间真情是永恒的，疫情是暂时的，一切阴霾终将散去。如今，小区封控已成历史，但期间产生的种种真情，一定会延续发扬！我衷心祈愿山河无恙，岁月安康，风调雨顺，国泰民安！

麻将四老

四老兄弟（作者右2）

　　我们四个老头都是"奔七"的人，但每周一次中午聚餐，下午麻娱是肯定的，且风雨无阻。当然有时有人会遇到事情冲突，但应找好替补。这样的规矩持续好几年了，不仅联络了感情，顺畅了气血，关键通过下午的"斗智斗勇"，活络了手指，锻炼了脑子。当然输赢无所谓，只是图个快乐，开心就好！

【生活百态】

每到那天，点几只普通菜，喝少许温酒，上论国家大事，下聊家长里短，反正都是老头了，通过酒性，互倾心里话，其乐无穷。

甲老头曾是云南的"插兄"。据说上海在云南的"插兄插妹"很多，队伍庞大，有时相聚几十桌，气场很大。他们聚会时，话题很多，有对当年"与天斗、与地斗"回味的；有对过往人生追忆及感慨的；有调整心态、注重健康自我激励的等。而我们相聚时，甲老头总会分享他们聚会时的快乐，兴奋时会多呷几口酒。

乙老头是民营企业的老总，是经营物流的，至今仍拼搏于事业上，平日尽管忙，但每周一次相聚是必须的。他是我们之中最守纪律的，也讲究体育锻炼，每周坚持游泳，几十年了，身体棒棒的，平时很少有不舒服的现象。我们互聊中，他喜欢以哲学的观点看待问题，认为任何事物都有正反两方面，由于看问题的角度不同，得出的结果也不尽相同，所以处理问题时，必须多角度思考，才能真正解决问题。

作者旅游集锦

丙老头最辛苦，他父亲刚走，是疫情暴发时期离开的，今留下母亲一人。母亲80多岁了，身体不好，自父亲走后，就卧床不起。父母只丙老头一个儿子，丙老头是有名的孝子。每天，丙老头买菜做饭，料理好母亲一天生活。当然，丙老头还有两个妹妹，但他是老大，服侍母亲总要多付出些。他母亲性格偏执，有时出语不近常理，每遇此，丙老头总会逆来顺受。他认为对待老人要顺着点，不必计较，有时觉得委屈，就在我们相聚时倾诉一下。丙老头还是我们的"办公室主任"，每次聚会时点菜、备酒、结账，核对等都由他负责。

我是四老头中唯一还在"发挥余热"的。平日单位事多，但也充实。由于分管行政条线，事务涉及面广，内容相对杂，亏得我略懂"十八般武艺"，否则很难适应。我每天早上7点多开车上班，先上罗山路高架，再入中环，全程约20分钟。途中，我一边听音乐，一边欣赏路景，心情十分放松。

我们四个老头生活内容不一样，话题有互补性，聚餐一个半小时后，接下去便是下一场节目了——搓麻将。

麻将是一种有益身心的智趣游戏，它产生已有较长历史，有人认为它起源于春秋战国，但这无从考证。不过，有一点可以确认，至少明代以前，麻将就已经产生了，当时称为"十三太保"，后来屡经完善、充实，才有了如今的麻将。

据说老年人搓麻将有诸多好处，其一，可锻炼思维，防止老年痴呆。麻将牌局变幻莫测，需要集中注意力，更需要缜密的思维，让脑细胞时刻处在一个相对活跃的状态。其二，搓麻将可缓解心情，有利提升免疫力。其三，可以保持社交圈子。人是需要交流的，老年人通过交流，舒通气血，有利身心健康。

作者打太极拳

我们四老兄弟中，丙老头战术最强。牌好时他会迷惑大家，让大家放松警惕。反之，遇牌不好，则以自信掩饰，增加我们顾虑。乙老头表现也不差，计算缜密，有时别人多张牌胡不过他的一张"单吊"。我与甲老头牌技稍逊，全凭运气，好在我们打牌只为开心，享受的是一个过程。

搓麻将、品茶、聊天，其乐无穷，三个小时一到，"办公室主任"宣布结束，大家马上起身，从不恋战。为了长期保持这种交流方式，午餐及打牌场地的费用实行AA制，稍有出入也不计较。

我们这些老头，身体好、心情好才是最重要的。俗话说得好："人生晚霞别样红，逍遥自在乐其中。虽说岁月不饶人，仍要活得似顽童！"

第四辑

夕阳感悟

自我感悟

★ 人来到世间是不容易的，因为历史上的许多风吹草动都会影响你是否进得了尘世。所以你要了解历史，尤其是你的家族史，因为家族史的走向才成就了你的到来。

★ 人生中最早的记忆也是刻录情感最深的过程，一辈子都不会忘却。大人带小孩虽然辛苦，但只要教育导向正确，小孩长大后对你感情也深，这是成正比的。

★ 活教育是提升小孩综合能力的法宝。所谓"活教育"就是让小孩重观察、勤动手、多实践，在实践中不断体会、学习、感悟、提升。

★ 人活在世上，有"梦"才会有动力，圆梦是结局，逐梦是过程。圆梦是一种享受，逐梦是毅力的体现。

★ 世上没有真正的世外桃源，任何地方都有矛盾，人类的进步就是在发现矛盾、认识矛盾、解决矛盾中前行的。

★ 成功是"综合能力""勇于拼搏""慧识机运"三者的结合。如果个人能力强，但只会纸上谈兵，他的成功概率不会很高；如果这个人勇于拼搏，但能力有限，成功的概率同样不会高。如这个人虽然具备前两项，但看不出眼前的机运，则他肯定与成功无缘。

★ 创新是提升管理水平、市场竞争取胜的源动力。创新的内容是需要冥思苦想后论证的。创新的过程很艰难，开始不一定会得到他人理解。

★ 世间许多事情存在合法不合理或合理不合法的现象，这是很正常的事，如被你遇到，不必很纠结，只要尽力了就行。

★ "机会"每个人都有，但不是每个人都能看到。有些现象在别人眼里是机会，而你却感觉不到，因为每个人对机会的敏感度是不一样的。

★ 退一步海阔天空，工作上同样如此，遇到观点碰撞时，"战术"可以不计较，不必凡事非要争明白，只要不影响"战略"就行。

★ 生意场上成功的人必定是闯出来的，但闯的人不一定都能成功。所以如果你想成功，首先要有闯的勇气。

★ 鱼塘里水太清不会有鱼，小商品市场搞得太整洁会缺少人气。太整洁的市场反而会让顾客感到拘谨。

★ 企业的现金流好比是人体的血液，如企业"血液"流动快，说明企业营运旺盛；如企业"血液"断供，则它必死无疑。

★ 商务谈判时，当你利益最大化时，也是你最"危险"的时候，只有待双方盖章确认后，你才能松口气，否则，随时都有"翻盘"的可能。

★ 商务洽谈太顺，你要考虑为什么，有了答案后你才可以盖章。因为天上不会掉馅饼。

★ 商务洽谈前，必须事先做足"功课"，相关内容要分析透彻，只有这样你才有底气，才能在洽谈中处于主动地位。

★ 商务谈判中，双方"地位"不一定是对等的，所以不用太计较双方的天平高低，只要满足你心中条件，就可以拍板成交。

★ 企业老总与律师看问题的角度不一样，企业老总可以不计小风险，只要达到目的就行；律师注重绝对安全，至于能否达到企业目的，与他无关。

★ 与高人聊天，你要讲对方听不懂的；这样在对方眼里，你也是高人。

★ 与他人合作中，只有双赢，双方合作的关系才能长期稳定。

★ 工作方法"接地气"，推进中才能顺风顺水。所谓"接地气"，即工作的切入点或方案要符合实际情况。

★ 工作过程有许多细节，细节不可忽视。有时没达到预想的结果，往往是细节出了问题。

★ 所谓的"领导"水平，首先是管理人的能力。如管理人的能力低下，即使你有最好的想法，也是空的。因为所有工作是需要落实人去推动。

★ 管理工作要精细，但执行时要"难得糊涂"。太精细的管理会让团队丧失活性，更会影响动力。

★ 解决工作问题时，要学会借力用力。有时借力用力会起到事半功倍的效果。

★ 信念能激发出无尽的能量，一个百折不挠的人往往办事成功率高，信念与成功是成正比的。

★ 企业文化是企业前行的灵魂，其底蕴越深厚，它发展的核心竞争力就越强。

★ 付出是收获之母，在其过程中不要计较得失，不要怕吃亏，付出总会有收获的，只是时间长短、"果实"大小而已。

★ 人遇到挫折时，最能帮到你的是你自己，唯有增强信心，勇于挑战，才能改变不利现状。

★ 学无止境，无关年龄。社会在进步，科技在发展，人在世上需要不断"充电"学习，这样的人生才称得上丰满。

★ 今天要做的事必须今天做完，因为明天还有明天。

★ 想做事的人，每天都在想办法。不想做事的人，每天都在寻找理由。

★ 人有压力很正常，有压力才会有动力。遇到压力不必沮丧，而是要增强信心，勇于面对。

★ 每个人都有长处和短处，只有不断学习，才能让自己更加完善。

★ 避免与领导争执，因为官大一级压死人；对下面不必争功，因为只有发挥部下的积极性，才能把事办好。

★ 人生不可能完美，只有尽力去完善。

★ 成人的性格是很难改变的，如果一个人不仅能看到自己性格的缺陷，还能努力改变自己，这个人必定是高人。

★ 如果一个人心存阳光，他看到的一定是春暖花开；如果一个人整天愁眉苦脸，尾随在后的必将是阴霾风障。

★ 与伙伴们外出活动，经济上最好实行"AA"制，这样的活动才能持续长久。

★ 对待老人孝而不顺等于不孝。小辈与老人是有代沟的，作为小辈，只要不涉及原则问题，凡事都得顺着点，让老人愉悦是目的，不必计较所谓的对与错。

★ 步入老年后，要放松心态，管好自己，不能有依赖感。世界上任何事情都有两面性，凡事都从好的方面想，只有这样，才能快快乐乐过好每一天。

2023年6月，庆贺作者爱人生日时的"全家福"照

【夕阳感悟】

作者参加浦东新区2024年5月19日"企联杯"滨江8公里健步行活动

附录一：

贺《行远如梦》写作成功

　　我与弟弟李行相差3岁，从小一起玩耍、做作业、动手实践，当年的情景历历在目。一晃五六十年过去了，我到古稀之年开始学素描，今献上几幅小时候与弟弟玩耍之创作及我的自画像，以示庆贺！

李操
2024年1月

溜铁圈	收南瓜	装电子琴

套知了	我的自画像	玩陀螺

戏水球	下棋

313

附录二：

我似秋叶

作词：李行
作曲：孙以勒
监制：张诚杰

我 似 秋 叶，虽被染黄， 却 沉淀了 雨露与风霜， 逝去的岁月 让 我回想，

我 试图轻拥过往，让平凡点滴溢出 浓郁的芬 芳。

我 似 秋 叶， 心 中 彷 徨，

未来的路该如何发光， 夕阳的余晖唤我 心房，

我 梦幻 如歌 引吭，让 婉婉 故事 飘向 浩翰的

远 方。

我 似秋叶，凌空飞扬，

时 间催我 再不能迷茫，涌动的号角 已 经吹响，

我 毅然 奋笔 启航，让萦绕的篇章在

50
f
记忆中荡漾。我似秋
Pno.
53
叶，迎风激昂，
Pno.
56
mf
cresc.
绚丽的彩虹寄我希望，多少个日夜耕
Pno.
mf

笔难忘，我终于如愿以偿，让行远的人生 在时空中共赏。

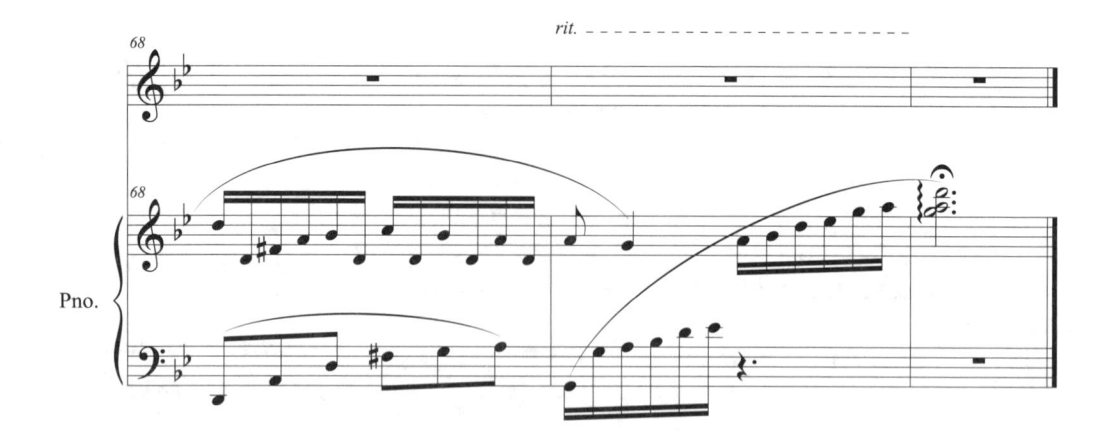

后记

时光荏苒，岁月如梦。在退休多年后，我步入了古稀之年。回首往事，80余篇的记事历历在目。在未来的岁月里，我选择顺其自然，随遇而安，用良好的心态面对生活的每一个阶段。前面的记事，就如同品味一杯陈年老茶，每一篇记事都是人生中的一道独特风景，值得我们去回味和珍藏。

从我幼年的记忆开始，外婆的呵护和关爱就如同阳光一般温暖。那些淘气的画面仿佛刚刚发生，历历在目。进入未成年阶段，我回到了上海，在父母"活教育"的影响下，我开始了对自然、事物和实践的探索。捉蝉、玩蟋蟀、养鸡、养鸭、屋顶植瓜……这些经历锻炼了我的观察能力和好强个性，为我日后的人生道路打下了坚实的基础。

进入社会后，从初涉时的不适到工作中的主动承担，从专项技术的陌生到"练兵"场上的荣誉。我坚信，只要你付出了足够的努力，就一定会有所收获。为了提升自己的学历，我曾每天早起看书、背书，甚至自创了一套高效的学习方法。哲学考试的突破不仅让我获得了高分，也让我在工作和生活中受益匪浅。

担任企业干部后，我经历了工作中的摩擦、业务上的拓展和创新。近30年的时间里，我品尝了人生的酸甜苦辣。每一个故事都像电影一样在我眼前重现。

近70年的光阴如梦一般短暂却又真实。生活中的趣事不断，有的让我感悟人生真谛，有的让我惊讶不已，有的让我解恨宽心，有的让我回味无穷。人生不可能完美无缺，留下的遗憾也是生活的一部分，它们同样值得被记录和记载。

在撰写《行远如梦》的过程中，我得到了许多老师的悉心指导，也有很多朋友的热心帮助。在此，我要向他们表示由衷的感谢！

图书在版编目（CIP）数据

行远如梦 / 李行著. —— 上海：文汇出版社，
2024.7. —— ISBN 978-7-5496-4295-3

Ⅰ.I267

中国国家版本馆 CIP 数据核字第20240AY721号

行远如梦

著　　者 / 李　行
责任编辑 / 熊　勇
装帧设计 / 上海银图文化传媒有限公司

出版发行 / 文汇出版社
　　　　　　上海市威海路 755 号
　　　　　　（邮政编码 200041）
经　　销 / 全国新华书店
印刷装订 / 上海华顿书刊印刷有限公司
版　　次 / 2024 年 7 月第 1 版
印　　次 / 2024 年 7 月第 1 次印刷
开　　本 / 787×1092　1/16
字　　数 / 320千
印　　张 / 21

ISBN 978-7-5496-4295-3
定　　价 / 58.00元